W0271231

Wolfgang Schmidbauer

DIE KENTAURIN

Die Geschichte einer
ungewöhnlichen Frau

Erzählung

Rowohlt

Die auf Seite 242 zitierte Ode von Horaz folgt der deutschen Übersetzung von Hans Färber.
Die deutsche Nachdichtung der auf Seite 264 zitierten Sappho-Verse stammt von Max Treu.

1. Auflage März 1996
Copyright © 1996 by Rowohlt Verlag GmbH,
Reinbek bei Hamburg
Alle Rechte vorbehalten
Umschlag- und Einbandgestaltung von Barbara Hanke
(Foto: W. Schmidbauer: «Die erschrockene Frau», Fresko aus der Villa Item in Pompeji)
Gesetzt aus der Sabon (Linotronic 500)
Gesamtherstellung Clausen & Bosse, Leck
Printed in Germany
ISBN 3 498 06300 6

Inhalt

Der Fall

Sie war gerade aus ihrem bequemen, graugepolsterten Lesesessel aufgestanden, wollte aus dem Wohnzimmer, das frisch in einem Streifenmuster tapeziert war, in die Küche gehen, als sie das Krachen in ihrer Hüfte zugleich hörte und spürte und vornüberfiel, in einen jähen Schmerz hinein. Seit einigen Monaten war ein kleines, nagendes Unbehagen an dieser Stelle immer größer geworden. Erst ließ es sich noch abweisen wie ein lästiger Hausierer, aber es zehrte an ihrer Kraft, nahm ihr den Appetit, hinderte sie am Einschlafen. Sie hatte den Arzt gefragt, den Sohn ihrer besten Freundin. Er sprach von einer Nervenreizung, probierte verschiedene Mittel, die alle nicht halfen, veranlaßte schließlich die Röntgenaufnahme, es war erst eine Woche her, in der ihre Hüftgelenke – so sagte er – ein Bild machten, wonach es ein Wunder war, daß sie überhaupt noch herumlaufen konnte.

Sie nahm das nicht weiter ernst, solche Äußerungen kannte sie gut, der Orthopäde hatte immer so von ihrem krummen Knie gesprochen, und doch war sie bisher noch überallhin gekommen und hatte gelernt, mit den Schmerzen zu leben, sie durch Wärme zu lindern. Medikamente nahm sie selten, Schmerzmittel machten ihr einen dumpfen Kopf, das konnte sie nicht leiden. Diesmal hatte sie aber doch genommen, was ihr der Hansi gab – immer noch fiel es ihr schwer, ihn nicht als den kleinen Jungen zu sehen, als den sie ihn so lange kannte, sondern als Heilpraktiker und Arzt (denn er hatte, während er auf den Studienplatz wartete, die Heilpraktikerschule besucht und probierte es so lange wie möglich mit natürlichen Mitteln, das war sicher nicht schlecht, auch wenn sie nicht daran glaubte). Es ging ihr auch ein wenig besser, die Schmerzen verschwanden – oder hatte sie sich nur daran gewöhnt, an diesen dumpfen, zehrenden Druck, der jetzt ein Ausbund an Behagen schien, gemessen an der Pein, die wie ein Krampf in ihrer Hüfte tobte?

Es konnte jetzt nichts mehr so bleiben. In dem Krachen war mehr zerbrochen als ihr Femurknochen. Es ging allein nicht weiter. Sie mußte sich bringen lassen, sie mußte in ein Krankenhaus, sie konnte nicht mehr allein. Das war ein Bruch in ihrem Leben. Sie war gern für sich geblieben. Ein interessantes Buch ist eine bessere Gesellschaft als ein langweiliger Mensch, sagte sie oft.

Der Anfang ihrer Erinnerungen an diesen Wendepunkt war allein der Schmerz. Er toste, kreiste, zog alles in einen Wirbel. Sie flehte Schwestern und Ärzte an, ihr doch endlich etwas gegen diesen Schmerz zu geben. Ein Weißkittel stand an ihrem Bett und sagte bärbeißig, bei den Mengen an Betäubungsmitteln, die sie erhalte, seien andere längst bewußtlos. Sie war doch, abgesehen von diesem wildgewordenen linken Bein, gesund und kräftig. In diesem Sommer war sie noch jeden Morgen mit dem Rad zum See hinuntergefahren, ehe die Städter kamen mit ihren Sonnenschirmen und Grillgestellen. Sie hatte sich rasch und an einem versteckten Platz ausgezogen. Es störte sie, wenn jemand die Vitalität dieser weißhaarigen Frau bewunderte, die immer noch weit hinausschwamm, langsam, fast senkrecht im Wasser. Als sie wieder ein wenig denken konnte, suchte sie einen Fehler. Ein Versagen, eine Schuld. Sie mußte etwas falsch gemacht oder etwas versäumt haben. Ihre Mutter war mit fünfundsiebzig noch gelaufen wie ein Wiesel. Sie hatte ihre Knochen nicht genügend geschont. Es waren doch an sich gute Knochen. Ihr Vater und ihre Mutter waren beide über achtzig geworden und hatten sich nie etwas gebrochen. Auch für sie war es der erste Bruch. Aber für die körperliche Arbeit, für den Garten, taugten diese Knochen nicht. Dem Wolf mußte sie das unbedingt sagen. Der schonte seine Knochen auch nicht. Der war auch nicht für die Anstrengungen gebaut, die er sich zumutete.

Ihre Mutter mochte Katzen nicht leiden. Die gingen mit hoch erhobenem Schweif so, daß jeder ihre Körperöffnung sehen konnte, schamlos.

Sie hatte als Kind, wenn sie in dem verwilderten Park spielte, oft diesen Menschenleib nicht haben wollen, der so verwundbar war, nackt und verschämt und der Kleider bedürftig, die im besten Fall lästig waren, meist aber eine Plage und stete Quelle von Angst: was half das schönste Gefühl bestandener Abenteuer, eines endlich eroberten Baumwipfels, wenn sie mit Recht fürchten mußte, die Mutter würde nur den Fleck im Kleid, das Loch im Strumpf sehen. Da war eine Rißwunde im Knie doch angenehmer, es gab nicht böse Worte oder Schläge, sondern ein Pflaster und einen Trost. Wann war ihr das zum erstenmal aufgefallen, diese Sehnsucht, ganz anders zu sein, viel einfacher, als sie war? Eine Katze oder ein Eichhörnchen, die waren in den Bäumen zu Hause, in denen sie nur Gast war, wenn sie in ihren Lieblingsastgabeln saß, ein Buch auf den Knien. Ein Pelz, der kühlte im Sommer, wärmte im Winter, war angewachsen, schützte empfindliche Stellen, nie mußte sie sich schämen, nie wurde sie gescholten, nur weil sie sich nicht immer langweilen wollte, sondern fort, hinaus und hinauf.

Es war damals gewesen, als der Vater von Unterfranken nach Passau versetzt worden war. Um ihr den Verlust zu versüßen (denn sie hatte die kleine

Stadt am Mainufer geliebt), war viel von der schönen Lage der neuen Heimat die Rede gewesen, von kuppelgekrönten Domen wie in Tausendundeiner Nacht, von drei Strömen, die sich vereinigten. Aber als sie das Märchen in Augenschein nahm, war sie enttäuscht: Die Häuser sahen nicht anders aus als in Kronach; Donau und Inn waren nicht besser als der Main; das Essen war viel schlechter, denn in Eltmann hatte die Mutter viele Bauern gekannt, hier gab es bald zu jeder Mahlzeit Schelte und Tränen. Die Eltern stritten sich oft, der Vater war verstört aus dem Krieg zurückgekommen. Sie war ein Kriegskind, 1914 geboren, beim Umzug sieben Jahre alt, linkisch, blaß, mager und häßlich, unfähig, stillzusitzen und die Hände so rein zu halten, wie es die Mutter wünschte. Als eine Tante zu Besuch gekommen war und ihre vier Wochen alte Tochter mitbrachte, hatte sie das Entzücken der Verwandten über das Baby nicht verstanden. Wie unvollkommen und häßlich war es doch, verglichen mit einem frisch ausgeschlüpften Entenküken, wie sie der Riesinger-Bauer hatte, bei dem sie abends die Milch holte.

Wenn sie mit ihrer besten Freundin Hilde oder mit der Schwester spielte, oder – sehr selten – die Mutter an einen ihrer Lieblingsplätze in dem Park des Kommerzienrates führte, der nach dem Krieg genötigt war, Mieter aufzunehmen, dann redeten die Menschen, aber die Dinge schwiegen still, stellten sich tot, Käfer in der Hand. Aber wenn sie allein war, etwa auf einem Stein saß, zwischen zwei schlanken Eichen am Zaun, dann fing plötzlich der Stein an zu reden – nicht in Worten, das wußte sie gut, die Worte waren ihre eigenen –, er aber lieh sich diese Worte und sagte so traurige Dinge, daß sie ihre Wange an ihn legen und ihn trösten mußte: Das Stein-Leben war kalt und hart und rauh und vor allem ganz unerträglich langweilig, immer am selben Fleck. Sie sprach auch mit den Bäumen, und als sie einmal an einem Frühlingstag die junge Birke am Bach mit der Spitze ihres Taschenmessers verletzt hatte und klares Wasser aus der Wunde quoll, saugte sie die Tränen mit an den Stamm gepreßten Lippen auf, trank die süßliche Flüssigkeit und bat den Baum um Verzeihung.

Das fiel ihr deshalb ein, weil sie jetzt ja wieder merkte, wie ungefüg dieser Körper war, mit einem geflickten Knochen, da hätte eine Katze noch laufen können, sie aber war gelähmt. Es gab wieder ein wenig Hoffnung, denn der Bärbeißige, der sich so persönlich angegriffen gefühlt hatte, weil seine Schmerzmittel ihr nicht halfen, der hatte sie operiert und den gebrochenen Knochen mit zwei Platten zusammengefügt. Aber warum war er denn plötzlich gebrochen? Das sagte ihr niemand, und es wäre doch ein Trost gewesen. Keiner hier schien sich vorstellen zu können, was es bedeutet, von einer Minute auf die andere aus der Beweglichkeit in die Lähmung, aus dem Ärger über einen hartnäckigen kleinen Schmerz in eine von Schmerzen vollständig beherrschte Grube zu fallen. Da lag sie jetzt und suchte einen Ausweg, aber die Wände waren glatt und ihr Bein vom Fall gebrochen. Da war nicht mehr viel zu hoffen. Warum wollte sie auch heraus? Vielleicht blieb sie besser drinnen, zog sich ein wenig weiter zurück, wartete auf ein Orakel – es gab doch eine heilige Höhle in Griechenland, wo der Gläubige, der unbedingt eine Weissagung wollte, in einen finsteren Spalt trat – dann packte ihn jemand von hinten, er erhielt einen Schlag auf den Schädel, hörte benommen Stimmen, sah Bilder, fand sich endlich wieder auf harten Steinen, ließ sich von den Priestern deuten, was ihm widerfahren war. Trophonios hieß der Heros; sie war sich nicht sicher. Zu Hause hätte sie im Kleinen Pauli nachgeschlagen, aber die Schwestern hier im Krankenhaus hatten sicher nur erbauliche Bücher in ihrer Bibliothek, da fragte sie lieber nicht.

Der Park war der Ort gewesen, in den sie sich zurückziehen konnte, und Rückzüge waren die Quelle ihrer Kraft gewesen, sie konnte sich sammeln und Hindernisse überwinden, die sie sonst nie und nimmer bewältigt hätte. Später hatte sie sich in die alten Schriftsteller zurückgezogen, in ihren Garten, in dem sie seltene, wilde Pflanzen ansiedelte, und oft, auf ihren Reisen, wieder in das stumme Zwiegespräch mit behauenen und rohen Steinen, abseits von der Gruppe und dem Führer, der irgend etwas erklärte und so wieder einmal die Dinge totredete.

So hatte sie doch ihr Leben lang das Höhlenspiel weitergespielt. Jetzt aber war etwas eingebrochen, das sich nicht wieder vertreiben ließ. Ob es ihre Höhlen noch gab? Sie hatte sie einfach liegengelassen und lange nicht mehr an sie gedacht, seit sie den Hochmut der Wissenschaft entdeckt hatte, der niemals später so radikal ist wie bei einer Sechzehnjährigen, die weit abrückt von der blinden Wut und Liebe der Kindheit. «O Jahrhundert! O Wissenschaften! Es ist eine Lust zu leben.» Dieser Wahlspruch des Reformators Hutten war auch ihrer, sie hatte ihn mit schwarzer Tusche in lateinischen Versalien auf einen Karton gemalt und in das mittlere Fach ihres Schreibtischs gelegt. Das Höhlenspiel war vergessen – aber wann war sie wieder zu ihm zurückgekommen? Eigentlich erst, als sich der Zwang gelockert hatte, ihre Erwachsenenrolle zu spielen, an die sie sich doch damals so freudig klammerte. Sie wollte nicht werden, was vorgezeichnet war durch die Lehrerinnenbildungsanstalt Freudenhain und die Klosterfräulein, die da dachten, den Samen ihrer Bigotterie so weit wie möglich auszustreuen. Sie wollte studieren, alte Sprachen, und darin sah sie damals keinen Rückzug, sondern ein Vordringen zu den Quellen und Wurzeln, von denen aus sich die Widersprüche und Unvollkommenheiten in ihr durch Wissen auflösen ließen. So hatte sie in einem Jahr Latein und Griechisch gelernt, für sich, im Teepavillon der Kommerzienratsvilla, den Park ihrer kindlichen Streifzüge nur noch im Blick und nicht mehr in der Nase, auf der Haut, in den schwungvoll-bedächtigen Bewegungen der erfahrenen Baumbezwingerin, die aus dem dunklen Grün und dem starren Holz sich herausarbeitet in die lichten Zweige, auf Äste, die schwanken wie ein Schiff im Sturm und endlich den Blick freigeben auf den Himmel und die Wipfel rundherum. Und weil sie alles gründlich lernen mußte, um überhaupt Halt in diesen fremden Sprachen zu gewinnen, war sie dann – anfangs als weißer Rabe bestaunt und bespöttelt – mühelos Klassenbeste gewesen in der Abiturklasse des ehemaligen Jesuitenkollegs. Mädchen und andere weltliche Versuchungen fanden damals nur ausnahmsweise den Weg in diesen Pflanzgarten künftiger Priester, den die Fürstbischöfe neben ihrer hauseigenen theologischen Hochschule in die Altstadt gebaut hatten. Nicht, daß sie viele Versuchungen ausgestrahlt hätte – nur gezweifelt, gezweifelt hatte sie damals schon gerne, so sehr, daß einer ihrer Mitschüler, von denen später weit über siebzig Prozent Theologen wurden, ihr lange Briefe schrieb, in denen er sie über die Tatsache aufklären wollte, daß andere Religionen zwar auch einen Glauben, aber nur die christliche eine

Offenbarung hätte. Das hielt dieser gutmütige Besserwisser für vernünftig argumentiert und wissenschaftlich belegt. Da war Herodot klüger gewesen. Der hatte auf seinen Reisen von einem Volk gehört, welches das Verbrennen der toten Eltern für gottlos, es jedoch für gottgefällig hielt, sie gebraten zu verspeisen, während doch die Griechen diesen Kannibalismus für abscheulichen Frevel und die Einäscherung für tugendhaft hielten. Und so, sagte Herodot mit seiner sachlichen Ironie, hält doch jeder die eigene Sitte für die beste.

Den alten Wunsch, eine Katze oder ein Eichhörnchen zu sein, hatte sie damals für kindisch gehalten; später erzählte sie ihn lachend ihren Kindern. Aber der neue Wunsch, Altphilologin zu werden, zu studieren, war ebensowenig erfüllbar: Das stand Männern zu. Ihr Vater war 1934 ihr zuliebe (ihr Einser-Abitur schmeichelte seinem Bildungsstolz) nach München gefahren, hatte sich erkundigt, kam niedergeschlagen zurück: Die Universität wünsche keine Studentinnen in diesem Fach, die Frau gehöre ins Haus, Stipendien würden bei diesen Noten an Männer jederzeit, an Frauen jedoch nicht vergeben; die Tochter habe doch bereits einen Beruf, den solle sie auch ausüben. Sie hätte kämpfen können, auf das Stipendium verzichten, dem Vater trotzen, der selbst keiner Autorität zu trotzen wagte – aber sie tat es nicht, sie zog sich zurück, machte das Beste aus ihrer

Stelle als Lehrerin in Fürstenzell, wo die Waldlermädchen in langen Röcken, jedoch ohne Unterhosen in den Unterricht kamen. Sie war sehr erstaunt gewesen, als sie das sah, und dachte an die Klosterfrauen in der Lehrerinnenbildungsanstalt – wie die sich empört hätten, Mater Gertrudis vor allen anderen.

Sie hatte Edi kennengelernt. Er durfte studieren, aber er bildete sich nichts darauf ein. Sie kannten sich dem Namen nach schon während ihrer kurzen Zeit am Gymnasium. Sie schrieb das beste Abitur in ihrer, er in seiner Klasse, aber während sie die Noten nicht so wichtig nahm, schließlich ging es doch um Bildung, die Teilnahme war wichtig, nicht der Sieg, waren sie für Edi Existenzberechtigung, Beweis, daß ein Häuslersohn aus Niederbayern, dessen Vater kaum lesen und schreiben konnte, mit den Kindern der Passauer Kaufleute und Beamten mithalten konnte. Was ihr auch gefiel, war sein unverblümter Haß auf das bischöfliche Knabenseminar; hier hatte Edi dieselben Wunden davongetragen wie sie in Freudenhain, hier war auch er mit Schuldgefühl und christlichem Wundengedenken vollgestopft worden und hatte sich nur mit äußerster Kraft dem Druck entzogen, denen, die ihn doch gnadenhalber Latein hatten lernen lassen, auf immer als Diener im Weinberg des Herrn die Kredite abzustottern. Was für sie der Park und später die Literatur, das waren für ihn das Bergsteigen und das Fotografieren, er betrieb beides ehrgeizig und gab ihr doch einen Platz darin, obwohl sie es nicht leiden konnte, daß sie immer, wenn er sie knipste, ihre Brille abnehmen, dann aber ganz unbefangen tun sollte, denn es mußte ein Schnappschuß sein.

War auch die Ehe ein Rückzug gewesen, weil sie es letztlich doch nicht leiden konnte, den Waldlerbuben immer dieselben Buchstaben und Zahlen beizubringen? Es mochte so sein, aber sie hatte Edi auch geliebt. Sie taten sich beide schwer, darüber zu sprechen. Sie wehrte sich nicht, als er alles wollte, nachdem er sein erstes Examen mit solcher Bravour bewältigt hatte, daß die Übernahme in den Staatsdienst sicher war. Schließlich war sie hinter ihrem Grauen vor soviel körperlicher Auslieferung und Nähe auch neugierig – sie hatte wohl gewußt, was die Weinbergschnecken trieben, die sich ineinandergepreßt und schleimtriefend in der feuchten Wiese aufrichteten, oder die Käfer, die in ihren geliebten Rosen saßen, einer auf dem anderen, wie Straßenköter oder die Wasserfrösche unten am Bächlein.

Dann war sie schwanger, erstaunlich, wie schnell das ging, es mußte wohl seine Richtigkeit haben, die Eltern stimmten der Heirat zu, schließlich war Edi schon Gerichtsassessor und Beamter auf Probe. Das war 1938, und sie mochte einfach nicht glauben, daß es Krieg geben würde.

Es war merkwürdig mit diesen Rückzügen: Sie

hatte doch immer auf ihnen etwas gefunden, das mehr war als ein Trost, das ursprüngliche Ziel nicht erreicht zu haben. Sie hatte keine glückliche Familie gehabt und war nicht stolz auf sich gewesen als Kind. Aber in ihren Kletterabenteuern und Höhlenspielen war etwas gewesen, das einen neuen Wert hatte – wäre der Vater nicht verstört aus dem Krieg gekommen, die Mutter nicht überfordert gewesen, mit der Armut und Inflation, die alles auf den Kopf stellten, was sie an Haushaltsselbstverständlichkeit gewohnt war von ihrer Mutter – sie hätte zu Hause geklebt und wäre vielleicht genauso bigott geworden wie ihre Schwestern. Und wenn sie wirklich den Studienplatz erkämpft hätte – dann wäre sie nie in die Ehe hineingeraten, hätte nie Kinder gehabt, da fehlte doch auch etwas. Solange die eigenen Kinder klein waren, zwangen sie einen sozusagen, erwachsen zu sein und gegen das Gefühlschaos in den kleinen Triebwesen die eigene Ordnung und Vernunft zu setzen. Das lockerte sich, sobald die Buben selbst anfingen zu denken und für sich zu sorgen; das war Mitte der fünfziger Jahre gewesen. Da veränderte sich alles auf einmal. Sie wurde plötzlich in einer Weise gefordert, die sie ängstigte, ihr aber auch eine Freiheit gab, von der sie bisher nicht zu träumen wagte. Sie wurde ein zweites Mal erwachsen. Denn mit den kleinen Kindern, da war sie doch selber wieder wie ein Kind in die Haushalte der eigenen Eltern und Schwiegereltern zurückgekehrt. Natürlich hatte sie auch nicht viele andere Möglichkeiten, schließlich war die Münchner Wohnung, Edis und ihr Zuhause in der Schloßbergstraße, ausgebombt und der Rückweg versperrt. Aber es war auch Furcht, eine Ängstlichkeit, die sie an ihrem Vater beobachtete und an ihm haßte – keine Veränderungen, bitte keine Veränderungen, immer derselbe Speiseplan, Urlaub immer am Waginger See, warmes Kompott als Nachtisch, donnerstags zwei Illustrierte, nie eine neue Wohnung, nie ein neues Möbelstück. Was bei der Hochzeit angeschafft worden war, kam aus dem Haus, als ihre Mutter ins Altersheim ging, freiwillig, noch bei bester Gesundheit: «Ich tu's, solange ich's noch selbst entscheiden kann, dann entscheidet es niemand für mich, wenn es nicht mehr anders geht.» Ihr Vater hätte es nie gewagt, auch nur eine Mark Schulden zu machen. Er war keine Hilfe, sondern ein schlimmes Hindernis, als sie sich entschloß, ein Haus in der Nähe Münchens zu bauen, ganz einfach, möglichst billig, versteht sich, Zementsteine und Warmluftheizung, trotz der Bausparverträge war eine Hypothek notwendig, da redete sich der Bürgermeister leicht: Schulden machen, sagte er, jetzt Schulden machen, Grundstücke kaufen, das sei das Klügste, was ein Mensch tun könne. Er war der Mann ihrer besten Freundin und Arbeitsdienstkameradin, aber wenn dann der Vater an ihr vorbeischlurfte und seufzte und sagte: «Ich habe so viele Fehler gemacht, so viele, du wirst auch noch sehen, wie das ist» – dann half nur noch Trotz. Und das Haus wurde fertig. Als sie mit allen Möbeln gekommen war, stand es in einer Wüste aus trockenem Lehm mit Abdrücken der Planierraupe, nicht einmal das Wasser lief aus der Leitung, obwohl es doch versprochen war vom Handwerker, und der Zaun war nicht gemacht. Aber die Buben freuten sich, sie hatten jetzt jeder ein eigenes Zimmer, fingen an, sich einzurichten, es war sogar noch soviel Geld übriggeblieben, daß sie jedem ein Moped kaufen konnte, für den Schulweg (sie fuhren dann aber doch mit der Bahn). Die mußten jetzt auch selbständig werden, die sollten ihr Waisengeld selbst verwalten, sich ihre Kleider und ihr Benzin selbst kaufen. Und es war damals, als sie ihren eigenen Garten anlegte – mein Gott, was hatte sie für Dummheiten gemacht, hatte die billigsten Pflanzen bestellt, die schon halb tot ankamen, Obstbäume, die nie die versprochene Apfelsorte trugen, Pflaumen, die an den Zweigen verfaulten –, daß sie wieder ihre Kindheit entdeckte, im Verhältnis zu den Waldpflanzen, die sie auf ihren Spaziergängen aussuchte und am Zaun ansiedelte, den der versoffene Schlosser endlich gemacht hatte, daß sie in ihrem kleinen, eigenen den großen Park des Kommerzienrates wieder entdeckte und nun überlegte, was aus ihren Höhlen geworden war. Es war wohl ein Versuch gewesen, aus dem großen, fremden Park kleine Reiche abzugrenzen, die intim nur ihr gehörten, die keiner sonst erkannte und fand. Aber es war auch etwas Kultisch-Frommes in diesem Höhlenspiel, ihre wirkliche Religion, gänzlich anders als das, was ihr von den Klosterschwestern vorgebetet und eingebleut wurde. In den Trockenmauern entlang der Parkwege gab es Lücken, Löcher, die sie sorgfältig vergrößerte, bis sie eine Art Bühne hatte, mit ebenem Grund und rundlichem oder spitzbogigem Gewölbe. Den Boden der Kapelle polsterte sie mit feinem, kurzhaarigem Moos und schmückte ihn mit Blütenköpfen. Wenn sie irgendwo einen besonders schönen Stein fand, einen Quarzkristall im Schotter, oder eine versteinerte Muschel im Donaukies, ein schön gestreiftes Schneckenhaus, dann legte sie diese Kostbarkeiten in wirkungsmächtiger Anordnung auf das Moos. An den Höhleneingang pflanzte sie einen zierlichen Farn oder ein Maßliebchen. Das Glanzstück, das Allerheiligste jeder Höhle aber war etwas ganz Besonderes: ein leuchtender böhmischer Granat aus der Brosche, die sie in der Schmuckschatulle ihrer Mutter gefunden hatte. Diese trug ihre Granatbrosche selten, weil die Fassung schwer zu putzen war und die Steine verstaubten. Sie mochte sich wundern, wohin gerade die größten Granate kamen, aber sie wäre wohl nie auf den Gedanken verfallen, daß ihre kleine Elisabetha sie mit einem Taschenmesser aus der silbernen Fassung kitzelte und den Raub dann heimlich zu dem neu eingerichteten Heiligtum trug, wo sie ihn auf den Ehrenplatz im Höhlenmoos bettete. Da funkelte das blutige Rot geheimnisvoll aus dem Dämmer, «mystisch», sie erinnerte sich, daß sie dieses unverstandene Wort lange Zeit mit dem schimmernden Kristall im Höhlendunkel verbunden hatte. War alles fertig, stand sie oft lange davor, in Andacht versunken, die Ohren gespitzt, ob von irgendwoher Schritte tappten, sie den heimlichen Schatz mit Hilfe des vorbereiteten Decksteins fremden Blicken entziehen mußte.

War ihr der Edelsteinkult später zu heidnisch erschienen? Jedenfalls erinnerte sie sich an andere Höhlen, in denen sie ein Heiligenbildchen an die Rückwand stellte; davor kam dann, wie der Altar vor den Tempel, ein halbkreisförmiger Baumschwamm, auf dem der Granat lag, in Moos oder Blüten gebettet. Die Steine in der Mutterbrosche waren unansehnlich und trüb, verglichen mit ihren befreiten, die sie bei jedem Besuch mit Speichel benetzte, wodurch sie immer durchsichtiger und feuriger wurden. Dann leuchteten sie im Halblicht der Höhle wie die Ampel vor dem Allerheiligsten blutrot.

Auch in Bäumen legte sie Heiligtümer an: Sie schnitt in die dicke Borke einer alten Kiefer ein spitzbogiges Loch bis zum Holz, trieb ein Spänchen in die Rückwand und hängte daran eine Muttergottesmedaille, wie sie zu den Marienfesten in der Schule verteilt wurden. Vorne war gerade noch Platz für ein Schneckenhaus, einen kleinen Bergkristall oder einen Tropfen klaren, bernsteingelben, duftenden Harzes, die sie als Opfergabe niederlegte. Auch die Baumkapellen verschloß sie mit einem genau passenden Stück Rinde, so daß sie später oft Mühe hatte, sie wiederzufinden.

Wie ein Schiff, das an Bug und Heck Anker auswirft, hatte sie in Feldafing die Spiele im Park erinnert und umgewandelt in ihre geheimen Pflanzenverstecke, wo Neuansiedlungen und geraubte Ableger, nur ihr sichtbar, gediehen, aber sie hatte sich auch darangemacht, die Buben allein zu lassen und zu reisen – und so war allmählich ein Netz entstanden, in dem sich fast alle die Namen und Orte fingen, über denen sie in ihrem Studier-Teehaus gesessen hatte, um Altphilologin zu werden. Für die anderen im Bus auf dem Weg zu den Ruinen von Milet war das Latmos-Gebirge nur ein blaugezackter Kamm über dem Bafa-See; aber für sie war es ein Wach- und Wahrtraum, bereichert durch Namen wie Endymion und Selene, durch Mythen von träumenden Helden, die durch Götterfluch in ewigen Schlaf versinken – und dieses Gefühl, wirklich zu sehen, zu erwandern, zu berühren, was einmal, in dieser prägbaren, gläubigen Zeit, in der alle Worte neu sind und alle Zusammenhänge zum erstenmal erkannt, so fern-eindrucksreich gewesen war, das gab den Dingen Stimmen, die lange nachklangen und sie immer noch bewegten, wenn sie wieder zu Hause in ihrem Garten war und einzelne Spuren weiterverfolgte – Maria, die auf der Mondsichel stand, von einer Schlange begleitet, und die kretische Schlangengöttin; der auferstandene Christus in der Glorie und Sol invictus, der mächtige Sonnengott Spätroms, es gab immer wieder Szenen, Bildfolgen, Mythenbruchstücke, die sie bewegten und die nur ihr gehörten.

Ihre Stimme, die sonst rasch floß und die Dinge geradewegs anpackte, war langsam geworden – nach dieser Narkose und fragwürdigen Operation, die ihr Bein heilen sollte, ohne daß sie glauben konnte, es würde gelingen. Sie schien mühsam nach treffenden Wörtern zu suchen, und manche waren einfach nicht da, obwohl sie genau wußte, daß es sie gab, oder sie waren zu schwer, nach einem zögernden Ansetzen ließ die müde Stimme sie fallen und suchte einen Ersatz, der leichter war. Manchmal erstickte sie auch aus Kummer über diese Verluste und über das eigene Zögern.

Was die anderen Patienten und die Schwestern am meisten zu beschäftigen schien, war der Tod des Ministerpräsidenten. Er war zwei Jahre jünger als sie. Sie las davon in der Zeitung. Ihr Ältester hatte sie umbestellt, sie kam pünktlich ins Krankenhaus, nur manchmal vergaßen die Schwestern den ganzen Tag, sie ihr aus der Pforte zu bringen, sie sagte lieber nichts, denn sie konnte ohnehin nur noch die Überschriften und gelegentlich einen Artikel lesen. Den Politiker, den hatten doch viele korrupt und machtgierig genannt, als er noch lebte; jetzt war er nur noch Landesvater und Urgestein; dieselben Vasallen, die eben noch seinen Starrsinn beklagten, verwandelten den lästigen Lebenden in einen schier unentbehrlichen Toten. Sie war aber doch ins Fettnäpfchen getreten, als sie mitten in die Diskussion in ihrem Dreibettzimmer hinein sagte: «Jeder freut sich doch, daß er tot ist, aber keiner ist ehrlich genug, es zu sagen.»

Sie wünschte sich eine Avocado und Stifters Erzählung «Die Narrenburg» von ihrem jüngeren Sohn, der sie besuchte – brachte er jetzt seine kleine Tochter mit, um ihr eine Freude zu machen oder weil er zu faul war, sie woanders unterzubringen? Es war doch nicht der richtige Platz für ein Kind, aber andrerseits – warum sollte die Anna nicht erfahren, wie es war mit den Plagen des Lebens? Als der Knochen in ihr brach, hatte sie einen Augenblick geglaubt, sie sterbe, jetzt, sofort. Die Menschen waren zäher geworden. Bei Homer starben sie an einem Kratzer, einer Lanze im Schenkel, einem Pfeil in der Ferse. Alle waren viel zu nett und fürsorglich zu ihr, was sollte das bei einer alten Frau? Schon wieder fehlten ihr zwei Tage. Oder waren es zwanzig? Wenn die Zeit einfach davonlief, wie Wasser durch eine rissige Staumauer, konnte sie nicht wissen, wieviel. War sie eine Woche hier? Einen Monat? Sie hatten ihr Mittel gegeben, die alles in Sirup tauchten. Es war gegen den Schmerz, aber der Schmerz war immer noch da, sie konnte ihn nur geistig nicht mehr festhalten, sowenig wie etwas anderes. Zu denken, das kostete viel Kraft und dauerte viel zu lange, und was sie sich zusammengereimt hatte, löste sich in einem kurzen Schlaf (wenn man dieses Dämmern, in dem die Schmerzen Verstecken spielten, Schlaf nennen konnte) wieder auf.

Immer von neuem begann sie am Anfang und kam zu keinem Ende. Der Anfang, dieser Sturz war klar. Hatte sie dem Ernst wirklich gesagt, daß er die Heizung abstellen mußte? Warum gab ihr niemand Morphium? Das Röntgen war eine Quälerei, und keiner wollte auf sie hören, daß sie gar nichts wissen wollte von ihrem Bein, sie war doch erst vor einigen Tagen durchleuchtet worden. Sie durfte nicht aufstehen. Sie schämte sich, um die Schüssel zu bitten, und die Schüssel tat auch immer weh. Sie bemühte sich, möglichst wenig zu trinken. Sie wäre gerne gestorben, aber es sollte wohl noch nicht sein, es war noch zuviel gesund an ihr, Herz und Lunge und Arme und leider auch Niere und Darm – die gesunden Organe überstimmten die kranken, es war wie in der Demokratie, diesem System, das immer nur das am wenigsten schlechte ist und nie gut sein wird.

Sie hatte gedacht, Leben und Tod seien wie Wasser und Land, eines des anderen Gegensatz. Jetzt aber gab es kein Wasser, in dem nicht Erdstoffe schwebten, und unter der Wüste waren Meere verborgen. Nur das Bewußtsein, das wollte davon nichts wissen, schließlich ist es etwas wie die Fahne auf der Spitze des Lebens, das wie ein Eisberg weit hinunterreicht in den Tod – bereits Ohnmacht und Schlaf, harmlose Annäherungen an das Sterben, löschten dieses Bewußtsein aus, so konnte es den Tod am wenigsten verstehen und fand sich auch denkbar schlecht in dem Gemisch aus Leben und Tod zurecht, das ihr Körper war. Vorsichtig tastete ihr Bewußtsein sich die Nervenbahnen entlang, wo aber die Zerstörung war, zuckte es zurück und schrie nur noch, Schmerz, Schmerz, blind vor Panik. Wenn sie die Tage nicht wiederfand, die sie im Bann der Narkose verbrachte, dann war es, weil auch an diesem Todesrand das Bewußtsein erschreckt war und sich selbst geblendet hatte, statt auch in dieser Dunkelheit einen Weg zu suchen. Das war ein Egoismus der Organe, und das Bewußtsein war nicht besser als die anderen, sie versuchten einfach, alles Unerwünschte auszuscheiden, es loszuwerden und ihm den Rückweg zu versperren. Wenn sie ahnungslos war, was da in ihrem Schenkel vor sich ging, wenn sie nicht weiter drüber nachdachte, warum ihr den ganzen Sommer das Essen nicht geschmeckt und dieser Metallgeschmack nicht aus ihrem Mund gewichen war, wenn sie einfach glaubte, alles werde weggehen, wenn sie weiter jeden warmen Tag ihre zweihundert Züge im See schwamm, dann war das ein Versuch gewesen, einfach die Boten stumm zu machen, die vom Unheil kündeten, wie die persischen Gottkönige, die auch gelegentlich köpfen ließen, wer schlechte Nachricht brachte.

Es war ein Chondrosarkom, das wußte sie jetzt endlich, der Stationsarzt hatte es ihrem Sohn gesagt und dieser ihr – Umwege, aber sicher bequemer für den vielbeschäftigten Doktor, ein halbentdifferenzierter Tumor, der bösartig in der Markhöhle des Knochens gewachsen war und das kunstvolle Gebälk, ein Gewebe aus Streben und Pfeilern, zum Einsturz gebracht hatte. Natürlich wußte sie jetzt besser, warum sie in diesem Sommer keine Mühe mehr hatte, nicht zuviel zu essen, woher die Schmerzen in der Leiste kamen, warum Hansis Fangopackungen und Mittel gegen Blähungen nichts genützt hatten. Und es gab eine neue Spurensuche – nichts, was sie fand, würde etwas bessern, aber sie konnte den Versuch auch nicht sein lassen.

Am 25. April 1986 hatte es heftig geregnet in Feldafing. Sie war in einen Gewittersturm geraten und bis auf die Haut durchnäßt worden. Damals dementiert und bagatellisiert, hatte sich doch herausgestellt, daß an diesem Tag die Niederschläge ein niemals vorher erreichtes Maß an Radioaktivität hatten. Tschernobyl lag bei Kiew, dort, wo Edi begraben war, so unglaublich jung, ihre Söhne, die sie – jeder auf seine Weise, der Ernst mehr im Aussehen, der Wolf mehr in seinen Bewegungen – an den Edi erinnerten, waren viel älter als er, grauhaarige Männer, deren Vater ihr immer jugendlich, mit seinem scheuen Lächeln und dem kräftigen Händedruck in Erinnerung bleiben mußte. Ein sehr seltener Tumor; aber man mußte an etwas sterben, warum nicht an einem sehr seltenen Tumor. Besonders auserwählt fühlte sie sich deshalb nicht, hätte sie's, um den Ärzten gefällig zu sein, tun sollen?

Maria, ihre ältere Schwester, war auch an einem sehr seltenen Tumor gestorben, mit fünfundsechzig Jahren, wie es sich für eine treue Beamtin gehört, die den Staat keine Pension kosten will. Eine Wegenersche Granulomatose, was immer das sein mochte, es wurde wie ihr Chondrosarkom erst erkannt, als es zu spät war. Maria hatte nichts von ihrem Ruhestand gehabt. Sie hätte schließlich auch endlich reisen können. Aber vielleicht war es auch gut, früh zu sterben, wenn man noch viel Kraft dazu hatte.

Sie fühlte sich zu schwach zu beidem, zum Leben und zum Sterben. Sie hätte es so gerne gehabt, wenn ihr ein mutiger Arzt (oder einer ihrer Söhne, die mußten das doch verstehen) ein Mittel zum Sterben gegeben hätte – oder auch zum Leben, zur Gesundung, wenn es das gab. Aber die Ärzte hatten das Heilmittel nicht, und das Todesmittel, das auch ein Heilmittel gewesen wäre, das würden sie ihr nicht geben. Und von Tag zu Tag wußte sie genauer, daß es nicht mehr besser wurde. Die Operationsnarbe heilte nicht, sie wurde nur dicker und härter.

Das Bewegungsbad, das ihr einmal gut gefallen hatte – so schwerelos, wie sie sich im Wasser fühlte, hatte sie es sogar gewagt, noch einmal das Bein zu belasten, das sie so im Stich gelassen hatte, und es war gegangen, aber dann wurde ihr kalt, die Heizung für das Wasser funktionierte nicht richtig, und sie mochte dem Arzt bei der Visite nichts sagen, weil ihr sofort die Tränen in die Augen traten. Nein, es war kein Eiter und kein Bluterguß, wie sie sich weismachen wollte, sondern es war der Tumor, der war immer noch da, hatte sich nach der Operation vermehrt und seinen Angriff verstärkt. Krebs, das war doch eine Erinnerung an die animistischen Zeiten der Medizin, als Krankheiten noch wie wilde Tiere oder Teufelspfeile über ihr Opfer herfielen – Hirnwurm, Wolf, Hexenschuß.

Sie tastete sich, die Arme auf den gepolsterten Rand des Gehwagens gestützt, auf Zehenspitzen den Gang hinunter, an den Türen vorbei, von denen jede eine Nummer trug und ein Leiden verbarg. Neben ihr Jonas, der junge Krankengymnast, er stützte sie und dachte wahrscheinlich: «Wie überflüssig, wie unsinnig, sie hat Krebs, sie wird bald sterben, aber tun wir so, als könnte sie gesunden, es hilft ihr seelisch, wenn schon nicht ihrem Bein.» Und plötzlich krachte es wieder in ihrem Hüftgelenk.

Sie erstarrte, wie der Löwenjäger, der im Dickicht die verwundete Beute sucht. Nichts und niemand konnte sie zukünftig bewegen, noch einen Schritt zu gehen. Der Knochen würde wieder brechen, wieder derselbe Schmerz, bedrohlicher, denn nun kannte sie ihn. «Nur ein Kapselriß», hatte Jonas gesagt, «vom langen Liegen!» Aber er log. Der Schmerz war einmal genug gewesen. Warum gaben sie ihr kein Mittel, um diese Qualen zu beenden? Warum muteten sie ihr zu, noch einmal von vorn zu beginnen: Bruchschmerz, Operationsschmerz, Wundschmerz, sie war umzingelt, und alle trugen Waffen, sie nur ihre Wunde, keiner gab ihr den Gnadenstoß, so mußte sie sich in die Lanzenspitzen stürzen, die zwischen ihr und ihrer Freiheit standen.

Philoktetes

Sie tastete über das kranke Bein. Der Oberschenkel war angeschwollen, unförmig, fremd. Er gehörte nicht mehr zu ihr. Unter der verheilten Operationsnarbe klopfte und vibrierte ein eigenes Kraftwerk, wie eine Fabrik, an verborgenem Ort gebaut, in der nachts fieberhaft Falschgeld gedruckt wird. Das Pochen erinnerte sie an ihre gequetschten Finger, in denen sich das Blut unter den Nägeln staute. Das war im Sommer 1923 gewesen, in den großen Ferien, als sie eben zehn Jahre geworden. Im Ruhrgebiet war etwas, das die Erwachsenen «Kohlekrieg» nannten. Sie stellte sich bewaffnete Männer vor, die um große Haufen pechschwarzen Gerölls rauften. Dann gab es noch die Inflation, die vor allem den Vater bekümmerte. Aber der war ohnehin immer gereizt. Sie hätte ihn gern getröstet, denn sie hing mit einer heimlichen und bitter enttäuschten Liebe an ihm. Aber er wies sie ab. Wenn er seufzte, verstand nur er selbst den Grund. Was wußte sie schon von Aktien, Obligationen, Grundstücken!

In Kronach sollte geheiratet werden. Eine große

Hochzeit: die jüngste Tochter aus dem angesehenen Geschlecht der Holzhändler, Sägewerksbesitzer, Floßherren und der Bräutigam aus Münchener Bier-Adel, selbst kein Brauer mehr, sondern Opernsänger, ein dunkelhaariger, stattlicher Mann, dessen Brauen sich dicht und kompakt wie Sicheln über den Augen wölbten. Sie und ihre drei Jahre ältere Schwester Maria sollten die Schleppe der Braut tragen und in der Kirche Blumen streuen. Sie bekamen weiße Kleider, weiße Söckchen, schwarze Lack-Spangenschuhe. Am Vorabend wurden die Haare mit Zukkerwasser betupft und über Flaschenkorken eingedreht. Die Nacht war unbequem, aber am Morgen krochen tadellose Stopsellocken aus den häßlichen Wickeln wie Schmetterlinge aus der Puppenhülle. Darauf kamen noch Kränzchen aus weißen Seidenblumen. Fast fertig angezogen, war es ihr eingefallen, daß sie noch dringend aufs Klo mußte. «Ich auch», schrie Maria und rannte ihr nach, den langen Gang hinunter, auch hier versessen auf das Erstgeburtsrecht. Sie war die erste, sie hatte das Ziel erreicht, klammerte sich an den Türrahmen, als Maria sie überholte und triumphierend zurückdrängte, zuschließen wollte. Sie hatte geschrien und geweint, während Maria nur langsam begriff, was sie angerichtet hatte. Später äußerte die Schwester den Verdacht, sie habe absichtlich die Finger im Türspalt gelassen, um sie ins Unrecht zu setzen und ihres Sieges zu berauben. Sie sah sich, die Locken schon zerzaust, heulend vor der Wasserschüssel sitzen, in der Onkel Otto, der künftige Arzt, die Finger kühlte, ehe er sie verband. Während der Zeremonie in der Kirche tat es noch abscheulich weh. Sie mußte still stehen, was sie immer langweilte, die Zeit dehnte sich endlos, wie ein Meer oder eine Wüste, in denen es keine Klippe, keinen Baum gibt, an denen das Auge Halt gewinnt und sich abstützen kann. Es blieb nichts, als den Schmerz zu ertragen und auf das Hochzeitsessen zu warten, auf den soviel faßlicheren Ritus. Gewöhnlich war das Essen eher eine Plage. Die Mutter, die irgendwann blühend und freundlich gewesen war, hatte sich wie in das Schneckenhaus der guten Köchin, der pflichtbewußten Hausfrau zurückgezogen. Damals erriet sie nicht, woran diese Veränderung lag. Aber hätte ihr geholfen, was sie sich später zurechtlegte? Der Amtsrichter war für die Kaufmannsfamilie keine erbärmliche, aber auch keine gute Partie. Er versuchte zu wirtschaften und machte sich lächerlich. Die guten deutschen Aktien, die er als Mitgift bekommen hatte, verkaufte er, weil ihm die Rendite zu gering war. Russische Eisenbahnobligationen brachten viel mehr Zinsen. Aber nach Lenins Revolution war das Geld verloren. Jetzt klammerte sich der arme, ahnungslose Mann an sein Bankguthaben, anstatt schleunigst Haus und Grund zu erwerben. Nun mußte er zusehen, wie sich die

Goldmark in nichts auflöste. War nicht leiser Spott in der Stimme der Mutter, wenn sie mit den beiden Mädchen von den Bastionen der Festung Oberhaus hinüber auf den Nonnenberg blickte, wo vorbei an dem frommen, schlichten Haus, dessen Fenster in der Abendsonne schimmerten, der goldene Steig nach Prachatitz in Böhmen führte? «Dort hätte euer Vater ein Grundstück kaufen können. Es war günstig zu haben, die Lage ist schön über der Ilz, der Weg in die Stadt nicht weiter als vom Sturmberg. Aber er hat sich nicht entscheiden können, und dann hat die Inflation das Geld aufgefressen.» Sie stellte sich unter Inflation manchmal etwas Lustiges vor – war es nicht schön, wenn plötzlich alle Menschen Millionenmarkscheine in den Geldbeuteln trugen? «Fressen», das ließ sie an viele Heuschrecken denken, Schwärme, die an Banknoten nagten, oder einen geblähten Drachen, der einen großen Goldschatz verschlingt. Aber solche Träumerei tröstete nur kurz über die verzweifelte Stimmung zu Hause, die vielleicht gerade deshalb so schwer zu ertragen war, weil nie ein böses Wort fiel, weil der Amtsrichter und seine fromme Gemahlin, ihre Mutter, mit äußerstem Pflichtgefühl ihre Rollen spielten, den Kindern gegenüber immer wie aus einem Mund sprachen.

Diesmal würde es viele gute Sachen zum Hochzeitsessen geben. Das war keine Frage. Niemand würde beleidigt die Miene verziehen, wenn sie in einem der vielen Gänge herumstochern sollte wie die Mutter zu Hause. Essen gegessen, Essen gut, alles gut. Das schien sie zu glauben, und gerade deshalb schmeckte es so oft nicht, selbst beim besten Willen, bei den gründlichsten Vorsätzen, nicht mehr zu mäkeln. Einmal hatte sie stumm, weil sie den vorwurfsvollen Blick der Mutter nicht ertrug, das ganze, zähe Fleisch gekaut und gekaut und immer noch einen Bissen nachgenommen, bis sie an dem Faserball fast erstickte, war dann errötend aufs Klo gelaufen und hatte alles hineingespuckt, voller Schuldgefühle über ihren Betrug. Aber als sie an der großen Tafel einen Teller Markklößchensuppe und ein wenig Kalbsbraten mit Kartoffeln und Rotkohl gegessen hatte, konnte sie nicht mehr und war wieder enttäuscht – nichts schmeckte anders als gewöhnlich, als immer, und es war doch ein besonderer Tag. Erst beim Eis nahm sie wieder ein wenig. Der Champagner als Wort und Versprechen großer, glänzender Dinge war viel schöner gewesen als dieses gleichzeitig beißende und bittere, gelbliche Getränk in ihrem Glas. Noch schlimmer waren die Reden, zu denen sich bald dieser, bald jener Gast erhob. Man mußte sie schweigend über sich ergehen lassen, durfte nicht essen, nicht trinken, kein kritisches Wort sagen, konnte nicht einmal die Ohren zuhalten, was sie am liebsten getan hätte. Hatte sie damals begonnen, die

Biber zu beneiden, von denen in dem dicken Naturkundebuch ihres Vaters stand, sie könnten mit Hilfe besonderer Muskeln die Ohren verschließen? Halb Opfer, halb Ethnograph, beobachtete sie die Verwandten und Festgäste. Wie wenig doch die tönenden Worte, das christlich-feierliche Gepräge zu dem paßten, was sie wirklich zu bewegen schien! Jeder schien Gründe zu suchen, daß er sich benachteiligt fühlen konnte. Die Aussteuer der Braut sei längst nicht so qualitätvoll wie die ihrer Mutter im Jahre 1908, vor dem Krieg. Der Schreiner Bottler habe klappriges Zeug geliefert, nichts Solides, Geschnitztes, wie die Möbel im flandrischen Stil, die ihre Mutter mitbekommen hatte. Was konnte ihre Mutter dafür, daß sie acht Jahre älter war als die Tante!

Dann gab es noch Torte und Kaffee, ein Jammer, daß man nicht auf Vorrat essen konnte. Und schließlich sollte die ganze Gesellschaft hinaus auf die Altane des stattlichen Bürgerhauses, das sich – Vorder-, Mittel- und Rückgebäude – vom Marktplatz bis zu jener schmalen, gekrümmten Straße erstreckte, die zum Wirtshaus vom «Scharfen Eck» führte. Ein Fotograf war gekommen, hatte seine messingbeschlagene Mahagonikamera auf dem hölzernen Stativ aufgebaut. Die Altane liebte sie sehr, eine Art Dachterrasse auf dem ehemaligen Stallgebäude, hoch und frei über den spitzen, roten

Giebeln, mit Asphalt belegt, der an Sommertagen so heiß wurde, daß man ihn barfüßig gar nicht mehr betreten konnte. Die Großmutter zog hier in Blechkästen Tomaten, seltene Früchte für diese Landschaft, die an dem geschützten Platz prächtig gediehen, mit Taubenmist gedüngt. Um das massive eiserne Gitter rankten sich über die zwei Stockwerke vom Hof herauf wilder Wein und eine Glyzinie, die hier üppiger blühte als überall sonst nördlich der Alpen. An einer Seite der Balustrade lief eine Bank, die mit Vorsicht benutzt werden wollte. Die Fabrikschornsteine von Kronach bliesen große Mengen Ruß in den Himmel, der sich bei ungünstigem Wind gerade hier an dem geschützten Plätzchen der Oberstadt ablagerte. Die Schlote trugen Namen. Am schlimmsten war der Kühnlenz, soweit sie sich erinnerte, gehörte er zur Porzellanmanufaktur. Ihr Geschirr, von der Mutter in die Ehe mitgebracht, kam von daher, weiß, mit einem schmalen Rand in Kobaltblau und Gold. Heute war Vorsorge getroffen worden. Die Bank war mit Kissen bedeckt. Hier ließen sich die Braut und die anderen Damen nieder, für die Schwiegereltern wurden Korbstühle geholt, die Herren standen, lässig gegen das Geländer gelehnt oder ein wenig unbeholfen, wie ihr Vater, rechts außen, den drei schneidigen Onkeln gegenüber. Die beiden weißgekleideten Mädchen, Maria und sie, kauerten zu Füßen der Braut neben einem großen Korb voller Rosen und bemühten sich um ein dekorativ-feierliches Gesicht.

Sie wußte nicht genau: Erinnerte sie sich an die Szene oder an das Bild, das immer noch in dem Album klebte, dem Hochzeitsgeschenk ihres Vaters? Sie hockte vor der Schleppe des Brautkleides, und während Maria ein seelenvoller Augenaufschlag gelang, schaute sie scheu, mit einem kleinen Lächeln, in die Linse. Das kleine weiße Kleid vermengte sich mit dem großen dahinter und teilte das Bild in zwei Hälften, denn außer den Kindern trugen nur zwei Frauen Weiß, Mutter, Großmutter, Schwiegermutter waren alle in schwarzer Seide, die Onkel im Frack, Hans, der liebste, jüngste, der am frühesten hatte sterben müssen, trug sogar eine Zigarette in der Hand; die Herren sonst Nelken im Knopfloch, die Damen einen Rosenzweig, es war eine sehr auf ihre Würde bedachte Versammlung, jede Familie schien mürrisch, sich herabgelassen zu haben für eine Verbindung, die unmöglich so gut sein konnte, wie das eigene Verdienst es forderte. Zwischen der Brautjungfer, bei weitem der schönsten Frau auf dem Fest, die mit ihrem großstädtisch ausgeschnittenen Kleid nicht zu den züchtig verhüllten Kronacherinnen paßte, und dem hochnäsigen Onkel Otto, der die Schmisse seiner Frankonia auf der Backe trug, ragte der Starenkasten in den Himmel, höher als die Altane, ein luftiges Häuschen mit Sitzpflock und

Pultdach, unpassend, störend. Er zog ihre Blicke an, sooft sie das Bild betrachtete, vielleicht weil er ebensowenig zu dieser Gesellschaft gehörte wie sie. Es war ein aufregender und doch trüber, enttäuschender Tag gewesen; gerade weil sie ihre Hoffnungen und Ansprüche so schlecht zügeln konnte, ging es ihr meist besser, wenn sie für sich war.

An diesem Tag war noch viel geschehen. Jetzt, wo das Lesen sie anstrengte, weil sie immer ein wenig an den Buchstaben vorbeiblicken mußte, um sie zu erkennen, waren ihre Erinnerungen so klar wie immer, sie ließen sich mit geschlossenen Augen rufen und auch ein wenig lenken, ehe sie selbst das Ruder ergriffen und den betrachtenden Geist steuerten. Damals, nach dem enttäuschenden Fest, war sie auf den Mehlboden gegangen, um zu kramen, um endlich etwas zu finden, was noch namenlos war, was keine Vorfreude enthielt, die sich dann doch nicht erfüllte. Die Katze hatte sie begleitet, sie war ihr begegnet, hatte fast unhörbar miaut und war mit erhobenem Schwanz vor ihr hergelaufen, durch das große, leergeräumte Eßzimmer, in die Küche, wo sie vor ihrem leeren Schüsselchen stehenblieb. Sie hatte sich über das Verbot der strengen Kronacher Oma hinweggesetzt, den Milchtopf geholt und von dem guten oberen Teil ausgeschenkt, während die Hausherrin gebot, den Katzen von der Magermilch zu geben und den Rahm für ihren Kaffee abzuschöpfen. Jetzt war eine Begleiterin gewonnen, die sich mit der Milch locken ließ, von der Küche in das ehemalige Comptoir, wo das Telefon an der Wand hing, ein brauner Kasten mit Sprechtrichter, Kurbel und angehängtem Hörer, an dem unförmigen Rolldeckelschreibtisch vorbei, über den Fußboden aus rotem Terrazzo, der bei jedem Schritt rumpelte. Der Mehlboden lag im ältesten Teil des weitläufigen Hauses. Hier war, als die Urgroßeltern noch eine Bäckerei führten, das Mehl gelagert worden, in einem großen, düsteren Raum, der sich nur in einer Reihe kleiner, vergitterter Fenster auf das «Gäßla» öffnete. Das war ein Verbindungsweg zwischen dem Marktplatz, auf den das Vorderhaus mit seiner behäbigen, klassizistischen Front blickte, und der Straße zum «Scharfen Eck», so schmal, daß zwei Menschen, die sich darin begegneten, die Schultern ein wenig zur Seite drehen mußten, um nicht aneinanderzustoßen.

Nein, aus dem Gerümpel, das jetzt den Mehlboden bevölkerte, konnte man kein Brot backen. Die Stühle mit zerschlissenem Bezug, die zerlegten Bettgestelle, getürmten Matratzen, die Tische und blindfenstrigen Schränke hätten gewiß mehrere Backöfen beheizt. Mitten darin stand ein gedrechselter Kleiderständer, groß wie ein Baum, unten von einem Gehege umgeben, in dem Stöcke und Schirme staken wie Wurfspeere in einem von vielen Jägern gehetzten Tiger. Nein, sie suchte die Truhen, in denen es zu finden gab, was ihre Tanten und Onkel abgelegt hatten. In der einen hatte sie, von der eifersüchtigen Schwester begleitet und bewacht, die Puppenkleider eben der Tante gefunden, die heute verheiratet worden war – leider ohne die dazugehörige Puppe. Sie mußte sehr groß gewesen sein und gut ausgestattet, ganz in der Art des vergangenen Jahrhunderts, mit Rüschen und Reifröcken, einem Korsett, einem Himmelbett und winzigen, geblümten Porzellantassen. Die zweite, größere Truhe war noch nicht so gründlich erforscht. Sie stellte das Milchschüsselchen hinauf, es war köstlicher, die Katze zu füttern, als auf ein Hochzeitsessen zu warten, das mit Geschwätz gewürzt war. Wie sauber das rote Zünglein taktmäßig auf und ab ging. Sie legte einen Finger vorsichtig in die kleine Grube zwischen den zarten Schulterblättern, die sich durch die Haltung der Katze beim Trinken bildete. Diese legte leicht die Ohren zurück. Sie nahm ihre Hand wieder fort. Zärtlichkeiten während der Mahlzeiten waren unerwünscht. Höflichkeit gegen Höflichkeit. Sie wußte wieder einmal, warum sie Katzen soviel lieber mochte als Hunde. Ein Hund hätte die Zähne gefletscht und geknurrt, um dasselbe zu sagen.

Als der letzte Tropfen verschwunden war, blickte die Katze auf und sah sie erwartungsvoll an. «Ich habe nichts mehr», sagte sie. «Fang dir eine Maus!» Vorsichtig, damit nichts von der vielen Milch im

Katzenbauch herausgepreßt wurde, setzte sie ihre Freundin auf den Boden. Diese ging aber nicht auf Mausjagd, sondern suchte den einzigen Sonnenfleck auf dem staubigen Boden und ließ sich mit eingeschlagenen Pfoten nieder.

In der Truhe lagen Schulbücher und beschriebene Hefte bunt durcheinander. Da war ein Band Karl May, den sie schon kannte, der Vater hatte die Nase gerümpft, Coopers «Lederstrumpf», ein Buch «Aus Wald und Flur», in das gepreßte Moose und Blätter geklebt waren. In Physikbüchern experimentierten Männer mit steifen Hüten und gepflegten Bärten mit geheimnisvollen Kolben und Hebeln; sie legte sie auf einen Stapel zu den anderen, taubes Gestein, wie es jeder Bergknappe auf der Suche nach Erz verwerfen muß. Da, ein Buch «Griechische Götter- und Heldensagen». Davon wußte sie ein wenig und längst nicht genug. Die wenigen Bücher, die ihre Mutter mitgebracht hatte und die sie viel großzügiger auslieh als der gründlich-grämliche Vater, enthielten auch ein schmales Bändchen über die antiken Mythen, mit vielen Bildtafeln in golden gedruckten Linien, alle Gestalten züchtig bekleidet, obwohl man sie anderswo nackt sehen konnte, mit kurzen, nüchternen Texten, die sich so rasch vergaßen, wie man sie las. Da waren die germanischen Sagen viel eindrucksvoller, die der national gesinnte Vater in verschiedenen, reich bebilderten Ausgaben anbot (wenn er nur nicht immer Fettflecken und Eselsohren angekündigt hätte wie ein Bußprediger Sünden). Die Schwestern hatten Streitgespräche geführt, ob Dietrich von Bern oder Siegfried von Xanten der größere Held sei, ob Kriemhild oder Brunhild mehr Mitleid verdiene. Männer wurden nach ihren Taten, Frauen nach ihren Opfern beurteilt. Als sie das Buch auf der Truhe öffnete, sah sie ein Bild, das noch vor dem Titelblatt eingebunden war. Da saß ein Mann auf einem Stein am Fuß einer Olive. Er trug einen rotbraunen Mantel und hatte einen großen Bogen und einen Köcher mit vielen Pfeilen an den Stamm gelehnt. Vor ihm war ein würfelförmiger Altar aus genau behauenen Quadern, auf dem ein Opferfeuer brannte. Aus einem Schlupfloch schoß eine Schlange auf den arglosen Mann. Sie würde ihn beißen, die Giftzähne, geformt wie Katzenkrallen, waren in dem dreieckigen Kopf gut zu erkennen. Sie entzifferte mühsam die Unterschrift. Piloktetes? Nein, Philoktetes, gesprochen wie Philosoph. Das mußte sie lesen.

Mit dem Buch unter einem, der Katze unter dem anderen Arm, das leere Schüsselchen in der Hand, war sie zurückgeschlichen in ihr Zimmer. Im Haus war das Fest nicht zu überhören, Stimmen redeten durcheinander, jemand spielte auf dem Flügel, in den hellen Tenor des Onkels Gottfried (der sich ebenfalls als Opernsänger versuchte) mischte sich der kräftige Bariton des neuen, des angeheirateten Onkels. Sie ging den Gästen aus dem Weg, legte sich auf ihr Bett und las die Geschichte des Königssohns, der eben des Wegs kam, als ein viel größerer Held gerade seinem Leben ein Ende machen wollte: Herakles, der seiner eigenen und der unschuldigen Tücke einer Frau erlegen war. Warum mußte er schließlich seine Pfeile in das Blut der erschlagenen Hydra tauchen? Er war ohnehin der stärkste unter den Sterblichen, brauchte er Gift? Hatte er nicht mit diesem Gift unschuldig-schuldig seinen geliebten Freund, den weisen Kentauren Chiron getötet? Und jetzt fraß es ihm selbst das Fleisch von den Knochen, denn Nessos hatte einer eifersüchtigen Verlobten geraten, das Brauthemd mit dem vergifteten Blut zu tränken. So würde Herakles ewig treu bleiben. Das war nicht falsch vorhergesagt, aber auch nicht die Wahrheit. Zur Wahrheit gehören zwei. Die griechischen Orakel machten aus ihr ein Vexierbild. Nachher war man klüger. Und jetzt errichtete der gepeinigte Halbgott, den keiner seiner Freunde erschlagen wollte, sosehr er sie darum auch bat, einen Scheiterhaufen, um sich zu verbrennen. Und wieder wollte keiner die Fackel in das ölgetränkte Holz werfen. Da kam Philoktetes hinzu, ein Königssohn, bereit, das Opfer auf sich zu nehmen. Herakles erkannte den Mut, der darin lag, und schenkte ihm zum Dank den Bogen mit den tödlichen Pfeilen. Aber eine neidische Göttin, wütend auf Herakles' Erlösung und auf seinen Erlöser, schickte die Schlange. Wie Chiron und Amfortas trug nun auch Philoktet eine unheilbare Wunde, die ihn nicht leben ließ und nicht sterben, die unaufhörlich schmerzte und einen so unerträglichen Gestank verbreitete, daß niemand mehr die Nähe des Verwundeten ertrug. Der Schlangenbiß traf Philoktet, als er sich mit den anderen Griechenfürsten nach Troja einschiffte. Die Achäer lösten diese Schwierigkeit mit der ihnen eigenen Ruchlosigkeit. Wie sie Iphigenie geopfert hatten, um endlich günstigen Wind zu haben, setzten sie Philoktet auf einer Insel aus, um den Gestank loszuwerden.

Damals, in dem Zimmer über dem Mehlboden, dessen Fenster wie die seinen auf das Gäßla hinausgingen, hatte sie diese Geschichte gepackt und gerade an dieser Stelle nicht mehr losgelassen. Angst fiel wie eine würgende Wolke über sie her. Das durfte es doch nicht geben! Das war unerträglich! Schuldlos wie ein Schuldiger behandelt zu werden, einen Schmerz zu tragen, der nicht Mitleid und Sorge auslöste, sondern Abscheu und Verachtung, für den man ausgestoßen wurde wie ein räudiger Hund aus dem Rudel. Es tröstete sie nicht, daß die Geschichte des Philoktetes durch irgendein Orakelkunststück doch noch eine gnädige Wende erhielt. Troja könne nicht ohne die Pfeile des Herakles erobert werden, sagte ein Seher. So reiste eine Gesandtschaft eben der

Griechen, die den Dulder ausgesetzt hatten, auf die von Gestank und Klagen erfüllte Insel, um ihn wieder für den Krieg zu gewinnen. Odysseus muß ihr Führer gewesen sein, Meister des doppelzüngigen Wortes. Philoktet wurde erlöst, doppelt sogar, denn einem Arzt gelang nun plötzlich, was vorher unmöglich schien (oder unmöglich gemacht worden war), die Wunde heilte, ein Pfeil vom Bogen Philoktets tötete Paris, dessen Gier nach Helena den ganzen Krieg ausgelöst hatte. Aus dem elenden Verbannten wurde ein Kriegsheld, ein Sieger, vom Lorbeer des unsterblichen Ruhms gekrönt.

Damals war sie mit rotem Kopf heruntergestiegen und hatte sich zu den anderen an den Abendbrotstisch gesetzt. Es war ein kleinerer Kreis, die Brautleute hatten die Hochzeitsreise begonnen, bis München von den Verwandten des Bräutigams begleitet. Konnte sie den Versuch wagen, mit den Eltern, den Onkeln, die so unberechenbar zwischen liebevoller Zuwendung und hoheitsvoller Gleichgültigkeit schwankten, über ihre aufgewühlten Empfindungen zu sprechen? Man mußte vorsichtig sein, mit einer ganz unschuldigen Frage beginnen, den Boden erproben, wie auf einer Wanderung in sumpfigem Gebiet.

In einer Fußnote war ihr ein Wort untergekommen, das sie nicht verstand. «Pösie»? Sie las es wie Serie, Geranie, Familie und begriff nicht oder meinte, nicht zu begreifen, was das bedeutete. Später dachte sie manchmal, sie hätte sich nur dumm gestellt, um eine ganz unschuldige Einleitung zu finden, und in Wahrheit die ganze Zeit die Bedeutung dieses Wortes genau gewußt. Aber das mochte ebensogut eine nachträgliche Beschönigung sein; gewohnt, kritisch mit sich umzugehen, ertrug sie es nur sehr schlecht, sich fremdem Tadel auszusetzen, und versuchte dann wohl schon auch, das Duell, in dem sie verwundet worden war, nachträglich in Spiegelfechterei zu verwandeln.

«Was ist eigentlich ‹Pösi-e›?» fragte sie in eine Gesprächspause hinein. Verdutztes Schweigen. Dann – schallendes Gelächter. «Ja, weißt du denn nicht, was ein Poet ist? Poetisch? Poesie? Dichtung, Dichtkunst?»

Nein, sie würde nie mehr etwas fragen, nie mehr diesen Erwachsenen trauen, die nicht besser waren als die treulosen Gesellen Philoktets. Sie hatten ihre Unwissenheit verspottet, hatten sie beschämt, und verlangten gleichzeitig doppelzüngig, sie solle doch fragen: wie sonst könne sie wissend werden? Warum konnte niemand sagen, ohne dieses Gelächter, das sie mit Scham überschwemmte: «Poesie, das ist Dichtung, aber wie kommst du darauf?» Dann hätte sie vielleicht die Geschichte Philoktets und damit auch ihrer Angst erzählt, sich nicht zurückgezogen, ihre Wunde geleckt und allmählich, einzig durch ihre eigenen Gedanken, die Stimme zum Schweigen gebracht, daß so etwas eigentlich nicht sein durfte. Später grübelte sie noch öfter ihrem Entsetzen nach. Sie war doch durchaus abgehärtet; Treuebruch und Grausamkeit sind in Grimms Märchen oder in den Sagen über Siegfried, Beowulf und Dietrich von Bern so häufig, daß ein zartbesaitetes Gemüt auch diese unerträglich finden müßte, sie aber mochte diese aus Ruß und Gold gemischten Bilder viel lieber als die süßlichen Geschichten von Trotzköpfchen und Nesthäkchen. Es mußte die soziale Isolierung sein, in die der Held durch seine stinkende Wunde geriet. Zehn Jahre lang – gerade soviel, wie sie damals zählte. War er ein Symbol ihrer Kindheit? Der Gestank, diese unfreiwillige, unentrinnbare Schmach, die ihn einhüllt, die ohne sein Zutun jeden beleidigt, der sich ihm nähert, hatte sie besonders getroffen. Sie war immer sehr geruchsempfindlich, ertrug kein Parfüm, keinen Rauch in ihrer Wohnung, legte mit Lavendel gefüllte Stoffbeutelchen in den Wäscheschrank. Philoktets Wunde? Sie hatte die blutdurchtränkten Binden immer in den Ofen gesteckt; einmal, als er noch nicht brannte, hatte einer ihrer Söhne diese peinlichen Zeugen einer Schmach, die sie mit aller Vernunftanstrengung nicht natürlich finden konnte, wieder herausgezerrt und sie gefragt, was das sei. «Das geht dich nichts an», hatte sie ihn angeschrien. Vielleicht war er mit demselben gekränkten Erschrecken verstummt, wie damals sie selbst nach ihrer Frage über die Poesie.

Daß sie so empfand, hing gewiß auch mit Mater Isabella zusammen. Sie erinnerte sich mit leisem Grauen und einer Mischung aus Mitleid und Wut. Sie war jetzt älter, als diese ihr immer noch uralt erscheinende Frau je geworden war, sie hatte zwei Kinder geboren und jeder Klosterschwester etwas voraus. Aber Isabellas Glaube war nicht bigott aufgebläht, vom Schleim der Heuchelei gleitfähig und bequem gewesen, sondern glühend, fanatisch, eindringlich, sie hatte alle Freude an weltlichen Dingen bekämpft, nicht frech und neugierig sollte man blikken, sondern die Augen zu Boden senken; kleine Mädchen durften nicht eilig springen, nicht laufen, daß die Röcke flogen, nicht unbekümmert sitzen, nicht mit Männern zusammen baden, und seien es die eigenen Brüder oder Väter. In der Fastenzeit, vor Ostern, an Beichttagen begann Isabella ganze Unterrichtsstunden vom Leiden Jesu zu erzählen. Sie benannte jede Einzelheit, bis man glaubte, selbst den Schmerz zu spüren, und versäumte keine Gelegenheit, darauf hinzuweisen, daß alle, vor allem aber die Anwesenden, sich mitschuldig gemacht hätten an dem heiligsten Opfer. Ihre Sünden, ihre Vergnügungen, ihre Unterlassungen an täglichem Gebet und guten Taten, haben die Dornen in das Haupt Christi gedrückt, die Geißelhiebe brennen lassen, die Nägel in das Fleisch geschlagen.

Die Vernunft eines Kindes war schwächer als die Leidenschaft des Erwachsenen. Was hatte sie nicht alles für Gründe gesucht! Wie konnte sie schuld sein an etwas, das fast zweitausend Jahre zurücklag? War sie nicht von ganz anderer Art als die Peiniger Jesu, hob Schnecken und Käfer auf, damit kein Fuß sie zertrat? Hatte sie je verlangt, jemand anderer solle für ihre Sünden büßen? Aber dennoch, wenn sie gerne das tägliche Gebet vergaß oder verbotenerweise in des Vaters Büchern schmökerte, wenn sie naschen wollte, ja mitten im rötesten (und berechtigten) Wutanfall tauchte plötzlich das blutende Haupt auf und lähmte sie zerknirscht. Da war sicher auch die Frage eine Todsünde, ob diese kleine, vertrocknete Frau mit den zusammengezogenen Brauen und den düsteren Augen überhaupt einen weiblichen Leib unter der schwarzen Kutte trug? War sie nie nackt, mußte sie sich nie schämen, ging sie nie aufs Klo? Eingebungen des Teufels, die sich nur bei diesem frommen Fräulein meldeten, sonst nie. Dieser christliche Wundenkult war unheimlich, voller verborgener Erotik. «Lege deine Hand in die Wunde an meiner Seite!» War diese Wunde nicht Nachahmung des Schoßes, sollte sie nicht Erlösung spenden wie dieser Lust und Leben? Mater Isabella hatte versucht, die Lust auszutreiben, an die Stelle der natürlichen und gesunden Öffnung eine künstliche, tödliche zu setzen. Es waren grausame Bilder, aber es waren die Bilder ihrer Kindheit, sie hatte keine anderen; vielleicht war Philoktet deshalb zu einer so eindringlichen Gestalt geworden. Und jetzt lag sie da, in der Insel ihres Bettes, ihres Zimmers, und weil sie nicht hinausgehen konnte, wußte sie auch nicht, wie es in diesem Zimmer roch, denn wer in einem Raum lebt, nimmt den Geruch dieses Raums nicht mehr wahr. Lästig fällt er nur denen, die von außen kommen. Manchmal fragte sie einen ihrer Söhne, ob es denn schlecht röche. Diese beruhigten sie immer, nein, keineswegs, aber sie traute ihnen nicht, die wollten sie nur beschwichtigen, ihre Nasen waren notorisch unempfindlich, nicht ernst zu nehmen.

Ursprünge

Wenn die Zeit umkehrbar wäre? Ein kinobegeisterter Lehrer hatte ihnen im Physikunterricht Bilder gezeigt: Ein Motorradfahrer landet im Straßengraben, blutüberströmt, die Maschine in Trümmern. Dann lief derselbe Film in umgekehrter Richtung. Wie durch Zauberei setzte sich das Vorderrad wieder in die Gabel, der Helm wieder auf den Kopf, das Blut verschwand aus dem Gesicht, rückwärts, mit einer Geschwindigkeit, die nun doppelt halsbrecherisch wirkte, entschwand der Geheilte zwischen den Baumreihen, aus denen er gekommen war, in unwirklichem Frieden lag die Pappelallee da.

Sie hatte nie gerne geschrieben. Wenn sie es doch tat, dann möglichst kunstlos, einfach und dicht an den Dingen. Jetzt, wo es fast schon vergeblich war, sich an die Zeit zurückzuerinnern, in der sie frei gehen konnte, schien ihr das Schreiben eine unendlich mühsamere und unvollkommenere Möglichkeit, die Zeit umzukehren, eine Möglichkeit freilich, die viel tiefer in die Vergangenheit zurücktauchen konnte, als es das, wie Polyphem, leicht geblendete Auge der

Kamera vermochte, zurück in Höhlen und Schuttschichten, archäologische Sedimente, die auf den Grund des Zeitmeers sanken und Spuren des vergangenen Lebens einschlossen, versteinerte Ammonshörner und Donnerkeile.

Sie erinnerte sich, wie sie unter trübem Himmel durch das unruhige mürrische Wasser der Dardanellen gefahren war. Die Kreuzfahrt hatte in Venedig begonnen, sollte in Genua enden, mit Ausflügen in die Peloponnes, nach Troja, Patmos und Ephesos. Zum erstenmal in ihrem Leben hatte sie asiatischen Boden betreten, kurz vor ihrem sechzigsten Geburtstag, in Cannakale, wo die Reisebusse warteten, um die Passagiere zu den Ausgrabungen zu bringen. Es ging eine Küstenstraße entlang, dann jäh in einen ersten Hügel, wo zwischen düsteren Kiefern weiße Orchideen blühten. Der Burghügel selbst war von Jahrmarktsbuden belagert wie einst von den Griechen, Türkenkinder plärrten, hinter den Buden der Andenkenverkäufer kreisten Karusselle und schwangen Schiffsschaukeln. Ihre Arbeitsdienstkameradin Mizi, die sie auf der Reise begleitete, hatte sich einen hübschen Kelim gekauft. Durch ein Gartenpförtchen trat sie in die Ausgrabungen, Säulenstümpfe rahmten den sauber gepflasterten Weg. Was sich zögernd und nicht so majestätisch, wie sie es sich gewünscht hatte, mit ihrem Bild des homerischen Troja verband, war eine wohlerhaltene kyklopische Mauer, längst nicht so eindrucksvoll wie die wahrhaftig von Giganten geschichteten Wälle um Mykene oder Tiryns. Aber das waren Reste von Troja II, vielleicht um 2500 vor Christus erbaut, schon 1900, wahrscheinlich von den Hethitern, zerstört. Hierher gehörte auch der «Schatz des Priamos», den Schliemann fand, der einem Vergessenen gehörte und seit dem Zweiten Weltkrieg in Berlin verschollen war. Welches Troja mochte das «wirkliche» Troja sein in diesen neun Schichten, aus denen ehrgeizige junge Archäologen jetzt schon zwölf machen wollten? Angeblich war nur eine der Siedlungen, eben Troja II, im Krieg zerstört worden. Das Troja der homerischen Zeit war eine mäßig große Stadt von nicht mehr als fünfhundert Meter Durchmesser. Eher ein Dorf! Und dieses Dorf wurde nicht durch Belagerung und blutige Schlachten zerstört, sondern fiel um 1300 vor Christus einem Erdbeben zum Opfer.

Der Trojanische Krieg fand also nicht statt, zumindest nicht in dem geschichtlichen Zusammenhang, in den ihn der Dichter stellt. Im Epos klang wohl noch der Untergang von Troja II nach, das wahrhaftig in Flammen sein Ende fand. Aber die Gesänge Homers waren so mächtig, daß seinetwegen, auf seinen Spuren, schon Troja VIII von den Griechen und Troja IX von den Römern gebaut wurden, daß nicht nur der Imperator Augustus seine Ahnen auf den Troer Aineias zurückführte, sondern auch die Nibelungen: Hagen von Tronje hieß doch «Hagen von Troja». Wie Türme aus Lehm, Termitenbauten, ragten die Reste der übrigen Schichten neben den stattlichen Mauern von Troja II. Das durchwühlte Material, viele tausend Maultierlasten, lag draußen in der Ebene. Tausende von Kilometern war sie gereist, um einen Schutthaufen zu sehen. Wer Homer gelesen hatte, wußte mehr von Troja, als wer in Hissarlik gewesen war.

Sie setzte sich auf einen der Lehmpfeiler und tastete nach den Muschelschalen und Knöchelchen, von denen die rote Erde durchsetzt war. Täuschte sie sich, oder waren sie wirklich angesengt? War es das Lagerfeuer eines Hirten, der ein geschlachtetes Lamm briet, eines Jägers, der seine Beute verzehrte, oder die Spuren der grausigen Tat des Neoptolemos, der Hektors Söhnchen Astyanax in der Nacht der Eroberung an den Mauern zerschmetterte? Wenn sie die Zeit rückwärts laufen ließ, dann wurde es still um sie, die tiefen Gräben verschwanden, die Busse der Touristen (sie hatte siebzehn gezählt, ohne die Privatautos), die Buden, der Jahrmarkt. Es blieb nur die fruchtbare Ebene, Schwemmland mit Reihen von Maulbeer- und Mandelbäumen, dahinter der breite Meeresarm. Unsterblich waren nicht die Mauern, sondern die Hirten und ihre Herden, die vor den Steinmetzen da waren und immer noch mit den gleichen Rufen die Hunde scheuchten, wenn die scheinbar für die Ewigkeit gebauten Festungen zu Schutt geworden waren, von Dornen- und Schlinggewächs überwuchert. Und die Hirten waren vergänglicher als die Schafe, die Schafe vergänglicher als die Gräser, von denen sie sich nährten. Irgendwann, noch weiter zurück im Strudel der Zeit, gab es dann nur noch die Sonne, den nackten Fels und das Wasser, aus deren Zusammenwirken allmählich der nährende Leib der großen Mutter Gaia entstand, die dem Himmel hundertarmige Ungeheuer gebar. Es war eine Pfütze Zeit und ein Ozean, dazwischen saß sie, wie das Kind in der Fabel des Augustinus. Wie lange hatte Homer gebraucht, um Troja zu schaffen? Sicher länger als sie (selbst mit dem Wörterbuch auf den Knien), ihn zu lesen; sicher kürzer als die Handwerker und Sklaven, welche die tonnenschweren Steine glätten und aufeinanderschichten mußten.

«Überall wimmeln die netten, treuherzigen Türkenkinder herum», hatte sie in ihr Reisetagebuch geschrieben. «Nachkommen von Hektor und Priamus? Das Museum ist rührend armselig und mit schrecklichen Bildern zur Ilias ausgemalt.»

Und zwei Stunden später war Troja nur noch eine Erinnerung – nein, Troja lebte fort, ein Bild mächtiger Türme und unbezwinglicher Tore, vor denen einladend-drohend das riesige hölzerne Pferd steht. Der Hügel von Hissarlik mit seinem Rummel und

Lunaparkzauber war verschwunden. Jetzt stand sie am Bug der «Pegasus» (ein würdiger Name für das ein wenig klapprige Schiff), versuchte dem schneidenden Wind und dem leisen Regen zu trotzen, der ihr die Brille trübte, und sah durch die Festungsmauern von Gallipoli aus irgendwelchen christlich-türkischen Kriegen das alte Abydos, wo sich Hero in Leander verliebte. «Des Meeres und der Liebe Wellen.» Hier hatte Xerxes die Meerenge überbrückt und einen Thron auf die asiatische Seite bauen lassen, von dem aus er den Zug seines Heeres verfolgen konnte. Herodot behauptete, es seien anderthalb Millionen Mann gewesen. Unter dem Kiel der «Pegasus» mochten noch die goldenen Ketten liegen, symbolische Fesseln, die der Großkönig in diesen «Fluß» werfen ließ, um dem Gott des Hellespont zu sagen, daß er sein Herr sei und der nasse Vasall sich nicht unterstehen dürfe, die Schiffsbrücke zu erschüttern oder gar zu zerreißen.

Sie hatte sich oft während dieser Reisen gefragt, ob sich denn der Aufwand an Zeit und Kraft lohne, gerade für sie, die so kurzsichtig war und viele Dinge besser betrachten konnte, wenn sie in einem der Bildbände auf ihrem Schoß zu sehen waren, für die sie immer neue Bücherregale kaufen mußte. Die Landschaft gab es nur hier, den Geruch von Salzwasser und Macchiasträuchern. Das Pantheon, das Atreusgrab, schließlich, nicht mehr überbietbar, die

Hagia Sophia, das waren *Räume*, die ließen sich nicht in zwei Dimensionen einfangen, in denen mußte man gehen, stehen, atmen, das Spiel des Lichts und den Schall der eigenen Schritte verfolgen. Es lief ihr kalt den Rücken herunter, als sie zum erstenmal dieses Gleichnis des byzantinischen Himmels betrat, die ehrwürdigste, vielleicht älteste, vielleicht schönste Kirche der Christenheit, die jetzt schon so lange Moschee geworden war. In einem Kranz von Licht die Kuppel. Es war nicht schwer, die Koransprüche fortzuträumen. Nicht ganz so einfach ließen sich die reich verzierte Ikonostase mit dem Adyton und die Mosaiken wiederherstellen, mit denen Justinian seinen Bau schmücken wollte. Hier war das Tor zu einer anderen Welt, wie in Nemi oder am Styx das Tor zum Hades sein soll, das nur jener durchschreitet, der den goldenen Zweig mit sich trägt. Wie die Perle in der Muschel steckte in Istanbul Byzanz, und in der Hagia Sophia, der Heiligen Weisheit, die jungfräulich-mächtige Pallas Athene. Zeus gebar sie aus seinem Haupt, denn er hatte Metis verschlungen, um einem Orakel zu entgehen, das ihm seinen Sturz ankündigte, wenn er mit ihr einen Sohn zeuge.

Hagia Sophia, die Heilige Weisheit, führte sie zu den Tagen ihrer Kindheit, in denen sie auf Schritt und Tritt dem Marienkult begegnet war. Diese Frau im blauen Mantel war nicht streng, sie richtete nicht, sie verzieh, sie suchte nicht scharfäugig nach Sünden wie die fanatische Mater Isabella, sie war voll der Gnaden und konnte davon an die Bedürftigen etwas abgeben. Selbst wenn sie die Schlange zertrat, tat sie es voller Anmut und ohne Zorn. Und die Marienfeste! Sie begannen am zweiten Februar, an dem ehrwürdigen Lichtmeßtag, an dem früher, in bäuerlicher Zeit, das Leben in den Höfen stillstand und Kraft sammelte für ein neues Jahr. Zu dieser Zeit wurde den Mägden und Knechten der Lohn gezahlt, wurden sie für ein weiteres Jahr beschäftigt, konnten sie kündigen und sich eine neue Stelle suchen. Es war ein Fest der Reinigung, das ursprünglich der «Darstellung» des Kindes im Tempel und damit verbunden der Purifikation Marias von der Befleckung durch die Geburt galt. Sie waren, brennende Kerzen in den Händen, singend durch Gänge und Treppenhäuser des Instituts der Englischen Fräulein gezogen, durch Schul- und Schlafsäle, ihnen voran, auf einem bestickten Polster, das lebensgroße Jesuskind des Klosters, eine Puppe, in Goldflitter gekleidet. In der Kirche las dann eine Schülerin der oberen Klasse die Hymne Simeons: «Nun lässest du deinen Diener in Frieden sterben, denn meine Augen haben das Heil der Welt gesehen...» An Mariae Verkündigung führte die Prozession durch den Park und die Gärten Freudenhains, und es kam der Feier trefflich zustatten, daß die Klosterschule einst, in leichtsinnigeren Rokoko-Zeiten, ein Lustschloß der weltlich lebenden Fürstbischöfe gewesen war, mit Seufzerbrücke und Hadesgrotte, Plantage im holländischen Stil und großer Gartenkunst. An der Spitze wandelte der Kaplan, gefolgt von weihrauchschwingenden Ministranten. Der Erlöser, der an diesem Tag im Schoß Mariens Wohnung genommen hatte, sollte nicht nur sie mit Fruchtbarkeit segnen, sondern auch Felder und Flure.

Der Mai war ganz von Maria beherrscht: jeden Abend, vor dem Essen, die Lauretanische Litanei mit ihren geheimnisvollen Anrufungen – Maria, Turm Davids, Lade des Bundes, geheimnisvolle Rose, und jedesmal die Antwort vieler heller Kinderstimmen: «Bitte für uns!»; während draußen, vor den offenen Fenstern, im Park die Buchfinken sangen, stimmten sie innen ein Marienlied an – «Meerstern, ich dich grüße». Am zweiten Juli, Mariae Heimsuchung, begegneten sich Elisabeth und Maria zwischen blühenden Kornfeldern, und das Kind im Leib Elisabeths frohlockte. Zu Schulbeginn, am achten September, wurden die dreizehnjährigen Mädchen in die Marianische Kongregation aufgenommen, legten morgens in der Kirche ein feierliches Gelöbnis ab und stolzierten dann den ganzen Tag über mit einer versilberten Medaille am blauen Band herum. Die Medaille zeigte die Himmelskönigin auf der Mondsichel, auf dem Haupt die Sternenkrone, Rücken an Rücken mit ihr die heilige Agnes mit einem Rosenkranz und dem Lämmchen.

Das Rosenkranzbeten im Oktober mochte sie nicht. Die Klosterfräulein sprachen von einer berauschenden Ekstase, die durch die unermüdlich wiederholten Avemarias entstehen sollte, aber sie spürte nichts davon und langweilte sich um so mehr, je heftiger sie darauf wartete.

Mariae Opferung am einundzwanzigsten November war dann ein Frauen- und Klosterfest, das den Eintritt des kleinen, dreijährigen Mädchens in die Tempelschule zu Jerusalem feierte, wo sie spinnen, weben und in Purpurseide sticken lernte. Wieder zogen die schwarzen Fräulein und die hell gekleideten Schülerinnen mit brennenden Kerzen, Flöten und Geigen durch das Haus. Besonders gefiel es ihr, wenn der Zug irgendwo umkehren mußte, sich die beiden Ströme begegneten und die um einen Takt verschobenen Lieder zusammenklangen. Sie mußte achtgeben, daß ihr keiner der Gedankenfäden entglitt, sich mit einem anderen verstrickte. Die Hagia Sophia! Und der Schlüssel zu ihr war das geheimnisvolle, letzte Fest des Marienjahres gewesen, Mariae Empfängnis am achten Dezember. Wie sollten die Nonnen ihren Zöglingen, denen sie alle Umstände der Zeugung geflissentlich verschwiegen, denn auch klarmachen, daß Maria nicht nur ohne Erbsünde geboren, sondern auch ohne den adamitischen Makel gezeugt worden war? Daß also, was an diesem achten Dezember alljährlich gefeiert wurde, der einzige ohne jeden Sündenrest vollzogene Beischlaf in der Geschichte der Christenheit war, eben jener zwischen Joachim und Anna, genau neun Monate vor Mariae Geburt? Ob die frommen Fräulein wohl genau wußten, was sie da feierten? Sie hätten es wissen müssen, denn durch ihr Keuschheitsgelöbnis versuchten sie doch gerade dieser Befleckung zu entrinnen, die seit dem Verlust der paradiesischen Unschuld jedem, auch dem in rechtsgültiger Ehe erfolgten «Erkennen» einer Frau durch einen Mann anhaftete.

Damals, in ihrer Phantasie angesprochen, ohne einen Grund dafür zu wissen, hatte sie zuerst von einem himmlischen Wesen gehört, einer Frau, die Gott vor aller Zeit und Welt erschaffen hatte, seinem Lieblingskind, seiner Wonne, die vor ihm auf der jungfräulichen Erde spielte. Sie dachte, dieses Wesen sei, da an einem Marientag beschrieben, die Himmelskönigin als Kind, ein kleines Mädchen, schon im azurnen Mantel und mit dem Kopftuch, die da auf der wüsten Erde kniete und die Donau schuf, indem sie mit dem Finger eine Rinne zog, riesig über ihr, in Wolken verschwimmend, die Gestalt des Schöpfervaters. Die Kleine blickte manchmal zu ihm auf, und er lächelte. Sie vergaß das Bild, wenn die Feier vorbei war. Aber im nächsten und wieder nächsten Jahr kehrte die Feier wieder und mit ihr das Bild. Erst als sie größer geworden war und Latein lernte, schenkte ihr Vater der eifrigen Schülerin einen «Schott», Leder mit Goldschnitt, das römische Meßbuch. Darin las sie, daß die heilige Weisheit nicht eine Ur-Seele Marias gewesen, sondern eine Gestalt des Alten Testaments, die in der christlichen Tradition mit Jesus, dem göttlichen Logos, gleichgesetzt wurde. Sie war enttäuscht. Ihr fehlte die Kraft, die eigene, soviel schönere Vorstellung festzuhalten, den dürren theologischen Vereinfachungen zu trotzen, die in ihrem Buch standen, auf das sie so stolz war, denn es enthielt gerade denselben Text, nach dem der Priester am Altar den Ritus zelebrierte. Sie war nun eingeweiht, sie zahlte den Preis für ihre Initiation, Frauen durften dem lieben Gott beim Welterschaffen eben nicht helfen, und auch in der Dreifaltigkeit blieben die Männer unter sich.

Und dann, viele Jahre später, als sie noch viel höhere Preise für andere Initiationen gezahlt hatte, als sie ihren Mann an den Krieg und ihre Freiheit an ihre Söhne verloren hatte, als diese Söhne groß geworden, verheiratet waren, auf eigenen Füßen standen, konnte sie endlich ein wenig mehr über die Ursprünge all dessen erfahren. Jetzt glaubte sie nicht mehr, was in Leder mit Goldschnitt gebunden war, und wenn sie in den Lexika nicht genug über die heilige Weisheit fand, suchte sie eben selbst, las die Weisheitsbücher des Alten Testaments, um endlich die verschollene Stelle aus dem alten Ritual in ihrem Zusammenhang aufzufinden. Sprüche, Prediger oder Kohelet, Jesus Sirach, Weisheit. Das Buch Hiob hätte auch dazu gehört, aber sie mochte es damals nicht, sie hatte genug vom Leiden und von der verzweifelten Frage nach seinem Sinn. Selbst das Hohelied Salomons wurde zu den Weisheitsbüchern gerechnet, diese Verballhornung eines Gesangs an die kanaanitische Fruchtbarkeitsgöttin. Nur selten war von der Weisheit wie von einer Person die Rede. Dann trat die Weisheit auf wie eine Frau, die am Stadttor und auf dem Marktplatz herumging wie sonst nur die Huren; sie lud die Menschen ein, ihr zu lauschen, denn ihre Lehren seien kostbarer als Gold und Rubin, sie sei der Schatz der Könige, sie baue ein Haus mit sieben Säulen und lade alle zu dem großen, dort gerichteten Mahl.

Diese Weisheit war es, die Jahwe erschaffen hatte und die vor ihm spielte, zu seinem Ergötzen. Für die frommen Juden und die züchtigen Christen mußte diese Frau ein Skandal und eine Verlegenheit gewesen sein. Dieses Herumstreifen und die eigenen Vorzüge zur Schau stellen, diese erotische Beziehung nicht nur zu den möglichen Adepten der Weisheitslehren, sondern auch noch zu Jahwe selbst, dessen

Wonne und Ergötzen sie zu sein behauptet. Der ursprüngliche Text im achten und neunten Kapitel des Buchs der Sprüche widersetzte sich auch allen Versuchen, eine Allegorie oder eine Anspielung auf Jesus Christus, den göttlichen Logos, zu entdecken, war doch der Erlöser (und auf diese Tatsache legte man größten Wert, um sich vom Hypostasen- und Emanationswesen der Gnosis abzugrenzen) nicht «geschaffen», sondern «gezeugt» – im Glaubensbekenntnis stand: «gezeugt, nicht geschaffen, eines Wesens mit dem Vater, Gott von Gott, Licht vom Licht, wahrer Gott vom wahren Gott.»

Kein Wunder, daß die westlichen Kirchen dieser zwielichtigen Gestalt, einem heiligen Geist, der nicht die Flügel der Taube, sondern die Brüste einer kanaanitischen Göttin trug, keine Aufmerksamkeit schenkten. Je schneller sie vergessen wurde, desto besser.

Im Osten war das anders. Hier wurden ihr Kirchen geweiht, keine kleinen, die man übersehen konnte, sondern die größten. Die Heilige war nicht immer Dienerin eines Vatergottes gewesen. In den ersten Fassungen der Texte des Buches der Sprüche erschien sie selbst als Göttin mit ihren eigenen Tempel und ihren eigenen Dienern. Davon wußten die griechischen Theologen so wenig wie die lateinischen.

Seit sie nach der letzten Kreta-Reise diesen plötzlichen Zusammenbruch ihrer Sehkraft erlebt hatte, zehrte sie von den gesammelten Bildern wie ein Hamster im Winter von seinem Vorrat an Körnern und Nüssen. Die Augenärztin hatte etwas von Netzhautatrophie gemurmelt und versucht, sie damit zu trösten, daß sie nicht erblinden werde. Heilen allerdings könne man den Schaden ebensowenig. Jetzt merkte sie, was für ein Schatz diese schlimm kurzsichtigen Augen gewesen waren, welche Fülle durch sie einströmte. Ihr Durst nach Bildern und Worten war immer noch gleich groß, aber der Zugang verschüttet. Wenn sie las, stauten sich die Sätze vor dem langsamen Türsteher, sie wurde ungeduldig, zornig, wie ein Schwimmer, der in Schlingpflanzen gerät und nicht ertragen kann, daß seine Anstrengungen ihn kaum voranbringen. An einer kleinen Stelle war eine Kleinigkeit zerstört, ein paar tausend Körperzellen neben so vielen anderen, die immer noch ihre Arbeit taten, das war dumm und ärgerlich. Die Kette ist so stark wie das schwächste Glied. Was sie leben und atmen ließ, was ihr diesen bescheidenen und doch so kostbaren Überblick gab, die Sicherheit, wenigstens einen Teil der Wurzeln und Zweige dieses Lebens genau zu kennen, war nun nicht mehr dasselbe. Es ging nicht mehr vorwärts – nein, das war nicht das richtige Wort, das klang nach Ehrgeiz und Fortschritt, nach Eroberung, und diese waren ihr fern und fremd. Es ging nicht mehr weiter. Jetzt schlug ihr Herz, das gesunde Bein gierte danach, zu gehen, aber das kranke machte alles zunichte. So ähnlich, wenngleich nicht so schlimm, war diese Vermaulwurfung vor vier Jahren gewesen, die Verwandlung ihrer Welt in ein Netzwerk düsterer Gänge, wo sie sich nur noch dort zurechtfand, wo ihr untadeliges Gedächtnis den schwachen Augen aushelfen und die Eindruckscherben in ganze, sinnvolle Bilder zusammenfügen konnte. Wo sie aber fremd war, tappte sie halbblind herum und fand sich nicht mehr zurecht. Die Fußgängerampel war nicht zu entziffern. Die Tafeln an den Bahnsteigen mußten ihr mitleidig lächelnde junge Leute vorlesen. Wenn sie ihre Söhne besuchte, mußte sie immer über das miserable Licht in deren Wohnungen schimpfen, um nicht darüber zu weinen, daß sie sich so schlecht orientieren konnte. Wie die gesunden Hühner nach dem kranken hacken, so schienen ihre gesunden Glieder und Organe zornig zu sein, voller Haß auf die beschädigten. So hatte sie sich angewöhnt, ihre Reisen zu wiederholen, sie wie ein Puzzle zusammenzusetzen, nein: sie auch in neuen Kombinationen zu wiederholen. Sie bewegte sich von einem Bild zum nächsten, kostete Bedeutungen aus, fügte Inschriften und Zitate hinzu. Die Archäologie draußen, in Rom, Athen, Byzanz oder Mykene, wurde zu einer inneren Archäologie, in der sie alle die Grabungen und Bauten rekonstruierte, die eine Bibelstelle, ein Horaz-Vers, eine Heiligenlegende in dem bildhungrigen und empfänglichen Gemüt des Kindes eingetieft und aufgerichtet hatten, das damals in Freudenhain der Maiandacht lauschte oder im ehemaligen Jesuitenkolleg die hermetische Welt der lateinischen und griechischen Dichter zu entschlüsseln suchte.

So stieg sie endlich den steinigen Pfad von dem Städtchen Trissophias zum Berg der Heiligen Weisheit hoch. Die Kaffeehäuser und Obstläden am Hafen lagen hinter ihr, die Gassen wurden leer, in der verfallenen Oberstadt huschten Katzen über die efeuumrankten Trümmer. Sie wäre immer noch gerne eine dieser Katzen gewesen, hätte in diesem Paradies gelebt, scharfäugig und geschmeidig. Sie rastete zwischen vier alten Ölbäumen, die am Rand einer künstlich durch Trockenmauern geschaffenen Terrasse standen, setzte sich auf einen großen Stein unter den ungepflegten Oliven, aus deren Wurzeln massenhaft die dornigen Wildlinge brachen. Sie trocknete sich die Stirn und zog die Schuhe aus, in denen sich Distelstacheln und die schön gedrehten, dornigen Früchte des Schneckenklees gesammelt hatten. Das Meer lag wie geschmolzenes Blei, die Sonne, in Wolken gehüllt, tauchte den Westen in düsteres Rot, kein Vogel sang, und selbst die Zikaden waren stumm. Sie zog die Schuhe wieder an und stieg weiter. Vorsichtig öffnete sie die Brettertür in der weißgetünchten Mauer um das Heiligtum, auf der Hut vor einem der großen weißen Hirtenhunde, von denen Griechenland bewacht wird.

Aber da war kein Hund, keine Schafe oder Ziegen, nur ein fast ebenes Plateau, auf dem die drei Kirchen standen, links sicher die älteste, einst die Palastkirche der Herren auf diesem Hügel – wie hier in der Ägäis üblich, nacheinander der antiken Griechen, der Römer, Byzantiner, Venezianer und Türken. Aber der Palast war längst verfallen, die sakralen Bauten starben ihm nach. Die älteste Kuppel war eingestürzt und durch ein Notdach ersetzt. Wo einst die himmlischen Heerscharen dem Pantokrator zujubelten, hingen Fledermäuse an den dunklen Balken. Der Zentralbau war einmal sehr schön gewesen, die Maurer- und Steinmetzarbeit sorgfältig in allen Details: abwechselnd Schichten von grauem Marmor und roten Ziegeln in Ornamenten, die Wände von Bögen und Gesimsen belebt. Von der Schwelle aus sah sie wieder das Meer, der Westen stand in Flammen, eine breite goldene Straße zog über das reglose Wasser, die geschwätzigen Eukalyptusblätter über ihr schwiegen.

Kuppel, Himmelsgewölbe, die Brust einer Frau. Sie dachte an das Atreusgrab, diese düstere, bienenkorbartige Wölbung, an die syrischen Dörfer, deren überkuppelte Gehöfte sie auf ihrer ersten Fahrt nach Aleppo begleitet hatten. Die Steinmetze von Mykene hatten nur weiterentwickelt, was jeder Hirtenjunge lernte, der sich aus losen Steinplatten eine künstliche Höhle aufschichtete. Aber sobald kein einzelner Mensch mehr die Steine an Ort und Stelle bringen konnte, gewann ein solches Bauwerk seine numinose, seine über das menschliche Maß hinausreichende Wirkung. Die Götter, die in den indischen Bildwerken und in der griechischen Mythologie viele Arme hatten, standen doch für die erste, bildhafte Ahnung, daß der einzelne Mensch dem zum wehrlosen Opfer fallen kann, was er zusammen mit anderen gestaltet hat. Von den Nuraghen Sardiniens und den mykenischen Gräbern war es ein weiter Weg zu den Gewölben der Hagia Sophia, die nach einem ganz anderen, viel komplizierteren Prinzip gemacht waren, das der Hirtenjunge nicht mehr allein den Körperkräften von Titanen, sondern der Eingebung von Engeln zuschreiben mußte. Hier aber, auf der kleinen Insel-Welt, hatten auch diese übermächtigen Ordnungen einen anheimelnden, zärtlichen Charakter. Es schien nicht nur diese aufsteigende Linie zu geben, die zu ehrfurchtgebietenden, weit über das menschliche Maß hinausreichenden Bauten führten, sondern eine demütige Erniedrigung des bereits Erreichten, die es wieder zugänglicher machte.

Die zweite, ein wenig kleinere Kirche schien äußerlich unbeschädigt. Innen wurde gebaut, soviel sie durch den Verschlag vor der Tür sehen konnte, die

Ikonostase fehlte. Der mit Brettern vor dem Nordwind geschützte Sandhaufen neben dem Eingang mochte schon lange aufgeschüttet sein, man ließ sich Zeit mit der Reparatur. Auch diese Kirche war ein Zentralbau, jedoch verbarg eine Putzschicht das Mauerwerk. Während dort das sichtbare Skelett in jedem Teil die einstige Schönheit verriet, hatte die zweite Kirche keinen ihrer Reize im Verfall retten können; sie wirkte nur traurig, abweisend unter der fleckigen, beschädigten Tünche.

Sie schritt nun nach rechts hinab, zur dritten, jüngsten Kirche, die noch – wie sollte man sagen? – in Betrieb, in Funktion oder nicht profaniert war. Es gab anscheinend kein Wort, das nicht unangemessen oder ungenau wirkte, als weigere sich die Sprache selbst, den Verfall heiliger Stätten zuzulassen. Sie kam zu einer frisch gekalkten Mauer, das Pförtchen war angelehnt, sie stand in einem gepflegten Garten, im Windschutz gediehen Bohnen und Tomaten, wo es Wasser gab, reiften hier drei Ernten im Jahr, und sie hatte zu Hause Mühe genug, ihre eine vor Schneckenfraß und Spätfrost zu schützen. Sie war verlegen und fühlte sich fehl am Platz. Das Höfchen, in das sie nun trat, war mit einem Kieselmosaik gepflastert, die Gebäude ringsum blendend weiß. In getünchten Kästen und Töpfen wucherten Geranien, ein Oleanderbusch blühte, rot und betäubend wie im Lied. Gleich wird jemand kommen, ein strenger Papas oder eine schnurrbärtige Nonne, wird sie tadeln und mit jener Geste hinausweisen, die den Wächtern eignet, ob sie nun die Paradiespforte hüten oder einen Eingang zur Unterwelt. Sie wandte sich zur Kirche, wie ein Verfolgter, der Asyl sucht: tonnengewölbt, schneeweiß, über der geschnitzten Tür ein winziger Dachreiter mit einer Glocke. Sie tritt ein, atmet auf, als sei sie hier sicher.

Der kleine Innenraum ist hell, sehr sauber, erschreckend nüchtern. An der hölzernen Ikonostase einige Bilder, in einem anspruchslosen, volkstümlichen Stil. Dann fällt ihr Blick auf ein Tischchen neben der «Königstür» mitten in der schmucklosen Trennwand zwischen dem Raum der Menschen und dem Gottes. Hier ist sie endlich, Hagia Sophia, Perle in unscheinbarer Muschel. Sie sitzt auf einem goldenen Stuhl und trägt das Purpurgewand des byzantinischen Kaisers, die heilige Farbe aus dem kostbaren Sekret der Stachelschnecke. Die Stirne schmückt ein juwelenbesetztes Diadem. Die großen, ebenfalls purpurfarbenen Flügel erhoben sich vor einem Hintergrund in Dunkelblau, auf dem Sterne funkelten. Ein Band mit den Tierkreiszeichen vom Löwen bis zu den Fischen rahmt diesen nächtlichen Himmel; rechts und links vor der thronenden Weisheit stehen demütig die Gottesmutter und Johannes der Täufer in seinem Umhang aus Kamelhaar. Über dem Kreis, kleiner als die anderen Gestalten, Christus in Halbfigur, noch weiter oben, noch kleiner, ein Tisch, auf dem ein Buch liegt, das kniende Engel verehren.

Sie kannte diesen Bildtyp aus ihren Ikonenbüchern. Für ihre Suche nach den griechischen und lateinischen Traditionen im Christentum war Byzanz immer wichtiger geworden. Sie erinnerte sich mit selbstzufriedenem Ekel an eine Zeit, in der sie «byzantinisch», unwissend wie andere auch, mit verschroben, steif und zeremoniell gleichgesetzt hatte, als sie nichts von der geistigen Beweglichkeit und doch stolzen Tradition Ostroms wußte, von der letzten antiken Zivilisation, die erst von den fränkisch-normannischen Schlagetots im vierten Kreuzzug zerstört wurde, die es bequemer fanden, Konstantinopel zu plündern, als Jerusalem zu erobern.

Jetzt, in ihrem Traum von der heiligen Weisheit, war die Insel wieder eine Zuflucht, der orthodoxe Priester, der plötzlich neben ihr stand, bleich, schmal, die klugen Augen hinter einer stählernen Brille, ein Psychopompos, Seelenbote, der sich im Alltagsgewand – schwarzes, langes Kleid, hohe, ofenrohrförmgie Kopfbedeckung – zu ihr gesellte und vor den wesentlichen die belanglosen Worte mit ihr wechselte. Er sprach deutsch, er hatte es im Krieg als Dolmetscher gelernt, die Ikone kam aus Rußland, war eigenhändig aus einer brennenden Kirche gerettet. Er zeigte ihr sogar die verkohlte Stelle neben dem letzten Propheten.

Sein Gesicht erinnerte sie an Joseph, mit dem sie 1956 in Südtirol gewesen war. Der zweite Mann nach Edi, den sie mochte. Nein, kein großes Wort wie «liebte». Besser kleine Wörter, um die herum ein wenig Luft blieb, die nicht den ganzen Raum einnahmen und jede Bewegungsfreiheit erstickten. Joseph war dünn, zerbrechlich, humorvoll. Nur ein sehr geschultes Auge bemerkte an der gelegentlich übermäßigen Disziplin seiner Bewegungen, an einem nicht ganz zurückgenommenen Pathos und einer übertrieben wirkenden, aber nicht zu irdischer Eitelkeit passenden Sauberkeit, Korrektheit, ja Weltfremdheit von Körper und Kleidung den katholischen Geistlichen. Aber er war anders als alle Pfarrer, die sie vor ihm und nach ihm kennenlernte. Wie sie selbst schien auch er die Narben zu tragen, welche die Begegnung mit der Hartleibigkeit und Engstirnigkeit des verwalteten Glaubens im religiösen Genius eines Kindes hinterläßt, und auf eigentümliche Weise zu bewältigen. Er ging den Wurzeln dieser unentrinnbaren Enttäuschung nach, beschäftigte sich mit der Kirchengeschichte, mit den Verzweigungen in dic gnostischen, die römischen Traditionen hinein. Einst hatte Joseph sogar ein kleines Buch verfaßt, über die Mündigkeit des Christen, dem die Aufmerksamkeit der Leser eine zweite Auflage, die der Prälaten in Köln und im Vatikan aber einen Platz auf dem Index librorum prohibitorum eintrug, jenem

Verzeichnis verbotener Bücher, das inzwischen wohl weniger aus Einsicht in die Perversion solcher inquisitorischen Mittel als aus dem Eingeständnis gegenwärtiger Ohnmacht abgeschafft worden war. Seither schrieb Joseph nur noch einen kleinen Pfarrboten, vier engbedruckte Seiten, wo zwischen den Ankündigungen von Gottesdiensten und Heiraten nachdenkliche Artikelchen über das Schicksal der Kirche in der Gegenwart standen. Sie hatte ihn jeden Monat erhalten, solange Joseph lebte, noch zwanzig Jahre nachdem sie ihn auf diesem Urlaub kennengelernt hatte, und sie ließ drei stattliche Bände aus diesen angesammelten Blättchen in marmorierte Pappe heften. Sie lagen jetzt in ihrem Nachtkästchen, zu Hause, neben den drei Weckern und einer zerlesenen griechischen Ausgabe des Neuen Testaments.

Sie war nicht besonders überrascht, Joseph hier als griechischem Papas zu begegnen. Er war viel jünger und bärtig, er hatte nicht das Priesterseminar in einer ehrwürdigen Stadt am Rhein besucht, sondern in einem der großen Klöster auf dem Berg Athos sein frommes Handwerk erlernt. «Ich konnte das Leben dort nicht ertragen», sagte er. «Mehrere Jahre habe ich es versucht, aber der Mangel an Schlaf quälte mich unablässig. Ich vermochte es nie, wie andere, zwei Stunden auf Befehl zu schlafen und dann ausgeruht aufzuwachen. Schließlich war ich so zittrig, daß ich kein Streichholz mehr anzünden, kein Glas Wasser mehr halten konnte. Da schickten sie mich weg. Hier, auf dem Berg der Heiligen Weisheit, bin ich gesund geworden.»

Die Ikone hatte ihn überallhin begleitet. Die Nonnen in dem Klösterchen Hagia Sophia mochten sich anfänglich nicht an sie gewöhnen. Sie schien ihnen fremd. Ihr Farbdruck der heiligen Sophia mit ihren drei Töchtern Pistis, Elpis und Agape (Glaube, Hoffnung und Liebe) und der Silhouette Istanbuls im Hintergrund gefiel ihnen besser. Erst als sie Joseph näher kennenlernten und ihn in ihr Herz schlossen, erlaubten sie ihm, sein Bild auf den Ehrenplatz zu stellen. «Vielleicht war das Mißtrauen der Nonnen gar nicht unbegründet», sagte sie. «Sehen Sie doch» (auch mit Joseph war sie zeitlebens per Sie geblieben), «wie sie dasitzt, auf ihrem Thron über sieben edelsteinbesetzten Säulen, im vollen Ornat, perlengeschmückt, vom Tierkreis umgeben wie der gnostische Aion vor dem Sternenhimmel, demütig um sie herum die Propheten. Ist das nicht die Himmelskönigin, die große Göttin Kleinasiens, die von den israelitischen Frauen so hartnäckig verehrt, von den biblischen Propheten so wütend bekämpft wurde? Ein Stück kanaanitisches Heidentum im orthodoxen Kloster?»

Er warf ihr einen Blick zu, selbstsicher und verblüfft, wie die Schriftgelehrten im Tempel den Jesusknaben betrachtet haben mögen.

«Was verstehen Sie von der göttlichen Weisheit?»

Jetzt redete sie eifrig von ihren Forschungen und freute sich sehr, daß er gelegentlich nickte und sich fest auf beide Füße stellte, als hätte er nun erkannt, daß sich dieses Gespräch nicht im Vorübergehen erledigen ließ. Als sie auf den kanaanitisch-phönizischen Ursprung einiger Abschnitte der Weisheitslehren im Alten Testament kam, wollte er Belege wissen, die Namen der Orientalisten. «Der Maler dieser Ikone», sagte sie schließlich, «hat natürlich davon nichts gewußt.»

«Gewußt? Nein und ja!» entgegnete der Priester. «Es gibt Bilder, die unzerstörbar sind, sie können versinken, verschüttet werden, untertauchen und erscheinen plötzlich wieder. Urbilder, um die unsere östliche Malerei immer gerungen hat. Deshalb sind uns Schönheit und Originalität nicht so wesentlich. Ob der Maler möglichst viel von dem trifft, was der Gläubige empfindet, das zählt.»

In dem überwölbten Raum ist es dunkel geworden. Sie muß gehen. Aber eine Frage will sie noch stellen: «Warum gibt es nur im Osten die Kirchen der heiligen Weisheit und im Westen nicht?»

«Ich vermute, es liegt daran, daß unsere Kirchen älter sind, viel älter als die westlichen. Als sie gegründet wurden, gab es noch keinen Heiligenkult, es sei denn, die Kirche wurde über einem Apostelgrab gebaut. Sonst weihte man die Kirchen Gott und den göttlichen Eigenschaften, dem heiligen Frieden vielleicht am häufigsten – denken Sie an Hagia Irene in Istanbul. Die heilige Weisheit war deshalb so beliebt, weil sie im Buch der Sprüche ausdrücklich als Beraterin der Herrschenden genannt ist, und welcher mächtige Kirchengründer hätte sich nicht gerne mit einer solchen Gehilfin geschmückt? So verbreitete sich ihr Kult von der großen Hagia Sophia im ganzen Byzantinischen Reich, jeder Graf und Grundherr wollte seine eigene Heilige Weisheit haben.»

«Wie sich jeder mykenische Burgherr seine eigene Athene hielt!» flocht sie ein. Er lächelte nachsichtig über ihre Ironie und nickte.

«Ganz unähnlich wird es nicht gewesen sein. Athene war doch auch ihrem Vater Zeus entsprungen, wie die Hagia Sophia von Gott geschaffen ist. Aber in den später besiedelten oder christianisierten Inseln, wo die Kirchen erst aus dem zehnten Jahrhundert stammen, sind die Bilder der Hagia Sophia seltener. Aber die Weisheit war für uns Griechen schon immer eines der höchsten Güter, wir haben Philosophen stets geehrt, im wilden Westen hingegen» (er lächelte über die Anspielung) «hat man sich doch immer mehr auf Stärke und Gehorsam verlassen.»

Als sie, ungeduldig und nicht recht einverstanden mit ihrem beschädigten Knie und dem stolpernd pochenden Herzen, heraufgestiegen war, hatte der

Schweiß ihre Wäsche durchtränkt. Jetzt fror sie, ein schwärzerer Schatten als der nun düstere Raum mit dem purpurgoldenen Fleck der Ikone wehte wie ein Schleier vor ihren Augen.

«Ist Ihnen übel?» hörte sie eine besorgte Stimme, wie von weit her.

«Es wird gleich vorbei sein», sagte sie mühsam. «Ich kenne das. Ich muß mich ein wenig setzen. Wenn es nur bei den Byzantinern Stühle in den Kirchen gäbe! Nie stehen sie da, wo man sie braucht, und wenn sie dastehen, sind sie kaputt.»

Er führt sie in einen Winkel, zu einem strohgeflochtenen Hocker.

«Sie können nicht hinunter. Sie müssen über Nacht bleiben. Die Nonnen werden für Sie sorgen. Die Treppe ist steil und nachts gefährlich für den, der nicht jede Stufe kennt.»

Sie läßt sich hinausführen in den dunklen Hof, wo eine junge Nonne sie in ein Zimmerchen geleitet und mit verhaltenen Gesten bedeutet, sie solle sich auf das schmale, harte Sofa legen. Bald ist sie umringt von Frauen in dunkelblauem Stoff, der sie an den Mantel der Himmelskönigin erinnert. Die Kleiderordnung scheint nachlässiger als bei den englischen Fräulein in Freudenhain: manche tragen eine enge Haube in der gleichen Farbe wie das Habit, andere nur das Haar in einem strengen Knoten oder einem schwarzen Kopftuch. Eine bringt frisches Wasser, eine andere hüllt sie in die bereitliegende Wolldecke, dann stehen alle nur noch da, schauen auf sie wie auf ein eben getränktes und gewickeltes Baby. Sie versteht nicht, was die flinken, zischenden Stimmen sagen, aber sie sucht durch ihr Lächeln und ihre Gesten anzudeuten, daß sie völlig zufriedengestellt ist. Sie mustert ihre Ammen, eine nach der anderen. Schnurrbärtig sind mehrere, keine aber abweisend; manche klein, wie Zwerginnen, andere wirken verwachsen, rachitisch. Alle sind blaß, ihre Haut unrein, die Zähne sind oft nur noch schwärzliche Stummel, oder ein tief in den Kopf eingesunkener Unterkiefer verrät, daß sie ganz fehlen. Arme Geschöpfe, denkt sie voller Mitleid und fast versöhnlich durch den leisen Zorn hindurch, den die englischen Fräulein immer wieder in ihr ausgelöst haben. Sind sie deshalb so klein und krüppelig, weil die griechischen Mütter in ihrem Männlichkeitswahn die nahrhaften Bissen den Söhnen zustecken?

Es war unrecht, zu reisen, zu kommen und zu gehen, in Tagen ein Urteil zu finden über Landschaften, die nur in Jahren ihr Wesen entschleiern konnten, immer nur Buchstaben, verstreut wie russisches Brot, keine ganzen Wörter, nie einen Satz. Wo überall hatte sie schon bleiben wollen, in Ephesos, in der Siebenschläfergrotte, im Sinaikloster, in Palmyra, bei den in roten Fels gehauenen Gräbern von Petra oder in den Lehmdörfern am Van-See, wo das Wasser nach Salz und Seife schmeckte, und jetzt hier, im Kloster der Heiligen Weisheit. Beim Abendessen in einem nüchternen, kahlen Speisesaal saßen zwölf Schwestern an dem großen, weiß gescheuerten Tisch. Am besten schmeckte ihr der duftende Tee, in dem sie wilden Salbei witterte, aber es waren auch andere, süß-würzige Kräuter darin. An der Gemüsesuppe störte sie, daß die Nonnen den dicken Brei aus Bohnen, Kichererbsen und feingeschnittenem Lauch fast kalt servierten. Jetzt mußte sie auch das Gläschen Ouzo und den Lukumia-Würfel annehmen, die zur zeremoniellen Begrüßung eines Gastes unentbehrlich sind. Ganz entspannt fühlte sie sich nicht.

Nie hätte sie, selbst Gastgeberin, der Fremden ihr Gestammel und ihre ungeschickten Gesten übelgenommen. Sich selbst aber mochte sie nicht leiden, sprachlos wie sie war, denn ihre altgriechischen Vokabeln fügten sich nicht zu einem höflichen Lob der Mahlzeit, sie kam sich dumm vor, und Dummheit haßte sie besonders; wo nur der Papas blieb, der dolmetschen konnte! Schließlich kommt er, bringt ihre Reisetasche, denn er hat unten im Hotel Bescheid gesagt. Mit seinem jungenhaften Lächeln und den linkischen, aber kraftvollen Bewegungen erinnert er sie an Edi, und er fängt an, von Rußland zu erzählen, von einem Krieg, der ihm sowenig gehörte wie diesem. Es ist, als sei Edi in einen Kampf gezogen, aus dem, viel später, Joseph zurückkehrte. Sie war viel allein gewesen in der Zwischenzeit, aber sie hatte versucht, die Not zur Tugend zu wenden. Wußte sie denn, mit ihrem Bedürfnis nach ungestörter Zeit, um zu lesen und nachzudenken, ob sie Edi die langen Jahre neben sich ertragen hätte? Es gab Menschen, die Ruhe fanden in einem Glauben und ihn dann nicht mehr verlassen wollten, die ihn nur pflegten, aber nicht mehr erweiterten und erforschten. Ackerbauern, sie aber war Hirtin, sie brauchte immer neue Felder für ihre hungrigen Tiere und schweifte weit umher, sie zu finden. Joseph begleitete sie, erzählte von dem großen Kloster auf dem heiligen Berg, den zahllosen Ikonen und komplizierten Liturgien. Mit einem Bild und den wenigen Gebeten, welche die einfachen Frauen verstanden, war er hierhergekommen. Die Hagia Sophia aber enthielt alles, was er mitnehmen wollte, er hatte einen festen Punkt gefunden. Sie beneidete ihn, als sie am nächsten Morgen neben ihm durch den Garten und das Kloster ging. Die Beete lagen wie eine bunte Satteldecke auf dem Bergrücken, von Trockenmauern gegen den Wind geschützt. Zwischen den stattlichen Oliven- und Obstbäumen schimmerte das Meer, die Sonne hatte sich an einem klaren Himmel erhoben. Sie dachte an ihren Garten, wo in diesen Tagen die Spätfröste drohten oder der Dauerregen die Salatpflänzchen an die Erde klatschte. Sie mußte dorthin zurück, aber sie tat es ungern, wie man eine Arbeit zu Ende führt, die man einmal begonnen hat, Haus und Hof und Garten, die Katze, die Kinder und Kindeskinder.

Einen Augenblick lang sah sie sich als Gast der Nonnen, in Gespräche mit Joseph vertieft, stieg die steile Treppe vom Hafen herauf, ein Bücherpaket unterm Arm, das sie in Athen besorgt hatte. Sie war, gemessen an griechischen Einkünften, durch ihre deutsche Pension reich; sie hätte einen Gesprächspartner, doppelt so viele Sonnentage wie zu Hause.

Aber es ging nicht, es war einfach nicht ihr Leben. Die Nonnen stickten Epitaphia, Tücher, die den Heiland im Grab darstellen. Die Ostkirche duldet keine Skulptur, ein Erbe des Bilderstreits, in dem die frühen Mosaiken der Hagia Sophia in Konstantinopel bis auf die Ornamente zerstört wurden. Am Abend des Karfreitags werden sie zwischen Blumen und Palmen ausgestellt, wie das «Heilige Grab» in bayerischen Kirchen. Wie viele Stunden mochte wohl eine der Frauen an solchen Seidenbildern arbeiten, mit krummem Rücken und harten, unermüdlichen Fingern? Sie mochte sich nichts schenken lassen und legte einen Schein unter die Tasse, aus der sie den Kräutertee zum Frühstück getrunken hatte. Die junge Nonne, die sie bediente, war ins Nebenzimmer gelaufen und hatte ein besticktes Taschentuch geholt, viel zu kostbar für ihre Vorstellungen, sie wollte es nicht nehmen, die Nonne steckte es ihr wieder in die Tasche, sie zog es kopfschüttelnd heraus, bis Joseph kam und den edelmütigen Wettstreit schlichtete. Sie bekam das Tuch.

Sie war nicht traurig, als sie die Treppe wieder hinunterstieg. Sie wollte allein sein, die Erlebnisse ordnen. Alle waren freundlich zu ihr gewesen. Wieviel Abstand und Einsamkeit die Menschen brauchten, um sich über Xenos, den Gastfreund-Fremden zu freuen? Sie sollte wiederkommen, hatte Joseph gesagt. Sie wollte wiederkommen, obwohl sie alt war und ihre Augen von Jahr zu Jahr schwächer wurden. Aber sie würde nicht zu derselben Heiligen Weisheit zurückfinden. Maria im Maienfest war eine andere gewesen als diese Frau im Purpur der Cäsaren. Beide waren mit der Himmelskönigin, der vielbrüstigen Artemis und Kybele Kleinasiens verbunden und doch von ihr getrennt. Selbst vom Schicksal zur Keuschheit bestimmt (wenn man die wenigen Jahre mit Edi abzog), eine alleinstehende Frau, brauchte sie den Schutz der keuschen Himmelskönigin und liebte doch die Bilder und Geschichten über Mondfrau und Schlangenpriesterin, die Prostitution der Jungfrauen in den Tempeln Babylons, den Sieg Aphrodites im Wettstreit vor dem trojanischen Prinzen. Wenn ihr Leben eine neue Bedeutung gewann, blieb es doch ihr altes Leben. «Spirituell», «mystisch», das waren zu große Worte. Da bläht sich der Frosch in der Pfütze. Nein, es genügte, Geschichten zu kennen und vielleicht gelegentlich die eine oder andere zu erzählen, zu erfinden. Sonst beanspruchte sie keine Macht, nicht über sich und schon gar nicht über Gott. Er war in diesen Geschichten, aber je weniger sie als Allegorie, als Fabel mit Moral auftraten, desto mehr von ihm konnte sie darin finden.

Der Philosophenmantel

Zyniker werden nicht aus dem Schoß einer Mutter geboren, sondern aus einer Gesellschaft, die anders handelt, als sie spricht. Die Phrasendrescher haben sich damit abgefunden und machen es sich im Flitter ihrer Lügen bequem: Zynisch zu handeln ist ganz in Ordnung; der zynisch Sprechende verdirbt das Spiel. Sie hatte alles, was den Zyniker ausmacht: die hohen Ideale, den scharfen Blick für menschliche Schwächen, die Ungeduld mit der Dummheit, die Verachtung für plumpen Luxus (daß ihre eigene Leidenschaft für dunkle byzantinische Religionsstreitigkeiten und syrische Altertümer ebenfalls ein Luxus war, wußte sie gut). Man mußte zu dem Ursprung des Wortes zurückkehren, darin lag schließlich der beste Sinn des griechischen Denkens: die Wörter immer wieder aus ihren angestaubten Fassungen zu holen und sie ganz neu zu betrachten, sie abzuwaschen und zu reinigen, wie die böhmischen Granate, die sie aus der Brosche ihrer Mutter gebrochen hatte, um ihre kleinen Höhlenheiligtümer zu schmücken.

«Kynikós», das hieß: der Hündische. Kyon, der

Hund, stand am Himmel, Begleiter des großen Jägers Orion, Hausgenosse, Wächter, Begleiter auf der Jagd, treuestes Tier: weder Gemahlin noch Sohn erkannten den heimgekehrten Odysseus, seinen Hund jedoch täuschten die Kleider des Bettlers nicht.

Aber sie verachteten den Hund genauso, wie sie ihn liebten, denn er war schamlos, er paarte sich vor aller Augen, wie man es sonst nur den tätowierten Pikten nachsagte, er parfümierte sich mit Kot und schnüffelte mit höchstem Interesse an allem, was in der unbefangeneren Antike längst nicht so versteckt wurde wie in unserer prüden Zeit. Ehrlos war er, denn er kehrte zu dem zurück, der ihn schlug. Er nährte sich von Abfällen, fraß Unreines, Erbrochenes, das Gedärm der Opfertiere. Pythagoreer, Platoniker, Aristoteliker, das waren achtbare Leute, Väter des abendländischen Denkens, Genies der Abstraktion. Zyniker hingegen sind boshafte Kritiker, denen nichts heilig ist, die verletzen und verleumden. Aber die Kyniker und Epikureer waren ihr lieber als die sogenannten Geisteshelden. Zu genau meinte sie die griechischen Vollbürger zu kennen, die solche Urteile fällten und an deren Wertvorstellungen sich die Gymnasiallehrer orientierten. Das waren eingebildete, sehr von ihrer Großartigkeit überzeugte Leute, die Handarbeit als banausisch verachteten, Ausländer barbarisch fanden und nichts taten, als ihre Sklaven und ihre Frauen zu beaufsichtigen. Da waren die Kyniker aus anderem Holz geschnitzt. Während alle danach strebten, möglichst viel anzuhäufen und ohne Rücksicht auf den Schweiß und das Blut der anderen lebten, priesen sie die Bedürfnislosigkeit. Sie erinnerte sich an Sokrates, diese rätselhafte Gestalt, geistiger Vater wohl eher der Kyniker als der Idealisten vom Schlag Platons mit ihren freudlosen Systemen, in denen es nur noch Vernunft gab. Hatte er nicht gesagt, daß dem Göttlichen am nächsten kommt, wer möglichst wenig benötigt? War das nicht die wichtigste unerhörte Botschaft, seit wenige Generationen (und von diesen wiederum wenige industrialisierte Staaten) die Erde plündern und zerstören, wie einst die griechischen Seefahrer friedliche Küstenstädte? Piraten auf Sklavenjagd waren sie alle, die Athener wie die Untertanen des Polykrates von Samos – und die anerkannten Philosophen rechtfertigten diese Welt, erklärten die Sklaven zu unvernünftigen Tieren. Sie sah ihn vor sich, den heimatlosen streunenden Hund in seinem rauhen Fell, wie er an den Eingängen der Paläste stand und stumm auf ein Stück Brot wartete. Es war eitel, die Welt zu erkennen, Tugendlehren zu entwerfen, reicher, schöner, gebildeter sein zu wollen als andere. Nur eines tat not: sich selbst zu verändern, bis man auf immer mehr verzichten konnte, am Ende auch auf das Leben, in das man schließlich ungefragt hineingesteckt worden war. Die Götter sollten für sich selbst sorgen, sie brauchten keine Tempel und Opfer. «Wie Abendschein lag es auf den stolzen Griechenstädten», hatte sie einmal in ihr Tagebuch geschrieben, als sie Notizen über die Kyniker sammelte. Es gab keine Dokumente, daß einen von ihnen seine Respektlosigkeit gegen den Nationalismus und Götterkult der Polis das Leben gekostet hätte, wie einst den Sokrates. Hatte das Martyrium des großen Mannes den Weg für seine Nachfolger frei gemacht? Oder gab es eine geheime Übereinkunft, daß die Kyniker das griechische Wesen auf die Spitze trieben, ihm ein letztes Glanzlicht gaben, indem sie die unermüdliche Suche nach der äußeren Freiheit durch eine Befreiung auch nach innen ergänzten und die Fesseln der Begehrlichkeit sprengten?

Sie verschenkten ihr Erbe und ihre Kleider, wie viele hundert Jahre später der heilige Franziskus und einige hundert Jahre früher ein indischer Königssohn, der später (wehrlos, wie es heilige Männer sind) als Gründer einer neuen Religion ausgerufen wurde. Sie machten sich auf Wanderschaft, nackt unter dem Tribon, dem Philosophenmantel aus einem großen Stück rauhen Wollstoffs, barfuß, mit langem Haupthaar und Bart, den Ranzen für das erbettelte Brot umgehängt, den Stock als einzige Waffe.

Der Berühmteste von ihnen, weder der erste noch der letzte freilich, bekannt durch Anekdoten, während seine eigenen Werke von den Alexandrinern unterdrückt wurden (deren Zensur bestimmte, was als griechische Literatur auf uns kommen durfte), Diogenes, warf seinen hölzernen Becher fort, als er ein Kind aus der hohlen Hand trinken sah. Im Winter wälzte er sich nackt im Schnee, im Sommer härtete er sich im heißen Sand ab. Er schlief in einem irdenen Faß und blieb liegen, als ihn der große Alexander besuchte, umgeben von Gefolge in Rüstung und reichen Gewändern. Was er für ihn tun könne, fragte der Eroberer Griechenlands. «Geh mir aus der Sonne», soll Diogenes gesagt haben, Alexander darauf, selbst nie um eine pathetische Zusammenfassung solcher Geschehnisse verlegen: «Wahrlich, wenn ich nicht Alexander wäre, möchte ich Diogenes sein!»

Sie hatte manchmal den Faden von H. G. Wells' «Zeitmaschine» weitergesponnen, war nicht in die Zukunft gereist, sondern in die Vergangenheit. Wie gerne hätte sie Diogenes' verlorenes Ödipusdrama gelesen, in dem er die Heirat mit der Mutter verteidigte. Wenn natürliches Begehren und Unwissenheit zusammenwirken, wo sollte das Böse sein? Nur in einer Einbildung der Menschen, einem Vorurteil, das sie nicht erkennen, das sie für vernünftig halten, obwohl es keineswegs vernünftig ist. Sie sah ihn vor sich, wie ihn die Alten schilderten: groß und sehr kräftig, Muskeln, nicht von weichlichem Fett umhüllt, unter der von Sonne und Schmutz gegerbten Haut, von Zuhörern umgeben, die er nicht weniger verspottete als seine Verächter. «Andere Hunde beißen ihre Feinde», sagte er, «aber ich beiße meine Freunde, zu ihrem Heil!»

Sie sah sein Grab, einen Block aus parischem Marmor, auf dem ein Hund lag, ein attisches Windspiel. Und wer trug nach Diogenes den Philosophenmantel? Krates war es wohl, der Thebaner, in den sich die Schwester eines seiner Schüler unsterblich verliebte – nein, unsterblich nicht, woher kam nur diese Redensart? – sterblich verliebte sie sich, todesbereit, sie drohte mit Selbstmord, wenn Krates sie nicht erhöre. Die Eltern, angesehene Bürger, suchten ihrer Tochter diese törichte Idee auszureden, aber sie mußten vor der Macht dieser Todesbereitschaft kapitulieren und riefen endlich Krates, den sie wie einen Hund von ihrer Schwelle gejagt hatten, in ihr mosaikgeschmücktes Haus und baten ihn, das Mädchen zu heiraten. Der Kyniker hatte nichts gegen Sexualität – diese sei natürlich und daher gut –, aber alles gegen den bürgerlichen Versuch, künstliche Gelöbnisse und Verbote um sie herum aufzurichten.

Als nun aber Krates selbst der Jungfrau ihren Plan ausreden wollte, scheiterte auch er. Mit seiner Verzweiflung wuchs sein Respekt vor soviel Starrsinn. Er riß sich den Mantel vom Leib, klein und verwachsen, wie er war, und rief: «Nun denn, wenn dir dies genügt – etwas anderes habe ich nicht!»

Der bucklige Philosoph und seine bürgerliche Frau, Krates und Hipparchia, wurden ein in ganz Griechenland berühmtes Paar. Sie wanderte mit ihm, teilte seine Entbehrungen, schlief unter seinem, auf ihrem Mantel. Krates zeugte zwei Söhne, die er schon in frühem Alter dadurch aufklärte, daß er sie in ein Bordell mitnahm. Sein Vermögen hinterlegte er bei einem Geldverleiher und wies ihn an, es seinen Söhnen nur dann zu geben, wenn diese zu dumm würden, um wie er als Philosophen zu leben; träten sie seine Nachfolge an, sollten das Geld die Armen erhalten.

Niemand wußte, wer schließlich die Silbertalente erhalten hatte. Die Söhne, dachte sie: Wer als Kind unstet mit einem bizarren Vater und einer diesem treu ergebenen Mutter gelebt hat, sehnt sich zurück nach Badestube und Gymnasion. Daß Krates die Entscheidung offenließ, zeigte doch auch, daß er kein Fanatiker war, sondern um den Kreislauf wußte, in dem sich menschliche Werte aufbauen und auflösen. Die Töchter entziehen sich dem Leben der Mütter und blicken in eine andere Richtung. Fromm und praktisch war ihre Mutter gewesen, und sie? Viel zu spät hatte sie entdeckt, daß ihr der Philosophenmantel das angewachsene Fell ersetzen konnte, nach dem sie sich als Kind sehnte, vor allem dann, wenn wieder einmal Strumpf und Kleid vom Klettern in den Fichtenwipfeln zerrissen waren. Krates hätte ihr geholfen. Eure *paidagogia*, hätte er gesagt, ist doch selten mehr als der Versuch, die Kinder zu hindern, das Beispiel der Erwachsenen nachzuahmen. Krates war nicht hochfahrend und bissig wie Diogenes, sondern voll sanfter Ironie. Er schrieb Parodien, kratzte am Firnis der Tragödiendichter und Gesetzgeber, am Pathos anderer Philosophen, die Idealstaaten ersannen, jedoch kein Wort über ihre akademischen Bezirke verloren. Plutarch rühmte vor allem Krates' Fähigkeit, Trost zuzusprechen. Mit welchen Worten mochte er das getan haben? Wer sich vor Verlust schützt, indem er von vornherein verzichtet, trotzt den Menschen und fügt sich dem Schicksal, während doch die meisten sich den Menschen fügen und vom Schicksal überrascht und überwältigt werden.

Was hätte Krates wohl ihr gesagt, die gelähmt von diesem plötzlichen Zerbrechen ihres Schenkels in einem sauberen Bett lag, zwischen weißen Tüchern, umsorgt von Pflegerinnen? Vielleicht hätte er die Achsel gezuckt über diesen Aufwand für eine alte Frau. Damals, in seiner Zeit, wäre sie an dem Bruch gestorben. Ob solche wütenden Schmerzen, ohne Medikamente, die den Leiden eine gnädige Unschärfe und Verschwommenheit verliehen, auch von sich aus, ohne Operation, ohne Verband heilen konnten? Krüppel gab es ja viele in der alten Zeit, sie schämten sich nicht – ein hutzeliges Bündel grotesk verkrümmter und ineinandergeschlungener Glieder, das unter dem rauhen Mantel undeutlich wurde, Bewegungen, mehr Kriechen als Gehen – ob das die kynische Standhaftigkeit noch ertragen hätte?

Aber waren diese Geduld, die Ausdauer im Leid, der Gleichmut wirklich kynische Tugenden? Zenon, der Gründer einer stoischen Schule, war ein Gefolgsmann von Krates gewesen. Aber die Stoa hatte sich hoffähig gemacht. Sie sprach zwar viel vom Vorrang der sittlichen Werte und pries die Bedürfnislosigkeit, aber sie trat für Macht, für Ordnung, für den Staat ein. So kamen die zweitrangigen Güter der Stoiker, Ruhm, Macht, Einfluß, die man eben so geräuschvoll durch die Vordertür hinausgeworfen hatte, durch den Hintereingang wieder herein und machten sich breit. Die Systematik des Aristoteles war blaß geworden, kaum daß sie ihn gelesen hatte. Von Platon erinnerte sie sich an die Bilder – die Höhle mit den Schatten, die Kugelwesen, deren Teilung Eros schuf, der Verstand als Wagenlenker, Begierde und Mut an die Deichsel geschirrt. Aber erinnerte sie sich damit auch an seine Philosophie? Was war das überhaupt für ein tönendes Wort, erst verwirklicht, wenn man es wegwarf, wie Diogenes den hölzernen Becher? Ihn sah sie vor sich und den buckligen Krates mit seiner standhaften Hipparchia. Sie war viel zu lange stoisch gewesen, hatte versucht zu ertragen, was unerträglich war, lieber die Zähne zusammengebissen als nach der Schwester geklingelt, sie hatte eingesehen, daß sie Schmerzen aushalten mußte, wenn das beschädigte Bein wieder und wieder durchleuchtet wurde. Damit war es jetzt zu Ende. Sie schloß sich wieder den Kynikern an, nichts Natürliches war schändlich; wenn die einen für ihre Lügen belohnt, die anderen für ihre Wahrheiten bestraft wurden, blieb noch der unartikulierte Schrei. Diesen ließ sie sich nicht nehmen. Wie war es nur möglich, daß alte Menschen wie sie (auch wenn sie sich, im Gegensatz zu ihr, die Haare färbten und Ministerpräsidenten genannt wurden) noch an den Fortschritt glaubten? Die Eichen und Buchen wurden gefällt, zu Geld gemacht, die alten Häuser abgerissen und Blöcke auf dem zerwühlten Boden errichtet, in denen Menschen hausten wie in den Schubläden einer Kommode. In Eltmann am Main zwitscherten die Schwalben in jedem Stall, der Fluß war sauber, die Kinder badeten in jedem Gewässer, das sie trafen. Der Ministerpräsident hatte, wie sie, die alten Sprachen studiert und, wie sie, sein Abitur mit dem Notendurchschnitt 1,0 hinter sich gebracht, aber was bedeutete das schon? In diesen Staatskanzleien und Regierungssitzen wurde das einzeln harmlose Zerstörungspotential der kleinen Egoismen zum gemeinsamen Schlechten addiert. Sie behaupteten, die

Welt verbessert zu haben, saubere Straßen und neue Gebäude, aber in Lungen und Adern strömte Gift.

Nackt auf dem Marktplatz, wie Diogenes: wurde nicht jedes Kind so geboren, umstanden vom Pöbel und von den Edlen, die alle gemeinsam versuchten, es zu bekleiden, zu beschenken, auszurüsten und damit zu lähmen, zu beschweren, bis es sich nicht mehr frei bewegen, keinen unbefangenen Blick mehr auf diese Welt richten konnte? Denn dann sähe es den Irrsinn, den Frieden, der zum Krieg rüstet, die Armut, welche auf ihren Schultern die Verschwendung schleppt, die tönenden Worte, welche die Menschen nicht erleuchten, sondern verwirren und verdüstern. Der Kyniker besann sich zurück auf jene namenlosen, ausgerotteten Wurzelsammler und Mäusejäger, die noch nicht mit Pflügen den Leib der Mutter Gäa aufrissen, um zu ernten, zu säen und vom Überfluß mit Bewaffneten ihre Nachbarn in schweren Panzern zu bedrohen. Er erinnerte an ein Zeitalter, das Hesiod töricht das goldene nannte, während es doch ohne der Erde geraubtes Metall war. Männer und Frauen lebten von wilden Kastanien (Eicheln hatten die Übersetzer daraus gemacht, wie Ameisen, die erbittert die Lust der Grille anfeinden) und dem Honig der Bienen, sie töteten einander nicht und mühten sich nicht, die Luft war von Liedern erfüllt. Da gab es keine Philosophen, keine Könige, keine Priester; das rauhe Fell kleidete Männer und Frauen, die Kinder spielten mit Vogelfedern und glänzenden Steinen. Diogenes, Krates und Demonax wären hier nicht aufgefallen, wie keiner Exhibitionist sein kann, wo alle nackt sind.

Alt war sie und hilflos zwischen den Laken, in die von den Missionsbenediktinerinnen kleine Kreuze gestickt waren. Aber in ihr eingeschlossen lebte noch das Kind, wild und scheu, zwischen Menschen so ungeschickt wie beim Klettern in Bäumen geschickt, das den Wunsch in sich trug, ein Tier zu sein, tüchtig zum Überleben außerhalb der Häuser und menschlichen Geschäfte. Dieses Tier wollte das Kind werden, keine Frau, kein Mensch, der Natur ausgeliefert, aber nicht dem Geld, der Liebe und dem Haß der Erwachsenen. War dieser Wunsch nicht genauso radikal (was doch wurzelhaft hieß) wie der Entschluß eines Griechen, den Philosophenmantel zu nehmen und wie ein Hund zwischen den Palästen, Tempeln, Hütten und Bordellen der Städte zu leben?

Der wichtigste Unterschied zwischen diesen künstlichen Versuchen, zu einem ursprünglicheren Zustand zurückzufinden, und dem goldenen Alter der Zeit war wohl der, daß der Philosophenmantel einsam machte. Diogenes lief doch mit der Laterne bei hellem Sonnenschein über die Agora und sagte: «Ich suche Menschen», als ihn die Athener verwundert nach seinem Tun fragten. Die alten Kulturen vor dem Sündenfall des Ackerbaus, der harten Arbeit, der Besitzunterschiede, der Unterdrückung von Frauen und Kindern, die ungeschickt waren zum Pflügen und zum Krieg, die der Kyniker so vergeblich suchte wie der indische Yogi oder der Bettelmönch, sei er von Buddha inspiriert oder von Jesus Christus, die waren für immer verloren. Und doch blieb der Versuch bewundernswert, zurückzufinden, blieb immer wieder unbegreiflich, wie die schönen Anfänge verdarben und die Bettler, selbst reich geworden, aus dem Schoß ihres Überflusses neue und strengere Bettler gebaren. Wie Diogenes sich selbst tadelte, weil er von einem Hirtenknaben übertroffen wurde, der aus der hohlen Hand trank, so findet jeder Kyniker einen, dem er nicht konsequent genug ist. Den Antisthenes nannten sie später eine Trompete ohne Ohren, weil er von Bedürfnislosigkeit nur redete, ohne sie in die Tat umzusetzen. Der heilige Franziskus verschenkte seine Kleider bis auf den rauhen Mantel, aber schon fünfzig Jahre später bauten seine Schüler prunkvolle Kirchen und speisten in freskengeschmückten Refektorien. War es Benedetto da Fiore, der Santa Croce in Florenz in diesem ordenswidrigen Prunk gebaut hatte? Von dem dann ein Bruder der Gemeinschaft, der den alten Regeln treuer sein wollte, behauptete, er habe ihn in der Hölle gesehen: dort schlage ein Teufel in alle Ewigkeit mit einem Hammer auf den Kopf des unglücklichen Abtes, um den Frevel zu strafen, den er durch den Schlag mit dem geweihten Werkzeug auf den Grundstein des verfluchten Bauwerks getan? Sie erinnerte sich an die Szene noch deutlich, nicht an die Namen. Die Geschichte war voller Wiederholungen. Man lernte nur eines aus ihr: daß nichts zu lernen war. Wer Santa Croce betrat, diese wundersame Mischung aus gotischer Himmelfahrt und antik-basilikaler Breite, wo Licht und Schatten um die Grabmäler an den Seitenwänden spielten, der konnte sich doch nur sagen: die Welt wäre ärmer ohne diesen Bau. Aber war nicht auch der pisanische Eiferer im Recht, der den Verrat an den heiligen Regeln des Bettelordens tadelte? Die Ideale verwandelten sich in Waffen, mit denen sich die Gläubigen bekämpften. Die höchsten Ideale wurden die schlimmsten Kriegsmittel.

«Die ganze Stadt ist voll von diesen Schurken, die sich Jünger von Diogenes und Krates nennen und sich im Zeichen des Hundes zusammenrotten.» Das war Lukian, der große Spötter, dem anscheinend jeder Zyniker außer ihm selbst verdächtig schien. Hatte er selbst sich nicht über die Götter lustig gemacht, bis hin zu jener unnachahmlichen Szene, wo Zeus im Olymp eine Art Klodeckel lüftete, um an den Opferbränden zu riechen, die ihm (in nachlassender Qualität, klagte er) dargebracht wurden und von denen er sich nährte? Aber keine Intoleranz und Verachtung ist größer als die gegen jene, welche die eigene Überzeugung in unreiner Form verkörpern. «Hunde sind sie», hatte Lukian weiter gesagt, «weil sie kläffen, schamlos sind, stehlen, sexuell ungehemmt, jedem schmeicheln, der sie füttert... Bald werden die Arbeiter aus den Manufakturen laufen, wenn sie merken, daß sie sich von früh bis nacht für ein paar Pfennige schinden müssen, während diese Betrüger, diese Scharlatane in Fülle leben, wie Herren fordern und alles erhalten. Wie sie fressen und trinken! Und dabei tadeln sie Völlerei, Ehebruch, Verschwendung und Gier. Es gibt keinen größeren Gegensatz auf der Welt als den zwischen ihren Worten und Taten.» Und doch gab es einen Kyniker, den auch Lukian achtete, Demonax, der zur Zeit der römischen Kaiser lebte. Was diese hellenistischen Weisen lehrten, schien vertraut und doch neu, weil es aus einer anderen Welt kam als die Botschaft des Evangeliums, deren Phrasen, allzuoft gehört, schal schmeckten, nicht süß im Mund und bitter in den Eingeweiden, wie das Buch in der Apokalypse. Demonax war eine andere Facette des Heiligen. Ach, das Wort war verbraucht, verstaubt wie die Gips- und Holzfiguren, die überall in den Kirchen standen, primitiver und häßlicher als gewöhnliche Menschen zumeist, unglaubwürdig in ihrem erhabenen Gebaren, in ihrer frommen Demut, in ihrer gläubigen Ekstase, geschmerzt, augenrollend, Wunden, Marterwerkzeuge schaustellend wie Tennisspieler und Skifahrer heute ihr Gerät, zu Werbezwecken. Da war es vielleicht gut, daß es kein Bild von Demonax gab, daß sie ihn sich vorstellen konnte, einen großen Tröster und doch (oder deshalb) bescheidenen alten Mann, merkwürdigerweise trug er den Philosophenmantel in Weiß, arm an Besitz, reich an Freunden, nie um Essen, um ein Nachtlager besorgt, in seinem Tadel noch liebevoll. Lukian verglich ihn mit einem Arzt, der die Krankheit bekämpft, nicht den Kranken.

Sie dachte an ihre eigenen Erfahrungen mit den Ärzten, ein frommer Wunsch war das, solche Floskeln hatten schon immer ihren Glauben an die Philosophie durchlöchert: die Worte standen klar unterschieden auf dem Papier und teilten die Wirklichkeit in Begriffsfächer, aber die Wirklichkeit hielt sich nicht daran, sickerte durch undichte Stellen, von denen es anscheinend immer genug gab. Der Arzt schlug mit allen Waffen (und er hatte heute weit mehr als zu Lukians Zeit) auf dieses verwobene Geflecht aus Krankheit und Krankem, und selten konnte er wirklich voraussehen, wen von beiden er traf. Sie hatte geglaubt, wie man eben das Angenehme lieber glaubt als das Unangenehme, daß die Operation ihren Schenkel heilen würde – schmerzhaft genug war sie gewesen, lange genug hatte sie liegen müssen. Aber der Tumor, der den Knochen zerfressen hatte, hatte auf den Eingriff reagiert wie der böse Geist in der Bibel, der zehnmal mächtiger zurückkommt, wenn man ihn vertreiben und sein Haus reinigen will.

Demonax mahnte die Glücklichen, an künftiges Unglück zu denken. Die Unglücklichen tröstete er: alle Leiden seien vergänglich, Gutes und Böses würde vom Vergessen verschlungen, und aus dem Vergessen entspringe ein unerschöpflicher Quell der Freiheit. Er versöhnte entzweite Brüder und stiftete Frieden zwischen streitenden Eheleuten, die Chariten und Aphrodite waren mit ihm: Lukians Weise, zu sagen, daß er freundlich und liebenswürdig war. Aber wer originell und liebenswert ist, wird nicht von allen geliebt, er findet Neider, Ankläger. Es gab Athener, die Demonax der Gottlosigkeit bezichtigten, wie einst den Sokrates, denn er habe sich geweigert, die Weihen der eleusinischen Mysterien anzunehmen. Darauf sagte Demonax, er könne sich nicht zum Schweigen verpflichten, wie es den Mysten vorgeschrieben war: Sei es schlecht, was man in Eleusis erfahre, müsse er seine Mitmenschen warnen; sei es jedoch gut, dürfe er es ihnen nicht vorenthalten. Sein Gewissen mahne ihn, an solchen Vorzügen alle teilhaben zu lassen. So brachte der Kyniker alle Feinde zum Schweigen, und je älter er wurde, desto höher wuchs die Achtung vor ihm, die Bürger standen auf, wenn er vorüberging, die Bäckermädchen waren stolz, wenn sie ihm ein Brot schenken durften. Als auf einer Volksversammlung der Streit und das Geschrei kein Ende finden wollten, trat er schließlich auf die Agora, ging langsam durch Reihen, die sich ehrfurchtsvoll vor ihm öffneten, sagte aber kein Wort. Als er sehr alt war und oft plötzlich müde wurde, trat er oft in irgendein Haus und legte sich in einen Winkel. Die Bewohner schlichen auf Zehenspitzen um den Greis, der auf dem nackten Boden schlief, nur von seinem Mantel bedeckt, als sei «ein Gott oder ein guter Geist erschienen», wie Lukian sagte.

Am meisten beschäftigte sie aber, was sie über den Tod des Demonax wußte. Als ihn einer seiner Freunde fragte, wie er begraben sein wolle, wies er diese Sorge ab. Darum brauche sich niemand kümmern, die Vögel und die streunenden Hunde würden gewiß dafür sorgen, daß sein Leichnam niemanden lange störe. Das war angesichts der genauen Vorschriften und der starken Tabus, die in Griechenland den Weg der Toten in den Hades umgaben, eine ungeheuerliche Zumutung. Der Freund protestierte, bleich vor Entsetzen, Demonax erwiderte schließlich: «Was ist schon dabei, wenn ich nach meinem Tod für einige Lebewesen von Nutzen bin?» Sie hatte gedacht, sie könne von Demonax lernen, hatte sich gewünscht, man möge nach ihrem Tod ihre Asche in das Meer oder von einem Berggipfel aus in den Wind streuen. Aber in diesen Phantasien war sie es gewissermaßen selbst gewesen, die diesen Ritus vollzog, war auf die westliche Karwendelspitze gestiegen, kurzatmiger als damals mit Edi, und hatte die sterblichen Reste über dem grauen Kar ausgestreut, das in dem Abgrund unter ihr schimmerte. Jetzt aber würde sie nie wieder gehen können, das stand fest, obwohl sie es manchmal vergaß. So blieb vielleicht nur der andere Ausweg, den Demonax gewählt hatte: nicht mehr zu essen. Es fiel ihr nicht schwer, sie hatte keinen Appetit, und seit einiger Zeit drängten sie auch die Pflegerinnen nicht mehr. So war sie aus der Zeit herausgefallen, in der sie sich bis zum Augenblick des Bruches bewegt hatte wie ein großes Seetier, das nur gelegentlich, auftauchend, die Grenze zwischen Wasser und Luft durchdringt. Sie wußte vom Tod, aber es waren Augenblicksbilder, aus denen sie jederzeit zurücktauchen konnte ins Leben. Jetzt lag sie da wie ein gestrandeter Wal, das Gewicht des eigenen Körpers erdrückte sie und nahm ihr den Atem, es war dieselbe Grenze, und doch hatte sie diese auf unvergleichlich andere Weise überschritten.

Waren nicht Krates, Demonax oder Apollonius von Tyana beneidenswert, daß sie frei aufwachsen durften und aus einer Vielfalt von Tempeln, von Göttinnen und Göttern, geschriebenen und gepredigten Weisheitslehren wählen konnten? Es mußte ein Unterschied sein wie – nun, wie zwischen der

Gans, der man durch einen Trichter die Nahrung in den Schlund preßt, und dem Gast an einer reich besetzten Tafel, der nach Herzenslust jene Speisen auswählen kann, die ihm schmecken, von niemandem genötigt, mehr zu sich zu nehmen, als er will. Die Klosterfrauen hatten ihr den Christenglauben hineingezwungen, bis alles in ihr rebellierte und sie ihn doch nicht loswerden konnte. Sie erinnerte sich noch genau, wie sie am Nachmittag ihres Erstkommunionstages auf dem Pumpenschwengel des gußeisernen Gartenbrunnens schaukelte (was verboten war), schwankend zwischen Trotz und schlechtem Gewissen. Hatte Schwester Isabella gelogen, oder war es ihr eigener Fehler, der in ihrer Verworfenheit wurzelte? Beim Empfang der heiligen Hostie hätten süße Gefühle ihr Gemüt durchziehen müssen. Sie aber spürte nichts, in der Kirche nicht und jetzt auch nicht. Wenn der allmächtige Gott, der die ganze Welt erschaffen hatte, einging in ihren Leib, unter ihr Dach, in ihr Herz, und sie spürte nichts dabei, rein gar nichts? War ihr Glaube zu gering, ihr Geist von Sünden beschwert, oder war alles Schwindel, Betrug?

Wenn die Hostie wirklich Gott war, wie es im Kommunionsunterricht hieß, dann mußten Katholiken wie sie und ihre Mutter doch einen ganz ungeheuerlichen Vorzug haben, der sie weit über die Protestanten erhob, die Gott nicht empfangen durften.

Sie kannte viele evangelische Christen, die Verwandtschaft ihres Vaters. Sie ordnete Großeltern, Onkel und Tanten zu Gruppenbildern, aber das Ergebnis war wieder nicht eindeutig, die einen waren nicht besser, nicht schlechter als die anderen. Auch hier machte sich Gott nicht bemerkbar. Wie die anderen Menschen das nur ertrugen, gläubig zu handeln, ohne etwas zu spüren, zu wissen! Sie haßte den Schleier über ihren Augen, ihr Schwanken, ihre Unfähigkeit, die Situation fest ins Auge zu fassen, den Zwiespalt zu lösen. Sie machte mit, alle taten es, wenn man es nicht tat, kam man vielleicht in die Hölle. Eine aufsässige Stimme ließ sich jedoch nicht zum Schweigen bringen, hartnäckig blieb sie dabei: So konnte es nicht sein, wie die Erwachsenen sagten, ihre Lehren hatten nur einen Zweck, Folgsamkeit zu erzwingen, brav sollte sie sein und parieren.

Ob es, wie für Musik, Sprache oder Mathematik, auch eine besondere Begabung für Religion gab? Es gab Zeichen dafür, daß sie ein großes und nie gestilltes Bedürfnis nach Religion hatte, wie jemand, der nie eine Speise findet, die ihn befriedigt. Was man ihm vorsetzt und hineinzwingt, führt zu einer Übelkeit, die den Hunger zurückdrängt. Aber sie war nie satt geworden, am ehesten noch, wenn sie in Mauernischen oder Rindenhöhlen ihre kindlichen Heiligtümer einrichtete. Mit dem einen Gott, der ihr aufgezwungen war, konnte sie nicht viel anfangen.

Sie hatte sich Erfüllung, eine Wende in ihrem Leben erwartet und nichts davon erhalten. Aber dennoch kam diese Wende. Es war in einem der Wutanfälle, die sie heimsuchten, wenn ihre Mitschülerinnen sie verspotteten, sie war zu dem Bach geflohen, an dem sie oft spielte, in den Schatten der Traubenkirschen und Erlen, während sie weinte und ihr Herz wütend zu den Ohren hinaus pochte. Sie stampfte wütend auf den feuchten, weichen Boden. Plötzlich blinkte etwas zwischen moderndem Laub und trüben Wasserlachen. Sie bückte sich. Es war ein kleines Bild der Gnadenmutter von Altötting, in blauem und goldenem Glasschmelz eingelegt. Sie hatte es erst kürzlich bekommen, ein Geschenk, das liebste von allen, ständig trug sie es bei sich. Jetzt hatte sie es, wohl mit dem Taschentuch, in ihrem blinden Zorn herausgezogen, hatte die Mutter Gottes beleidigt, auf ihr herumgetrampelt, sie war sicher sehr böse. Warum nur wurde sie immer so rasend! Es zuckte immer noch in ihren Schläfen, aber etwas hatte sich geändert, sie weinte nicht mehr aus hilflosem Ärger und gekränktem Stolz, sondern aus Schmerz, aus Scham über ihre Schwäche, erschüttert bis in ihre Grundfesten. Dann, langsam, immer deutlicher, wuchs in ihr eine neue Kraft, ein klarer Vorsatz, nein, eher eine Gewißheit, daß von nun an etwas anders war: sie würde niemandem mehr das Schauspiel ihrer Verletzlichkeit bieten, sie würde den Spott nicht mehr hören, sondern sich weit in sich selbst zurückziehen, wo diese kleinlichen Dinge sie nicht mehr erreichten.

Das war damals wirklich ein Wendepunkt gewesen, sie gewann eine Macht über sich, die sie weit von dem kleinen Bündel aus Flucht und Wut entfernte, das da im Park spielte und in den verschiedenen Bäumen seine für jeden anderen unerreichbaren Lieblingsplätze hatte. Sie hatte entdeckt, daß sie über sich nachdenken und dadurch etwas verändern konnte, sie wußte nun, daß ihr Verstand ihr Werkzeug war, der Schlüssel zu allen Geheimnissen und Dunkelheiten, unendlich bildbar (und sie hatte doch erst angefangen, ihn *wirklich* zu gebrauchen), umgeben von unendlich vielen Gegenständen, die es zu durchdringen galt, die sie sich aneignen konnte.

Während sie als Kind im Park gelebt hatte und das Zimmer im Haus nur Bettstatt, notwendiges Übel war, entdeckte sie jetzt einen eigenen Innenraum, ganz für sich. Es war das Gästezimmer, ein kleiner Gartenpavillon, quadratisch im Grundriß, mit pyramidenförmigem Dach, innen ein einziger Raum, auf drei Seiten große Fenster, auf der vierten die zur Hälfte verglaste Tür. Weil selten Gäste kamen, durfte sie hier ihr Studierzimmer einrichten. Sie stutzte die Haselnußbüsche, bis sie freien Ausblick hatte, und stellte den alten, vielfächrigen Nußbaumschreibtisch der Großmutter vor das Westfenster. Im Pavillon, den der Kommerzienrat Freislederer einst als Teehaus hatte bauen lassen, gab es kein elektrisches Licht. So holte sie sich eine Petroleumlampe vom Dachboden, füllte und putzte sie. Hier saß sie über ihrer griechischen Grammatik, den lateinischen Stilisten, zeichnete Pyramiden und Kegelstümpfe, deren Schnitte sie sorgfältig mit feinen Farbschattierungen ausfüllte. Ihr Wahlspruch, in ihrer schöngeschwungenen Handschrift auf einem weißen, gefalteten Karton im mittleren Fach des Aufsatzes, stammte von Hutten: «O Jahrhundert! O Wissenschaften! Es ist eine Lust zu leben.»

An einem Abend war sie so in eine Herodot-Übersetzung vertieft, daß sie Zeit und Ort vergaß, gefesselt vom Schicksal des unglücklichen, von den Orakeln geprellten Königs Krösus und des weisen Solon, der niemandem ein gutes Geschick zusprechen wollte außer den Toten. Plötzlich flog ein schwarzer Vogel lautlos am Rand ihres Gesichtskreises vorbei und verschwand. Sie hatte die Brille abgesetzt, um besser lesen zu können. Jetzt, erschrocken, blickte sie um sich. Der Raum war von schwarzen Fäden erfüllt, die sich zu schwebenden Netzen vereinigten. Sie hatte vergessen, die Lampe zu füllen, den Docht zu beschneiden; jetzt blakte sie, in ihrem Studierzimmer sah es aus, als hätten Scharen von Spinnen Wände und Decke mit ihren Netzen überzogen.

Diese Studierleidenschaft war gewiß auch ein Rückzug gewesen, eine Flucht vor anderen Leidenschaften, vor den Menschen, von denen sie sich nicht geliebt fühlte und die sie deshalb auch lieber auf Abstand hielt, als sich auf die allzu großen Verletzungen durch ihr ungezügeltes Liebesbedürfnis einzulassen. «Wieder ein Mädchen», hatten die Eltern bei ihrer Geburt wohl gedacht, «wieder kein Stammhalter, na ja, machen wir das Beste daraus!» Selbst ihr Name, Elisabetha, schien sie zur Bescheidenheit, zum Warten, zum Versteckspiel zu verpflichten. Sie hatte versucht, sich am eigenen Schopf aus dem Sumpf zu ziehen. Aber lief nicht jeder Glaube darauf hinaus? Ihre religiöse Erleuchtung, ihre Begegnung mit dem, was der Evangelist von Patmos den «göttlichen Logos» nannte, war da unten, am Bächlein im Park der Freisledererviila geschehen, es war nichts Erhaben-Spektakuläres daran zu finden, sie konnte nur, wie Krates, den Mantel vom Leib reißen und sagen: Genügt das? Etwas anderes habe ich nicht.

So mochte es ein Teil ihrer Erleuchtung gewesen sein (oder war sie nur von einer Blindheit in eine andere getappt?), Gläubige und Glaubenserlebnisse zu erforschen. Von den Gestalten, die sie auf diesem Weg angetroffen und mit denen sie eine Strecke gewandert war, Beobachterin, nicht Schülerin, keineswegs künftiger Evangelist oder Apostel, fiel ihr nun wieder Apollonius von Tyana ein, Philosoph und Heiliger, Geschichte und Legende, anziehend, weil fremd, nicht von der christlichen Überfütterung befleckt und doch eine Sehnsucht befriedigend, die von ihrer religiösen Erziehung geweckt, aber nie erfüllt worden war.

Apollonius stammte aus der alten Stadt Tyana, das heute Kemer-Hisar heißt und im Südosten Kleinasiens liegt, nahe bei der reichen Hafenstadt Tarsus, aus der ein weit erfolgreicherer Prediger stammte, der Zeitgenosse des Apollonius war: Saulus, der nach *seinem* Bekehrungserlebnis den Namen Paulus annahm. Sohn eines reichen Griechen, empfing Apollonius den Unterricht der Gebildeten seiner Zeit. Sein Biograph Philostrat rühmt besonders an ihm, daß er reines Attisch sprach, nicht den verderbten Dialekt der kappadokischen Provinz.

Als Apollonius fünfzehn Jahre alt war, lernte er die Philosophie des Pythagoras kennen. Dieser damals schon fast zum Mythos gewordene Weise des sechsten vorchristlichen Jahrhunderts lehrte die Metempsychose. Nach dem Tod verkörpere sich die Seele in Pflanzen, Tieren und Menschen. Man dürfe kein Lebewesen töten, um diesen Läuterungsprozeß nicht zu stören, noch weniger sein Fleisch essen, ihm auch nicht sein Kleid nehmen und die eigene Blöße damit bedecken. Die Welt sei nach den Gesetzen der Mathematik geordnet, die zugleich jene der Musik sind. Wer sein Leben der Reinigung und dem Studium widme, viel schweige und meditiere, könne die

Ordnung der Welt erkennen und die Harmonie der Sphären wie ein überirdisches Klanggebilde hören.

Fortan lebt Apollonius ausschließlich von Brot und Früchten. Er trinkt nie Wein, berührt nie eine Frau, kleidet sich ausschließlich in Leinen, läßt Haar und Bart wachsen. Seine Eltern und die Bürger von Tyana dulden, ja bewundern diese Veränderung. Es waren tolerantere Zeiten, es gab noch viele Götter, viele Überlieferungen, nach denen sie auf die Erde herabstiegen und sich unter die Sterblichen mischten. Einer der Lehrer, die den jungen Mann unterrichten, erkennt seine Begabung und fordert ihn auf, doch ein Buch zu schreiben. «Ich habe noch nicht geschwiegen», entgegnet Apollonius und spricht von nun an fünf Jahre lang kein einziges Wort mehr, zieht sich aber nicht von den Menschen zurück, sondern wandert umher, hört zu, beobachtet das Treiben um ihn, ein schöner Jüngling in weißen Kleidern, der auch ohne Worte Aufsehen erregt und durch seine bloße Anwesenheit manchen Zwist schlichtet. Diese Zeiten, in denen der Wanderer zählte, der Bettelphilosoph! Nur die Reichsten konnten zu den Orakelstätten reisen. Die örtlichen Priester waren oft so primitiv und eigennützig wie die Feudalherren. Es gab keine Zeitung (und niemand hätte sie lesen können), vom Krieg erfuhr man erst, wenn das Nachbardorf brannte. Wer von weit her kam und viel gesehen hatte, war kein Bettler, wie sie an den

Kirchentüren stehen. Er hatte mehr zu bieten als die Erleichterung des Gewissens durch eine milde Gabe. Für Speise und Schlafstatt gab er das, was heute, für Preise, die höher sind als Almosen, die gedruckten und die elektronischen Medien geben: Einblick in fremde Welten, Erweiterung der eigenen Vorstellungen, neue Weisheitslehren oder alte in neuem Gewand. Weisheit aber hieß Hilfe zu leben, Seelsorge, Therapie. Ihr war dieses Bild des reisenden Philosophen lieber als das Sigmund Freuds in seiner von Altertümern und Trophäen vollgestopften Höhle in der Berggasse oder das Carl Gustav Jungs in seinem Turm am Zürichsee, wo er im tiefsten Keller nach den Archetypen grub. In ärmlichster Kleidung, bärtig, mit struppigem Haar, den Ranzen mit einem Stück Brot auf dem Rücken, den Stock als Stütze und Waffe gegen die Hirtenhunde in der Hand, zog er von Dorf zu Dorf. Wo ein freier Platz war, ein hölzerner oder ein Tempel aus gehauenem Stein, stand er auf den Stufen, hielt seine kurze, gewürzte Rede, mahnte zu Frieden, ehrlichem Umgang, Gerechtigkeit. Ratsuchende und Hilfsbedürftige scharten sich um ihn, zerstrittene Eheleute baten ihn zu schlichten, Trauernde suchten Trost, Kranke Heilung. Der Philosoph tat, was er konnte. War ihm der Ruf des Wundertäters schon vorausgeeilt, so wurde er ihm nun gerecht. Die am meisten glaubten, erhielten auch die wirksamste Hilfe. Da er selbst bedürfnislos war und den Tod nicht fürchtete, konnte der Wanderer ungescheut die Mächtigen tadeln. Manche fügten sich, einige suchten sogar seinen Rat, andere aber, wie die Kaiser Nero und Domitian, ächteten alle Philosophen, verschafften sich dadurch für einen Augenblick Ruhe, befleckten aber ihr Andenken bis auf den heutigen Tag.

Apollonius wurde ein solcher Philosoph. In ihm sah sie Jesus über Land ziehen und predigen, aber wenn die Lehren auch ähnlich waren, fehlte doch der Anspruch einer Gotteskindschaft, einer Abstammung von diesem eifersüchtigen, mißgünstigen Jahwe der Israeliten, der keine weibliche Gottheit neben sich duldete und die Macht im Himmel übernommen hatte wie ein Tyrann die in der Polis. Nun war Apollonius genauso unter die Biographen gefallen wie der Sohn des Joseph von Nazareth unter die Evangelisten. Julia Domna, die Gemahlin des Kaisers Septimius Severus, entstammte selbst einem syrischen Priestergeschlecht. Sie hatte, vielleicht achtzig Jahre nach Apollonius' Entrückung, den Sophisten Philostrat beauftragt, die Lebensgeschichte des Wundermannes aufzuschreiben. Der gewandte Stilist und Rhetoriker tat des Guten zuviel, die Wunder und Tugenden häufen sich so, daß Apollonius selbst blässer bleibt, als er es verdient hätte. Während Pythagoras sein Wissen wie eine Geheimlehre nur wenigen Schülern weitergab, wandte sich Apollonius an das Volk. Er sah alle Menschen als Teile eines Gewebes, das über sie hinausgriff, die Dinge entstanden und vergingen nur zum Schein, ihr Wesen blieb unverändert, nur ihre gröbere Bewegung machte einen Unterschied für die groben Sinne der Menschen. Wer sich aber reinigte, konnte durch diese Inkarnationen hindurchblicken wie durch klares Wasser, er konnte Gott hinter allen vergänglichen Erscheinungen auffinden und wußte, daß er selbst vor seiner Geburt und nach seinem Tod Teil dieses machtvollen Wesens war. Wer diese Ordnung erkannte, konnte tun, was die Unwissenden Wunder nennen, er konnte die Zukunft erkennen und Theurgie betreiben, das hieß: mit Hilfe seines Wissens über die Ordnung hinter den Erscheinungen auf diese selbst einwirken, Tote erwecken, Dämonen vertreiben. Insgesamt aber ist unser Leben auf Erden eine Strafe, die Götter benötigen keine Opfer, außer der Tugend ihrer Gläubigen, vor allem aber ist es verboten, Tiere ihnen zu Ehre und Speise zu schlachten, denn diese sind nicht weniger göttlich als der Mensch selbst.

Von Schülern umgeben, von den Städten Kleinasiens als Schiedsrichter in Streitigkeiten gesucht, entschließt sich Apollonius, nach Indien zu gehen, um die Weisheit der Brahmanen kennenzulernen. Seine Jünger wagen nicht, ihm zu folgen, aber in Ninive schließt sich ihm ein junger Asiat an, Damis, der sein treuester Gefolgsmann wird. Auf seine Berichte gründet Philostrat den Roman über Apollonius. In Ktesiphon und Babylon wird der Neupythagoreer gefeiert, er überschreitet den Indus und wird von dem frommen König Praotes nach Norden gesandt, zur Burg der Brahmanen, die sich über einer von Schlangen bewohnten Ebene erhebt und – je nach Belieben der Bewohner – bald sichtbar, bald unsichtbar ist: in Wolken gehüllt, weist sie unerwünschte Besucher ab. Apollonius jedoch ist höchst erwünscht und wird in Ehren empfangen. Die Brahmanen und er meditieren gemeinsam, tauschen ihr Wissen über die Geometrie und die Astronomie, Musik und Medizin aus, feiern gemeinsame Gottesdienste, wobei den Griechen besonders beeindruckt, daß sich die singenden Brahmanen, Kränze auf dem Haupt, im Sonnentempel zwei Ellen hoch über den Boden erheben. Von ihnen lernt Apollonius, daß er in der Morgendämmerung der Sonne entgegengehen muß, denn in der steigenden Sonnenscheibe sind viele Dinge geoffenbart. Die Griechen sehen, wie die Brahmanen Kranke heilen, wahrsagen, böse Geister austreiben und die Könige Indiens beraten. Sie beobachten den Vogel Phönix, der sich selbst verbrennt und so verjüngt, das Einhorn, die Greife, die Jagd der Drachen, aus deren Schuppen Feuer sprüht; statt der Augen tragen sie Rubine unter den Lidern.

Zurück in Kleinasien, lehrt, predigt, berät und

tröstet der Philosoph weiter. Die Epheser tadelt er von der Plattform des großen Tempels der Fruchtbarkeitsgöttin, daß sie weichlich und vergnügungssüchtig geworden seien. Den Bewohnern von Smyrna hält er vor, daß sie weit mehr für den Tempelbau und neue Stadtmauern aufwenden als für reinere Sitten. Als in einer Stadt die Pest ausbricht, erkennt er den Dämon, der sie hervorgerufen hat, befiehlt, ihn zu steinigen: die Krankheit verschwindet.

Ob dieser Dämon ein Mensch war? Sie hoffte, Apollonius zu Ehren, daß er eine Ratte steinigen ließ. Aber sie war sich nicht sicher. Ein Menschenleben galt gering in diesen Tagen, vollends dem, der an die Wiedergeburt glaubte.

Apollonius setzte in das griechische Mutterland über, predigte in Athen und in Korinth, wo er – von einem Schüler zur Hochzeit geladen – diesen vor dem sicheren Tod bewahrte: die Braut war eine Lamia, Ahnin Draculas, eine Hexe, die ihren Opfern im Schlaf das Blut aussaugt. Apollonius durchschaute sie und zwang sie dadurch zur Flucht. Der Gerettete wird ein treuer Jünger. Er wandert weiter nach Sparta, beklagt auch hier, daß die alte Sittlichkeit und Mäßigung verfallen, bleibt einen ganzen Winter im Land und erreicht, daß die alten Gesetze neue Geltung gewinnen.

Über Kreta reist er nach Italien, in dessen Hauptstadt Kaiser Nero herrscht, der keine Wanderphilosophen in der Metropole duldet. Vor den Toren Roms entläßt er alle Schüler, die sich fürchten, ihm zu folgen. Von vierunddreißig bleiben nur acht. Die Wächter wagen nicht, den Fremden in der Philosophentracht abzuweisen: zu stolz und königlich ist seine Haltung. Er tadelt den römischen Materialismus, den Luxus der Bäder und Gelage, die Vernachlässigung der Tempel, wirkt ein Wunder (er weckt eine Braut, die bei der Hochzeitsfeier gestorben war, indem er ihre Stirn berührt und geheime Worte in ihr Ohr flüstert). Schließlich nehmen ihn Neros Schergen fest, er wird vor ein Gericht gestellt, aber als der Richter die Anklageschrift verlesen will, hält er ein unbeschriebenes Blatt in der Hand. Den Häschern läuft ein kalter Schauer über den Rücken, sie bringen den unheimlichen Angeklagten aus der Stadt und lassen ihn frei.

Apollonius zieht nun nach Westen, über Gallien nach Spanien, zu den Säulen des Herkules, zwischen denen der Ozean in das Binnenmeer strömt. Ebbe und Flut zeigen hier, am Atlantik, die Macht der Gestirne viel deutlicher als im geschützten *mare nostrum*. Ihr gefielen diese touristischen Züge in dem frommen Roman Philostrats. Keine Landschaft, kein Wunder der Natur dulden die Evangelien. Vor Gott darf der Christ sich demütigen, ja er muß es sogar, aber vor keinem Wasserfall, nicht vor dem Spiel der Gezeiten, dem Halbdunkel des Urwalds oder der majestätischen Wüste, wo der Wind mit den Steinen spricht.

In Spanien besucht Apollonius die Stadt Gadeira, ehrwürdig durch ihr Alter und durch die Frömmigkeit ihrer Bewohner, die so umfassend ist, daß sie sogar dem Alter, dem Tod und der Armut Altäre errichten.

Nero ist ermordet worden. Der Philosoph kann nach Hellas zurückkehren. Er segelt über Sizilien nach Athen. In Leukas verläßt er plötzlich das Schiff und steigt auf ein anderes um; jenes sinkt einige Tage später mit allen Passagieren. In Griechenland verbringt er den Winter, im Frühling reist er nach Alexandria, wo er begrüßt wird wie ein Priester, der eine heilige Reliquie trägt. Auf dem Weg durch die Stadt begegnet er einem Exekutionskommando, das zwölf Verbrecher zu Tode führt. Er bezeichnet einen, der unschuldig sei; die Hinrichtung wird aufgeschoben, bald erscheint ein Bote, der die Freilassung dieses Gefangenen gebietet. Jubel und Ehrfurcht begleiten ihn jetzt überall, er aber mahnt die Alexandriner, sich mehr für ihre Tugend als für ihre Partei bei den Pferderennen zu interessieren.

In der griechisch-ägyptischen Stadt lernte Apollonius den Feldherrn und späteren Kaiser Vespasian kennen, der ihn nach Palästina einlud, wo er damals Krieg führte. Der Weise weigert sich: er wolle ein Land nicht betreten, das durch die Taten und die Leiden seiner Bewohner so unerträglich befleckt sei. Damals war Jesus Christus, unter Tiberius hingerichtet, schon eine Legende. Blutige Aufstände überzogen Judäa. Die Gottheit dieses Landes duldete keine andere neben sich. Der Pythagoreer jedoch betet zu allen Göttern an ihren Orten und findet in jedem die bildliche Annäherung an eine unfaßliche Macht hinter den Dingen. «Kapitolinischer Zeus», sagt er im Angesicht Vespasians, «schütze diesen Mann, der deinen Tempel wieder aufrichten wird, den gestern verbrecherische Hände in Brand gesteckt haben.» Erst drei Tage später bringt ein Schnellruderer die Nachricht, daß in Rom der Jupitertempel auf dem Kapitol ein Opfer der Bürgerkriege geworden ist.

Apollonius verließ Alexandrien und reiste nilaufwärts, an den Pyramiden und Tempeln vorbei, lehrend und lernend: in jeder Leistung der Menschen, in jedem Wunder der Natur fand er seinen Gott, im singenden Koloß wie vor der Sphinx in Gizeh. In den südlichen Wüsten traf er die *gymnoi*, nackte Weise, Ahnen der christlichen Einsiedler, die sich ohne Dach und Mantel der Sonnenglut und der nächtlichen Kälte aussetzten. Sie schalten ihn weichlich, weil er bekleidet unter Menschen und nicht nackt in der Einsamkeit lebe. Apollonius entgegnet, die Philosophie sei ihm in einem Traum erschienen und habe ihm die Regeln seiner Lebensweise diktiert:

«Du darfst den Kelch der Weisheit nicht mit dem Wein der Unmäßigkeit entweihen. Keine Decke, kein wollenes Gewand, das von einem Tier genommen ist, wärmt dich, deine Schuhe müssen aus Bast sein, du mußt in jeder Lage schlafen können... Die Götter werden dich lieben, und deine bescheidenen Gaben werden ihnen mehr gelten als das Blut der Stiere, das die Priester vor ihnen ausgießen. Und wenn du ganz rein bist, werde ich dir die Gabe der Weissagung geben und deine Augen mit einem Licht erfüllen, so daß du Gott schauen und die schattenhaften Gebilde der guten und der bösen Geister unterscheiden kannst.»

Von den Gymnoi reist der Philosoph weiter nach Äthiopien; er sucht die Quellen des Nils. Am ersten Katarakt fürchten seine Begleiter die tosenden Wasser so sehr, daß sie zurückbleiben. Allein zieht er weiter, bis er an eine Felswand kommt, wo der Nil aus unermeßlichen Höhen herabstürzt, von Dämonen bewacht, die das Anschwellen des gewaltigen Stromes regeln, dessen Schlamm die Sandwüste in fruchtbares Ackerland verwandelt.

Mehr als diese großen Wunder liebte sie die kleinen: wie der Heilige einem armen Mann riet, in seinem Olivengärtchen zu graben, wo er einen Topf voller Goldstücke für die Aussteuer seiner Töchter fand; wie er die erdbebengeplagten Anwohner des Hellespont neue Gebete lehrte, die nicht nur die

Erde beruhigten, sondern auch die großen Opfergaben überflüssig machten, welche chaldäische Zauberer für den gleichen Dienst forderten; wie er einen tollwütigen Knaben heilte, der – von einem Hund gebissen – zum Hund geworden war, auf allen vieren lief, bellte und geiferte. Apollonius wußte sogleich, wo der schuldige Köter zu finden war, und schickte Damis, diesen herbeizuschaffen. Ermahnt, daß der Weise ihn rufe, kam das Tier willig und warf sich ihm zu Füßen. Dieser befahl nun, die Wunde, die er dem Kind zugefügt hatte, zu lecken. Sofort war der Junge gesund, lief wieder, sprach und erkannte seine Eltern. Oder aber: wie Domitian, der grausame Nachfolger von Vespasian und Titus, Apollonius unter dem Verdacht des Hochverrats einkerkern ließ, dieser aber nicht nur seinen Gleichmut behält, sondern auch seine Mitgefangenen mit Geschichten aus fernen Ländern unterhält und tröstet: «Der Mensch, der sich als erster ein Haus baute, wußte nicht, daß er sich mit einem Gefängnis umgab. Alle, die in Palästen wohnen und sich in ihnen sicher fühlen, liegen in schwereren Ketten als die, welche sie einsperren lassen.» Domitian muß den Weisen fast wider seinen Willen freilassen, worauf dieser sagt: «Du hättest mich nicht töten können, auch wenn du es gewollt hättest», und einen Vers aus der Ilias zitiert, den Apoll dem Achill zurief, als dieser ihn im Kampfgetümmel verletzte und verfolgte: «Niemals wirst du mich töten, nicht bin ich der Sterblichen einer!»

Der Vers klang in ihr. Aber sie war der Sterblichen eine, und wenn sie viele Mächtige überlebt hatte, den Kaiser, den Führer und jetzt den Ministerpräsidenten, so hatte sie doch die eigene Vernunft nie so hochgeschätzt wie die Philosophen, welche zwar keine Macht für sich wollten, aber doch hofften, die Mächtigen zu belehren und zu beraten. Sie sammelte Wissen, um die eigene Verletzlichkeit zu schützen, sich in einem Reich zu bewegen, in dem Widersprüche nicht angsteinflößend, Konflikte nicht unmoralisch, Haß und Liebe zu Geschichte geworden waren. So begleitete sie den Heiligen auf seinem Weg, aber es war kein Zwang dabei – sie mußte Philostrat nicht glauben, wie sie als Kind den Evangelisten hatte glauben müssen, denn wer nicht glaubte, geriet dorthin, wo Heulen und Zähneklappern herrschten.

Von den drei überlieferten Versionen über den Tod des Apollonius gefiel ihr die letzte am besten. Nein, es war nicht in Ephesus und auch nicht im Athenetempel von Lindos, sondern in dem von bissigen Hunden bewachten Heiligtum der Diktynna auf der großen Insel Kreta. Die vierbeinigen Diener der Göttin, die sonst jeden Eindringling zerrissen wie einst den unglücklichen Aktäon, begrüßten ihn schweifwedelnd, die Tore öffneten sich und schlossen sich hinter ihm, eine Musik, nicht von irdischen

Instrumenten, sondern von den Planetensphären selbst, tönte und verklang. Als die Priesterin später auf Zehenspitzen das Tempelinnere betrat, war es leer.

Tyana liegt im Hinterland von Tarsus. Apollonius war oft in der Stadt, deren Name heute zu einem Anhängsel ihres berühmtesten Sohnes, des Missionar-Apostels Paulus, geworden ist. Apollonius lebte mit Jesus und Paulus in einer Zeit. Den gekreuzigten Erlöser hat er wahrscheinlich nie getroffen und vielleicht nicht einmal von ihm gehört. Aber ihr gefiel der Gedanke, daß der kühl und überlegen auftretende Schüler des Pythagoras und der Brahmanen auf einer seiner Wanderungen dem leidenschaftlichen Missionar Christi begegnet war. Vielleicht hätte der Mann aus Tarsus vor dem Weisen aus Tyana nicht bestanden, während er über die Jahrhunderte hin einen glänzenden Sieg errang. Aber es gab nie ein endgültiges Urteil. Zweitausend Jahre lang mochte die Welt- und Machtliebe über die kynische Entsagung triumphieren, bis sie an ihren eigenen Folgen zerbrach und aus den vergifteten Ruinen ein Mann im Philosophenmantel trat, der Wunden und Hunger nicht achtete.

Der Heilige auf der Säule

Kalt! Sie fröstelte, suchte sich einen warmen Schwall über den Rücken zu schütten und hielt inne, das Bein schmerzte, sie hatte nicht genug Kraft dafür. Das Wasser, in dem sie ihre krankengymnastischen Übungen hatte machen sollen, war zu wenig geheizt. «Bewegungsbad»! Auf dem Mond hätte sie leben müssen, besser noch auf Phobos oder Deimos, den kleinen Satelliten des Mars, Angst und Schrecken, wo ein Mensch nur einen winzigen Bruchteil seiner Erdenschwere hat: da wäre ihr Knochen nie gebrochen, da könnte sie sich jetzt wieder bewegen, wie in dem lauwarmen Wasser, in das sie der junge Pfleger mit einer Art Aufzug hinuntergelassen hatte. Es war schön gewesen und erschreckend, denn sie hatte erkannt, wie wenig Kraft ihr geblieben war. Vielleicht fror sie auch deshalb, weil keine Hoffnung sie mehr wärmte. Alle behandelten sie rücksichtsvoll, wie eine zum Tode Verurteilte, deren Launen jeder willig gehorcht: es ist ja nicht für lange. Wärme! Wenn sie nur in der Sonne sitzen könnte, wie die zyprischen Eidechsen. Wann war es gewesen? 1973, vor fünfzehn Jahren, um ihren sechzigsten Geburtstag herum – vorher, im April, sie war mit dem Bus nach Kyrenia gefahren und von dort weiter nach Bellapais, wo Lawrence Durrell sein Haus gekauft und umgebaut hatte. Die anderen hatten den «Baum des Müßiggangs» gesucht, sie aber setzte sich in den Hof der Abteiruine und atmete den Duft der blühenden Rosmarinbüsche, schaute den Eidechsen zu, die sich auf den grauen Steinen wärmten, statuenhaft erstarrt, flink wie grüne Blitze. Einst durfte der Abt des Klosters goldene Sporen und ein Schwert tragen; Ritter des Augustinerordens, die in Jerusalem das Heilige Grab bewacht hatten, ehe Saladin sie vertrieb, gründeten es. Später vergaßen die Mönche ihre Gelübde. Sie hätten bis zu drei Frauen und ließen die Kirche verfallen, berichtete ein venezianischer Beamter der Signoria. Vor der Inquisition aber kamen die Türken, eroberten die Insel. Ihr gefiel der Gedanke, daß jetzt ein schon verzweifelter Frater aufatmen konnte. Die Muslime hielten die Ehelosigkeit der Priester ohnehin für frevelhaften Widersinn. Das Refektorium war von Schwalben bevölkert. Die sorgfältig behauenen Gesimse der spitzbogigen Fenster schnitten ansehnliche Stücke aus Zitronenhainen, geschwungener Küste, Meeresblau. Die Konsolen, auf denen einst Gewölberippen ruhten, waren mit rätselhaften Figuren geziert. Sie erkannte eine Gestalt zwischen zwei Sirenen – Odysseus, Symbol christlicher Standhaftigkeit gegen sündhafte Verführung? Immer Dreifaltigkeiten, Tiere und Menschen, Männer und Frauen. Die gotische Ruine in der gläsernen Klarheit des Südens, in den Duft ätherischer Öle der Macchia gehüllt, nicht in den Nebel jener düsteren Täler, in denen die ersten Kirchen der Zisterzienser wuchsen, sie hatte ihren Platz, ihre Würde auch hier, viel mehr als die Sultan-Selim-Moschee in Nikosia: eine gotische Kathedrale mit zwei schlanken Minaretts, von den fränkischen Ritter-Königen der Insel erbaut. Als sie in Strümpfen über die abgeschabten Teppiche ging und den Atem anhielt, weil der durchdringende Geruch nach saurem Schweiß ihre Nase kränkte, hatte sie gedacht: Dieser Platz hat seine alte, christliche Seele verloren und keine neue, islamische gefunden. Eine Religion ruiniert sich selbst, wenn sie eine andere verdrängt. Wahrscheinlich liebte sie die alten Götter, die zyprische Venus oder den Apoll von Milet, weil in ihrem Namen kein Unrecht mehr begangen wurde und nur die Steine, Inschriften und Mythen an sie erinnerten. In Zypern war der Glaubenshaß nur allzu lebendig, man begegnete ihm überall, die Türken hatten dem osmanischen Soldaten eine Kapelle an der Festungsmauer geweiht, der vor vierhundert Jahren zuerst den Wall erstürmte und dabei den Tod fand; die Griechen warfen bei den letzten Unruhen Handgranaten in das Grabmal.

Im Museum von Nikosia war ihr aufgefallen, daß in einer schriftlosen Frühzeit die Männer bei der Mutter- und Fruchtbarkeitsgöttin Zuflucht fanden. Ihr Bild, mehr Materie als Frau, heilig-gestaltlos, ein unregelmäßig konischer Stein, in Paphos ausgegraben, war von Votivfiguren aus Hagia Irini umstellt. Man fühlte sich geborgen, wenn das eigene Abbild bei der großen Göttin Schutz fand, es gab den Bauern mit seinem Ochsengespann, den Krieger mit Speer und Schild, den Würdenträger, größer als andere Statuetten und farbig gefaßt, Väter mit Kindern. Seltsam, keine Frauen! Trugen sie den Schutz in sich selbst, aufgehoben in der Gebärmutter, nicht hysterisch durch sie? Oder war ihre Göttin zu Hause, in dem mit Stierhörnern geschmückten Hausaltärchen? Die kleinen, rührend-plumpen Werke der Frühzeit bewegten sie mehr als die weißglänzende, vollkommene Venus im klassischen Stil.

Am liebsten war ihr ein kleiner Stier aus Terrakotta gewesen, der seine spitzen Hörner mit solchem Eigensinn vor sich her trug, daß sie ihm innerlich Beifall klatschte.

Zypern! Sie war über die Mesaoria nach Osten gefahren, Salamis, Famagusta, der Westwind blies Millionen von Folienresten von einem Müllplatz über die ausgedörrte Hochebene. Dann, durch Mimosenwälder – warum konnte sie Gerüche soviel schlechter erinnern als Bilder, wo doch ihre Nase soviel feiner war als die anderer Leute, während ihre Augen sie immer wieder im Stich ließen, obwohl sie ständig drei Brillen mit dicken Gläsern griffbereit trug –, durch ein Meer gelber Blüten hinunter zu der Ruine des Theaters, eine Landschaft in goldenen und braunen Tönen über der unwahrscheinlich blauen Bucht. Der Reiseleiter, ein Professor für Altphilologie, der von Pflanzen nichts verstand, zitierte Horaz: «Nunc vino pellite curas...» Sie wanderte durch das Gymnasion der alten Stadt, erinnerte sich an ihr Jesuitenkolleg über dem Inn – was außer dem Wort war von der zyprischen Küste nach Passau gekommen? Die Hypokausten, beheizte Ziegel- und Marmorböden in den Thermen, waren vollständig erhalten, solide Arbeit, mindestens einen Fuß dick. Was Jahrhunderte auf dem Troodos und der Nordkette gewachsen war, wurde in wenigen Jahrzehnten verheizt, weil die feinen Herrchen glaubten, warme Bäder zu brauchen, in Zypern, wo das Meer nie kälter wird als zwanzig Grad! Der Mensch war ein Parasit. Damals plünderte er die Wälder, heute baute er zehnstöckige Hotelpaläste an die bisher unberührte Küste.

Wären die Blumen nicht gewesen, sie hätte sich einsam gefühlt, unberührt von den schön gemeißelten Trümmern, die sie immer so zu sehen begehrt hatte, ehe sie als alte Frau doch noch zu ihnen reisen konnte. Die Asphodelien, von denen sich die Schatten der Toten nährten, die wilden Hyazinthen, die dem Blut eines Geliebten Apollons entsprangen, die Adonisröschen (auch sie wieder dem Blut eines schönen Jünglings zu danken, als hätten die Menschen der gütigen Erde mißtraut, daß sie ohne Opfer menschlichen Lebens Schönheit hervorbringen könne). Aber während sie die Antike gesucht hatte, fand sie etwas anderes, das ihr lebendiger schien, ihrem Herzen näher: Byzanz. Nein, nicht die große, prächtige Stadt am Bosporus, wenigstens nicht so sehr, sondern etwas wie das Kirchlein von Asinou, fast tausend Jahre alt, klein und heimelig, ganz mit wohlerhaltenen Fresken ausgemalt, in denen sich die klare Schönheit antiker Gesichter mit der malerischen Frömmigkeit des Mittelalters mischte. Ernst und würdig standen die Heiligen, als seien sie eben vom Himmel herabgestiegen, um den Gläubigen Gesellschaft zu leisten. Oben, in dem kleinen Tonnengewölbe, Heilsgeschichte und Legende, das Meer als gekrönte Frau, die auf einem Wal reitet, die Luft, das Haar vom Wind gehoben, von einem Löwen getragen, hier konnte sie sich den Gottesdienst vorstellen, wie er vor vielen hundert Jahren war (während die Tempel unnahbar blieben, die blutigen Opfer sie ratlos machten), etwa dreißig Männer und Frauen, alle kennen einander, suchen Zuflucht in ihrem Glauben, der sie von ihren Herren, den Katholiken, Franzosen, Venezianern, Genuesen, Türken unterscheidet, versammeln sich unter den Flügeln der triumphierenden Cherubim wie unter den Federn einer Glucke, trösten sich, ertragen wieder sieben Tage Arbeit und Erniedrigung.

Und wieder fuhr sie über die Mesaoria, an braunen Feldern vorbei, wunderte sich, wovon die mageren Schafe lebten, von welchen Hoffnungen die Bauern, die im Staub wühlten, ob die sauber beschnittenen Reben jemals ausschlagen würden? Es hatte einen Winter lang nicht geregnet, nur in den Talgründen wuchs die Gerste grün unter den Ölbäumen. Dann nahm der Horizont jenen flimmernden Glanz an, der auf den Inseln das Meer ankündigt, sie erreichten die würfelförmige Johanniterburg von Kolossi und schließlich Paphos, wo Aphrodite aus dem Schaum geboren wurde, den der Sturz von Uranos' Glied in die See erzeugte.

Immer, immer hätte sie mehr Zeit haben wollen, in den kleinen Kirchen wie jetzt hier am Strand, wo es so wunderhübsche rote, schwarze, weiße und gesprenkelte Kiesel gab und die Brandung mit jeder Welle zischend das Muster des bunten glänzenden Teppichs neu ordnete. Es war absurd, eine törichte Verschwendung, so weit zu fliegen und dann überall nur so kurz zu bleiben, wie es der vollgestopfte Zeitplan und das Bedürfnis des Busfahrers nach seinem Feierabend verlangten. Man hätte überall verweilen müssen, schauen und ausruhen und wieder schauen, bis die Eindrücke nicht mehr befleckt und verwischt waren von der Gier, sie festzuhalten um jeden Preis. Die Dorfkirche von Paphos war einst der Maria Aphroditissa geweiht, in ihrer Mauer stak ein uralter Stein, den die Frauen berührten, um Unfruchtbarkeit zu heilen. Eine Erinnerung an diese Zeit, in der sich das Christentum seiner heidnischen Wurzeln noch nicht schämte, war der heilige Baum über der brunnenkammerähnlichen Kapelle der heiligen Salomonis – Weisheitsgöttin, Mutter der sieben Makkabäerbrüder, in Antiochien hoch verehrt. Noch jetzt waren Stoffstreifen an die Äste geknüpft, wie es in der Antike dem Glauben an die Gottheit der Bäume entsprach. Vielleicht, dachte sie, hat das Unglück der Menschheit begonnen, sobald unsere Ahnen glaubten, sie könnten ihre Tempel selbst bauen, sobald sie aufhörten, Höhle, Baum und Felsen zu verehren: Denn sobald dieser Schritt geschehen war, schien der Weg nicht mehr weit zu jener schon von den Römern beherrschten, brutalen Zweckmäßigkeit, in der heilige Bäume Bauholz werden, Felsen durch Steinbrüche entweiht und in den Höhlen das Erz gebrochen wird, um Schwerter zu schmieden.

Sie war ein Teil dieser Brutalität. Sparsam, gut vorbereitet, aber doch eine Ameise in dem zerstörerischen Heer, das die Schönheiten langsam auffraß. Sie war sich dessen bewußt gewesen. Eine seltsame Entschuldigung, wo doch sonst, und vor allem in

Deutschland, Unwissenheit als die sicherste Ausrede gilt.

Später waren sie nach Adana in die Türkei geflogen, und wieder brachte ein Bus den Professor und die Gruppe, zwei ältliche Paare und acht einzelne, ebenfalls angejahrte Frauen, zu den Orten, deren Namen noch aus Homer-Versen, Erzählungen Herodots oder Plutarchs, aus der Apostelgeschichte bekannt waren. «Geschichtsmächtig» war ein Wort dafür. Vor dreitausend Jahren hatte kein Ort in Deutschland einen Namen oder einen Helden, von dessen Taten sie wußte – hier aber gab es Mopsuhestia, und Mopsos war ein guter Bekannter, ein Seher, Rivale des Kalchas, der sich im Trojanischen Krieg bewährt hatte, der Iphigeniens Opferung befahl und Philoktets Heimholung – Mopsos hatte in einem Wettkampf diesen Kalchas besiegt, hatte genauer als dieser die Zahl der Feigen an einem Baum, der Ferkel in einer trächtigen Sau vorausgesagt. Kalchas, tief gekränkt, tötete sich selbst. Sie hätte gerne eine der kräftig blauen, zwerghaften Iris mitgenommen, die massenhaft zwischen den Steinen wuchsen. Die würden auch in ihrem Garten gedeihen. Aber ohne Werkzeug kam sie nicht an die unterirdischen Wurzelstöcke heran. Sie fuhren über Kadirli nach Issos. Sie hatte sich das Tal viel schmäler vorgestellt, angeblich konnte doch der Perserkönig 333 vor Christus gegen Alexander seine Truppen nicht entfalten.

Es war eine große Ebene, und sie bedeutete viel mehr als andere Landschaften, wenn es auch nur das war: den glaubwürdigsten Schilderungen des Curtius Rufus mußte man vielleicht am meisten mißtrauen.

Damals waren die Berge noch jünger gewesen und höher. In Antiochia lag die alte Stadt sieben Meter unter der neuen. Antâkya. Wer wußte, ob es nicht am besten war, sie blieb dort drunten, auf dem Grund eines Trümmermeers, unerreicht von den Archäologen, deren Spaten doch oft genug ein Werkzeug der Zerstörung war. Am schönsten war die Landschaft auf dem Weg nach Samandağ, dem Dorf an der Orontes-Mündung, wo früher Seleukia lag, in Orangenhaine gebettet, Fluß, Tal, Hügelsaum, die üppigste Vegetation, islamische Kapellen, versteckt in Obsthainen, weißkuppelig auf Hügelrücken, grünende Gärten voller Spinat und Lauch, der küstennahe Felsberg von antiken Gräbern durchlöchert, in denen später christliche Einsiedler hausten, darüber der Mons Kasios, der in vorgriechischer Zeit dem Baal der Berge und später dem Zeus heilig war. Die Geschichte schien durch den Boden in ihren Körper einzudringen wie die Kraft des Antaios, obwohl von der Geschichte – nein, weil von ihr nichts zu sehen war als die unsterbliche Landschaft. Das Meer glänzte in der Nachmittagssonne, sie zog die Schuhe aus und ging barfuß dicht am Wasser entlang, wo der schwarze Sand fest war;

ihre Fußspuren, kaum eingedrückt, löschte die nächste Welle aus.

In Aleppo regnete es, ausgerechnet dort, wo sie eine Stadt wie eine Fata Morgana erwartet hatte, von der Hitze in den Himmel geworfen und wieder zurück. Der Name erinnerte sie an Karl May, der hier geritten war, behauptete er wenigstens, in glühender Sonne, Pest herrscht in der Stadt, auf den Zinnen der Zitadelle sitzen die Geier, ein verrückter Engländer begleitet ihn, dessen Nase eine Aleppobeule ziert. Sie fragte den Professor, der gerade neben ihr saß, ob er jemals Karl May gelesen hatte. «Ja, ich habe einmal angefangen damit, aber es hat mich so gefesselt, daß ich keine Schularbeiten mehr machte. Da beschloß ich, keinen Roman dieses Autors mehr anzurühren. Und ich habe mich daran gehalten.» Tugendhafter Knabe, dachte sie.

Die sieben in Raben verwandelten Brüder hatten eine Schwester, die sie bei Sonne, Mond und Sternen suchte. Endlich erfuhr sie, daß sie auf den Glasberg klettern mußte. Es wäre ihr nie gelungen, hätte nicht ein guter Geist ihr das Hinkelbeinchen gegeben, mit dessen Hilfe sie Halt an der spiegelglatten Fläche fand. Wie dieser Glasberg war der Abhang unter der Festung von Aleppo mit geglätteten Steinen gepflastert, das Mauerrund gefüllt mit Ruinen, deren Material Hethiter, Griechen, Byzantiner, Araber und Osmanen zusammengetragen hatten, Moscheen, die einst christliche Kirchen waren, auf den Fundamenten heidnischer Tempel erbaut, Verliese, in die Gefangene gestoßen wurden, die mit gebrochenen Gliedern auf den Gebeinen der früheren Opfer verhungerten, Brunnen und Zisternen, Kasematten, Wachttürme, einen Empfangssaal, dessen Marmor persische Teppiche nachahmte.

Der dickbäuchige Taxifahrer, mit dem sie am nächsten Morgen zum Symeonskloster fuhr, behauptete, er spreche als einziger Chauffeur in ganz Aleppo Französisch. Das war eine schreckliche Plage, denn er redete ständig. Sie hätte soviel lieber in Ruhe die Dörfer mit ihren Kuppeldächern betrachtet. Oft standen zwei Kuppeln auf einem länglichen Lehmhaus, wie die Brustvotive in einer bayerischen Wallfahrtskirche, oben lagen Steine, Brustwarzen. Profan und heilig waren hier Farbunterschiede: die Dorfmoschee weiß getüncht, die Bauernhöfe ocker- und lehmfarbig. Aus den üppigen Saatfeldern um Aleppo wurden karge, steingesprenkelte Weiden, Berghänge, spärlich mit Grün getupft. Wovon da die Schafherden satt wurden? Und dann war sie wieder an einem der Plätze, die mit großen Erinnerungen verbunden waren, hier nicht so tief unter Schutt begraben wie in Paphos oder Tarsus, aber doch blaß, schief, aus dem Gleichgewicht gerückt, denn das vorweggenommene Leben der Vergangenheit paßte nie zu dem Leben der Blumen und

Sträucher zwischen den Grundmauern der Ruinen, zu dem Treiben der Gegenwart, das auch fesselnd war, durch das hindurch sie die Geschichte suchte wie das Skelett auf einem Röntgenbild.

Woran lag es, daß es sie glücklich machte, auf einem ganz bestimmten Fleck Erde gestanden zu haben, an dem sich einst dies und jenes ereignete? War sie so tief von den Griechen geprägt, die ja auch einen Tempel nicht dorthin bauten, wo es praktisch war, sondern an den Platz, den heiligen, unverwechselbaren Ort, den sich der Gott selbst ausgesucht hatte? Sie glaubte daran, und glaubte auch, daß sie sich da nichts einbildete: nicht jedes Ereignis (und schon gar nicht ein religiös bedeutsames) konnte überall stattgefunden haben, der Boden, die Landschaft, Kräfte, die nicht verallgemeinert, sondern nur vereinzelt und vertieft werden konnten, spielten ihren Part.

Und so war es auch hier, nirgends sonst, daß ein Hirtenknabe ein berühmter Heiliger wurde, Büßer ohnegleichen, Richter über seine Zeit, Patron des Klosters, zwischen dessen im Verfall noch mächtigen Mauern sie jetzt wanderte. Der Ort war gut gewählt: ein Bergrücken, der die ganze Umgebung beherrschte, die damals dichter besiedelt war als heute, denn überall in den Tälern sah sie Ruinen und Grabmale. Das Kloster wurde nach dem Tod um die legendäre Säule herum erbaut, auf der Symeon sein ganzes Leben verbrachte, genauer: den größten Teil seines Lebens. Um die Säule als Mittelpunkt, Ort einer irdischen Himmelfahrt waren die vier Basiliken gebaut; sie selbst war von einer Kuppel überwölbt. Der Heilige hatte in einem kleinen Mauergeviert, nur den Himmel über sich, mit seiner Buße begonnen. Allmählich baute er seinen winzigen Standplatz, auf dem er sich nie bequem ausstrecken konnte, immer höher, bis die Säule schließlich zehn, nach einer wagemutigeren Überlieferung sogar zwanzig Meter hoch war. Nach seinem Tod trugen die Mönche das Bauwerk wieder ab und verkauften es stückweise den Pilgern. Geblieben ist nur ein gewaltiger, aufrecht stehender Monolith, wie ein Menhir aus dem Norden, unverwüstlich auf der Basis, auf der Symeon zwischen 430 und 459 gebetet und gepredigt hat. Auch jetzt, in dem Verfall, war es unglaublich, welche Menge an Steinen und menschlicher Mühe der Heilige wie in einem überreichen Fischzug mit dem Köder seiner Säule zusammengezogen und mit Leben erfüllt hatte, bis ein neuer Glaube die Macht der Klosterbrüder brach und ein Teil der Steine wieder zurückwanderte in die Ebene, um eines der Bauernhäuser zu festigen oder ein zierliches Minarett zu schmücken.

Es waren immer noch genug Mauern, Gewölbe, Apsiden, Taufbecken und Säulen da, aus dem gelblichen Kalkstein, dessen Geschwister hier überall roh wie schadhafte Zähne aus den Wiesen wuchsen. Der Taxifahrer redete und redete, bis ihn ein Regenschauer – hatte ihn Vater Zeus geschickt oder der zürnende Symeon? – zurück in seinen Wagen trieb. Sie fand Zuflucht in einer Apsis der größten Kirche und blickte zwischen den Seitenschiffen in den dräuenden Himmel. Wie mochte sich der Stylit bei einem Gewitter wie diesem gefühlt haben, nackt auf seiner schwindelnden Plattform, von Blitzen umzuckt, vom Regen gewaschen?

Diese extreme, gewissermaßen auf den Punkt gebrachte Lebensweise hatte sie lange beschäftigt, es war eine Vorwegnahme, ganz aus eigenen Stücken, des Schicksals, das sie jetzt getroffen und auf eine ebenso kleine Fläche festgelegt hatte, so kehrte sie immer wieder zu dem Hügel des Qualaat Siman zurück und reiste, von diesem Anker aus, ein im Kreis treibendes Schiff, zurück nach Zypern, voran nach Bambyke, wo sie fast geweint hätte, weil vom Tempel der syrischen Göttin keine Spur zeugte. Was konnte einen Mann veranlassen, die Hälfte seines Lebens stehend auf einer Säule zu verbringen, kärglich ernährt, der Sonne und dem Wind ausgesetzt, nackt? Sie erinnerte sich an ein Buch Theodorets, des byzantinischen Priesters, der Symeon noch persönlich gekannt hatte. In seinem Werk über Mönche und Eremiten beschreibt er bereits verstorbene und noch lebende Heilige.

Symeon, genannt Stylites («der von der Säule»), nimmt unter den letzteren die erste Stelle ein. Ein junger Mann, um 390 nach Christus geboren, in einem Dorf nahe Adana im Süden der heutigen Türkei. Die Eltern sind Christen, keine Selbstverständlichkeit um diese Zeit, in der die Christenverfolgungen erst eine Generation zurückliegen. Das Kind hütet die Schafe; niemand lehrt es lesen und schreiben, im Gottesdienst zählen das Bild und das gesprochene Wort. Bekehrungs- und Umkehrerlebnisse, die Entdeckung einer lebensbestimmenden Vision am Übergang zwischen Kindheit und Reife. Waren sie nicht immer mächtiger, prägender, wo nicht die Schule schon lange Jahre vorher den verdünnten Aufguß der erhabensten Texte den Rekruten des Alphabets eingeflößt hatte? In ihren religionsgeschichtlichen Büchern – war es bei Mircea Eliade? – hatte sie Berichte von jungen Prärieindianern gefunden, die in eben dem Alter, in dem Symeon (oder vor ihm Apollonius) sein Bekehrungserlebnis hatte, in die Wälder zogen, um ihre Vision zu finden. Sie fasteten oder aßen nur wilde Kräuter, sie tranken nicht, ermüdeten sich durch sinnlose Arbeit (wie alle Nadeln einer Tanne abzureißen), bis sie erhört wurden, bis ein Tier, eine Pflanze, ein Stein zu sprechen begann, die mystische Verbindung entstand, die zwischen dem Gläubigen und einem natürlichen Vermittler zur Über-Natur gestiftet wird. Damit nahm ihr Leben eine Wende, die Macht dieser Visionen entschied, welche Stellung im Stamm der Heranwachsende gewann, es gab kein Handwerk, keine Kaste, nicht Schwert noch Krone, die er erben konnte, der Himmel und die Erde, großer Geist und gütige Mutter, setzten ihn in sein Erbe ein.

Symeon hörte, als ihm die ersten Barthaare sprossen, während eines Gottesdienstes die Bergpredigt, das Wort von den Trauernden, die selig sind, denn sie sollen getröstet werden. Danach ging er aus der Kirche an einen abgeschiedenen Ort, warf sich mit dem Gesicht zur Erde und betete so drei Tage, ohne sich zum Essen oder Trinken zu erheben. Darin lag eine Entschlossenheit, Ausdauer, ein gründliches Anpacken des Buße- und Kasteiungsgeschäftes, die sich schwer umstimmen ließ und wohl auch die Sippe des Hirtenknaben beeindruckte. Dieser berichtete später von einer Vision, einem feurigen Engel, der ihm den Ruhm des Höchsten ankündigte. Könige und Richter würden seinen Geboten folgen, sein Name würde groß sein unter allen Völkern. Die göttliche Stimme wandte sich also an den irdischen Ehrgeiz, an das Gesetz des Wettkampfs, den Agon, der seit Homer die Griechen nicht ruhen ließ: «Stets der Beste zu sein und vorzustreben den anderen», wie es in der Ilias heißt. So wurde Symeon der größte Asket, sein sichtbar-freiwilliges Leiden bewies seine unsichtbare, gottgeweihte Macht, wie ein moderner

Rennfahrer oder Skiflieger dankte er seinen Ruf bald der Geschicklichkeit, mit der er bis an die Grenze zum Tod ging und überlebte, nicht zu größerer Bequemlichkeit, sondern zu noch größerer Gefahr.

Wieviel er wohl davon wußte? Ob er manchmal zweifelte, den Einfluß seines Bedürfnisses nach Geltung erkannte? Es gab dann eine Lösung, die ihm sogleich half, die Unsicherheit zu überwinden, sich zu reinigen, bis er wieder ein gesäubertes und gefegtes Haus war: zu fasten, zu leiden, den Teufelsrest zu vertreiben.

Als sie auf dem Hügel von Telneschin, in den Ruinen des Klosters stand, war sie, ehe das Taxi fortfuhr, zurück nach Aleppo, noch einmal um die Säulenbasis und die einzige, vom Eifer der Pilger zernagte Trommel gegangen. Man mußte Symeon achten, auch wenn man seine Lebensform nicht teilen mochte, wie doch alles Respekt verdiente, was ein menschliches Bedürfnis klar, schonungslos deutlich ausdrückte, aber die Folgen dieser Klarheit nicht andere ausbaden ließ, wie es die Art von Führernaturen ist. Symeon war kein Politiker, aber er war auch als Glied einer menschlichen Gemeinschaft ungeeignet. In dem Kloster, das er als Sechzehnjähriger aufsuchte, erbitterte er schon bald die Mönche, weil er alle übertraf, drei Tage fastete, wo sie es nur einen ertrugen, heimlich einen Strick aus Palmenfasern um die Hüften trug, bis ihn das Blut verriet, das durch die Kutte sickerte. Der Abt des Klosters war ein weiser und selbst im Abweisen irdischer Zudringlichkeit erfahrener Mann, denn er hatte mit drei Jahren dieses Kloster betreten, von seiner frommen Mutter geführt, und es seither nie mehr verlassen, er wußte nicht, wie ein Schwein oder ein Pferd aussah. Er riet Symeon, Einsiedler zu werden, denn die Mönche könnten ihn nicht ertragen, er beschäme sie, da er sie trotz seiner Jugend so weit an Bußfertigkeit übertreffe.

So macht sich Symeon wieder auf die Wanderschaft und findet endlich ein Klösterchen, das alle Brüder verlassen haben, ausgenommen ein alter Mönch und ein kleiner Junge. Die Fastenzeit steht bevor. Symeon entschließt sich zu der asketischen Strapaze, die er von nun an immer in den vierzig Tagen vor Ostern auf sich nimmt. Er ißt überhaupt nichts, also auch nicht die erlaubte Fastenspeise, und was noch weit mehr, ja geradezu unglaublich ist: er trinkt auch nicht. Auf seine Bitten hin mauern ihn die beiden anderen in einer Zelle des Gebäudes ein. Auf ihre Bitten hin nimmt er zehn Brote und einen Krug Wasser mit hinein. Wie mochte er sich gefühlt haben? Dieses erste Mal, allein in der Dunkelheit, nicht sicher, ob er der irdischen Auferstehungsfeier oder einem himmlischen Fest erwachen würde? Dem Licht entzogen, das doch vor Angst und Leere schützt, aber auch an die Bilder der Welt bindet, war er den eigenen Halluzinationen ausgeliefert, die durch Hunger und vor allem den peinigenden Durst verstärkt wurden: reichte seine geistige Kraft aus, diesen Zustand zwischen Leben und Tod, zwischen Erde und Himmel, mit paradiesischen Visionen zu füllen, oder sank er am Ende ohnmächtig hin, erschöpft vom Kampf gegen kreatürliche Bedürfnisse, die er als Einflüsterungen Satans in sich bekämpfte, weil sie der unwiderstehliche Duft verschimmelten Brotes und abgestandenen Wassers durchzog?

War nicht ein so lang hingezogenes Dürsten in jedem Fall tödlich? Sie erinnerte sich, daß in dem Gesundheitsbuch, das sie jung verheiratet in München gekauft hatte, recht ungenau, aber doch eindrucksvoll stand, zu verhungern könne Wochen, ja Monate dauern, verdursten würde ein Mensch jedoch in Tagen. Sie hätte gerne den jungen Stationsarzt auf der Visite gefragt, aber sie wollte ihn nicht aufhalten, er hatte so viel zu tun. So kramte sie in ihrem Gedächtnis. Der Mensch bestand zu zwei Dritteln aus Wasser. Wenn Symeon sechzig Kilo wog – mehr war bei dem ausgemergelten Asketen wohl nicht anzunehmen –, dann waren das rund vierzig Kilo. Der Wasserverlust durch Verdunstung beträgt unter normalen Umständen einen halben Liter durch die Lunge – Menschen atmen Wasserdampf aus – und ebensoviel durch Haut und Nieren. Demnach hätte Symeon sein gesamtes Körperwasser verloren, wenn er vierzig Tage dürstete. Angeblich ist jedoch bereits ein Verlust von einem Viertel dieser Menge tödlich, das Herz kann so verdicktes Blut nicht mehr durch die Adern bewegen, die Sauerstoffversorgung erlahmt. Symeon hätte nach zehn Tagen tot sein müssen, aber als seine Gehilfen am Karsamstag die Steine aus der Zellenöffnung brachen, atmete er noch, gab jedoch sonst kein Lebenszeichen. Sie befeuchteten seine Lippen mit einem Schwamm und brachten ihn allmählich ins Leben zurück. Die zehn Brote und der Wasserkrug waren unberührt. Hatten Symeons Biographen die Wahrheit geschönt? Tropfte Regen in die Zelle, den der Eingeschlossene vom Boden leckte? Es mochte sein, aber die Deutung schien ihr zu platt, zu tief gegriffen, wie ihr auf der anderen Seite die Erklärungen durch übernatürliche Kräfte, durch ein wundertätiges Einwirken Gottes zu hoch gegriffen erschienen. Symeon war kein Betrüger. Vielleicht ein Betrogener, Ausdruck einer Zeit, die ihr Maß verloren hatte, eines Ehrgeizes, der die menschliche Selbstzerstörung vorwegnahm, die heute doch (und was sind anderthalbtausend Jahre vor der Geschichte!) mit weit größerer Wirksamkeit kollektiv betrieben wurde, während einzelne, wie Symeon, vielleicht eben deshalb keine wohlwollenden Helfer, keine andächtigen Bewunderer fänden, sondern nur Polizisten und Psychiater. Nein, Symeon zapfte ältere Lebensquellen an, wie kanadische Indianer den süßen Saft aus Ahornstämmen: ein verschollenes, aber in Notzeiten zugängliches, im verachteten Fleisch eingebettetes Wissen, wie es auch Bär und Hamster besitzen, wenn sie sich, in finsteren Höhlen wie der fromme Eremit, zum Winterschlaf zurückziehen, wenn sie mit verlangsamtem Herzschlag, kaum atmend, den Funken ihres Lebens unter einer dicken Aschenschicht nur noch glimmen lassen, bis sie die Stimme des Frühlings hören, die durch alle unentbehrlichen Schutzschichten dringt und sie auf geheimnisvolle Weise zurückruft.

«Alle Wege wurden zu Strömen, jener Ort aber zum Meer von Menschen», beschrieb Theodoret, was nun folgte. Beeindruckt von Symeons Scheintod und Auferstehung, hatte ein Priester dem Asketen ein Grundstück auf dem Gipfel des Hügels über Telneschin geschenkt. Hier baute sich dieser eine «Mandra». Die ursprüngliche Bedeutung dieses Wortes ist «Pferch», ein Mauerring ohne Dach, wie er bis heute im Nahen Osten für Schafe und Ziegen aus Bruchsteinen und Lehm aufgerichtet wird. Dieses Geviert verließ Symeon bis zu seinem Tode nicht mehr. Um diese selbstauferlegte Gefängnisstrafe noch zu steigern, stellte er sich nach dem nächsten Fasten auf einen meterhohen Stein, auf dem er sich durch eine Kette um den Fuß anschmieden ließ. Von überall her kommen Menschen, um ihn zu sehen. Um sich ihnen zu entziehen, um für sie besser sichtbar zu sein, um

Gott näher zu rücken, die Buße zu verschärfen – wer erriet die Motive, Tatsache war, daß Symeon diesen Standstein, Trommel für Trommel, immer weiter erhöhen ließ, bis er endlich auf einer sechsunddreißig Ellen hohen Säule den größten Teil seines Asketenlebens, volle dreißig Jahre, zubrachte. Die Plattform oben hatte eine Seitenlänge von anderthalb Metern und war noch durch eine niedrige Mauerbrüstung verkleinert, so daß er nie ausgestreckt liegen konnte.

Der Ruhm des Styliten drang bis in die Hauptstadt. Ein kaiserlicher Prinz bestieg die Leiter, die zu der schwindelnden Höhe führte (36 Ellen entsprechen 20 Metern, also einem vierstöckigen Haus), bat um den Segen, bot an, ein Dach über dem Heiligen zu errichten, was Symeon ablehnte. Vorsichtig machte sich der Prinz wieder an den Abstieg. Seine Popularität leuchtete glänzender, der strenge Geruch des Styliten lud nicht zum Verweilen ein. Die Vorstellung dieser Begegnung des bäderverwöhnten, parfümierten Höflings mit dem nackten Asketen, der niemals nach Waschwasser verlangte und die Fliegenplage als willkommene Verschärfung seiner Buße duldete, zauberte ein Lächeln auf die dünnen Lippen. Theodoret hatte diese Frage weder gestellt noch beantwortet. Aber jeder, der in einem engen Ort eingeschlossen war, wußte doch, welche Pein darin liegt, daß der Mensch im Gegensatz zu den Engeln und den Pflanzen Produkte seines Stoffwechsels in flüssiger und fester Form ausscheiden muß. Daß sie immer nach der Schüssel fragen mußte, war eine Qual, sie zögerte es hinaus, solange sie konnte, es schmerzte in der gebrochenen Hüfte, wenn sie sich hochziehen mußte, sie fühlte Blicke auf sie gerichtet, die ihre Schließmuskeln in einen Krampf trieben, fürchtete sich vor dem Vorwurf der Schwester, daß sie wie ein launisches Kind falschen Alarm gegeben habe. «Uns bleibt ein Erdenrest / Zu tragen peinlich, / Und wär' er von Asbest, / Er ist nicht reinlich.» War das Goethe? Faust, vermutete sie, und sah wieder die Szene vor sich, wo sie aus dem Lehnstuhl aufgestanden, zum Bücherbord gegangen war, um etwas nachzuschlagen, als das Leben in ihr zerbrach. Sie hatte ans Sterben gedacht, sofort, aber es war mit dem Sterben wie mit dem Leben, es gab keinen festen Zustand, keinen endgültigen Frieden, alle Gedanken und einmal für endgültig erachteten Überzeugungen mußten sich ändern, entwickeln, Prüfungen bestehen, Wandlungen durchmachen, das schon beschlossene Sterben war wieder zum Leben geworden, hatte sich wieder in ein neues, viel schlimmeres, langwierigeres Sterben umgeformt.

Theodoret hat die Nahrung des Heiligen beschrieben: Jede Woche brachte ihm ein Schüler das Brot der Eucharistie, eingeweichte Linsen und einen Krug Wasser. Symeon aß nur einmal alle sieben Tage, wird erzählt. Wie vielen Heiligen schien ihm die

Nähe zu Gott Vitamine zu ersetzen, die weltlichere Zeiten für das irdische Leben als unentbehrlich ansehen. Gott hatte den Styliten angewiesen, seine Gebete mit tiefen Verbeugungen zu begleiten, die dem Schaukeln verlassener Kinder oder dem rastlosen Laufen eines Panthers im Käfig gleichen mochten. Ein Gewährsmann Theodorets zählte einst diese Kotaus und gab bei 1244 das Zählen auf, ohne daß Symeon in seiner Andacht nachließ. Vom Stehen waren seine Füße dauernd wund, die stereotypen Bewegungen führten zu heftigen Rückenschmerzen, der oft heftige Wind zu einem Augenleiden. Es wird erzählt, daß der Dulder einen Wurm, der aus einer schmerzenden Wunde am linken Bein gefallen war, aufhob und wieder zurücksetzte: «Genieße, was Gott dir gegeben hat!»

Es gab viele Männer, die sich wie Symeon kasteiten, nackt in erbarmungslosem Wüstenklima (sie dachte an die Gymnoi in Ägypten, mit denen Apollonius von Tyana lange Gespräche führte), in trockenen Brunnenstuben, auf winzigen Plattformen an schwindelnden Abhängen der Thebais oder des Athos-Gebirges, eingemauert in lichtlose Höhlen, von eigener Hand blutig gegeißelt. Die Geschichte strafte den Psychologen Lügen, der behauptet hatte, Frauen seien häufiger masochistisch als Männer. Von Büßerinnen war selten die Rede, von einer gar, die sich in so ausgesuchter Weise selbst quälte, hatte sie noch nie gelesen. Frauen waren in sich abgerundetere Geschöpfe, vom Leben geglättet, Leben in sich tragend, nicht von Auswüchsen geplagt wie die Männer, Opfer ihrer eigenen Werkzeuge, die sie gegen andere richteten wie Waffen oder aber gegen sich selbst.

In höchstem Maße ungerecht und doch auf eine verzweifelte Weise charakteristisch hatte sie es gefunden, daß vom Symeon-Kloster noch stattliche Ruinen zeugten, während das große Heiligtum der syrischen Göttin Mabug, nur sechzig Kilometer nach Osten, bis unter die Oberfläche der Äcker zerstört war. Die Erinnerung an ekstatische Priester Kybeles, die sich geißelten bis aufs Blut und in ihren Riten selbst entmannten, war nur in den Texten der antiken Schriftsteller bewahrt. Nach Lukian standen dort zwei hohe, phallische Säulen vor dem Eingang zum Tempel. Auf sie kletterten zu den rituell bestimmten Zeiten Priester und harrten sieben Tage und Nächte ohne Schlaf und Speise aus, um den Göttern näher zu sein. Der Stylit hatte, wie das Christentum insgesamt, dem Auf und Ab der Götzenpriester, des lasziven Pantheons der Antike, eine einzige Stoßrichtung gegeben, sich von einer Sehnsucht nach Macht und Dauer bestimmen lassen – bei ihm war es freilich nur die Dauer seiner Entsagung, der Radikalität seines Kampfes gegen das sündige Fleisch. Es war eine ältere Überlieferung in dieser Askese, neuartig schien allein die Verbindung mit dem Eingottglauben und mit einer jenseitigen Welt.

Plötzlich schien es ihr höchst gefährlich, eine Ursache namenloser Bedrohungen, den Zusammenhalt abreißen zu lassen, der das menschliche Fleisch mit Blut und Muskel des Tieres verband, den Geist hochmütig über beide zu erheben, einem abstrakt gewordenen, alles erfüllenden Gott zu, der sich die wirkliche Welt mit verachteten Teufeln teilte, in einer jenseitigen aber himmlische Paradiese für seine treuen Anbeter errichtet hatte. So konnte die unerträglichste Ausbeutung, der Krieg um Macht und Geld, perfektioniert werden, die Menschen wurden Stoff, Material für ihre eigenen Gedanken, die Liebe lernte, ihrer Bindung an das Fleisch beraubt, mitleidlos und selbstgewiß, zu verachten und zu hassen, was ihrem Anspruch an Vollkommenheit widersprach.

Zudem waren die äußeren Feinde verloren. Unter Diokletian war es eine andere Sache, heilig zu sein, als zu Symeons Zeiten. Da mußte keiner groß über seine Bußübungen nachdenken. Die heidnischen Richter straften hart. Wer sich weigerte, der Staatsreligion zu huldigen, Blutzeugen, Märtyrer genossen höchstes Ansehen. An manchen Orten sollen sich die frühen Christen geradezu nach dem Tod gedrängt und die römischen Behörden absichtlich provoziert haben, um möglichst rasch in die himmlischen Freuden einzugehen, eine bedenkliche Todes- und Jenseits-Sehnsucht, ein Ekel vor dem Irdischen, ein Haß und eine Verachtung der Welt, die das Volk in verdünnter Gabe tauglicher machten, immer besser zu lernen, wie man Staats- und Obrigkeitslasten erträgt, ohne abzuschütteln, was peinigend in die Schultern schneidet.

Der Erlöser, Gottes Sohn, legte keinen Wert auf Askese. Er war mit sich so großzügig und liebevoll wie mit anderen, königlich. Johannes, der letzte Prophet, dessen Geburt seine Mutter von der Unfruchtbarkeit, seinen Vater von der Stummheit heilte, dem sie sich besonders verbunden fühlte, weil sie genau an seinem Namenstag, dem 24. Juni, geboren war, hatte von Heuschrecken und wildem Honig gelebt, der Nahrung des Goldenen Zeitalters. Jesus aber aß Brot und trank Wein, scheute sich nicht, Feste mitzufeiern, auf denen die Gäste so trunken wurden, daß sie guten Wein nicht mehr von schlechtem unterscheiden konnten, wie es auf der kanaanitischen Hochzeit der Hausherr in aller Unschuld ausplaudert. Er war ein Freund der Huren, der Zöllner und Sünder; die Pharisäer schalten ihn einen Schlemmer und Säufer.

Aber Jesus hatte, zögernd und schweren Herzens, für die Menschen gelitten. Konnte ihm ein namenloser Hirtenknabe nicht dadurch nachfolgen, daß er freiwillig härtere Leiden duldete? Die Steuern waren drückend, die Mächtigen übermütig, in den Städten schrien landlose Proletarier nach Brot und Spielen, die Hunnen drohten im Osten, die Goten, als Schutz gegen die grausamen Reiter ins Land geholt, erwiesen sich als kaum geringere Plage als die, vor der sie schützen sollten. Die Welt war von Übeln beherrscht. Der Asket jedoch genoß Ansehen, er wurde verehrt, die Steuerpächter ließen ihn in Ruhe, kein Räuber, kein Soldat konnte ihm etwas nehmen, denn er besaß ohnehin nichts und konnte doch sicher sein, daß seine Leiden einst durch himmlische Freuden vergolten würden.

Aber aus solcher Not das Asketenleben wählen war eine Sache, es ausfüllen eine andere. Sie hatte nie auf solche vernünftige Erwägungen verzichten können, wenn sie sich mit dem Unerklärbaren befaßte. Es freute sie sogar, nach Gründen zu suchen und nach Zusammenhängen, die dann doch den Brunnen sowenig ausschöpfen konnten wie das Kind mit seiner Muschel die See. Gut, sie saß an der Küste, es gefiel ihr, zu spielen, Steine zu suchen, deren von den Wellen geschliffene Fläche noch die mineralische Struktur der Gebirge verriet, von denen sie einst in die Brandung gestürzt waren. Ob das, was viele Menschen in einer Zeit glaubten, auch eine Stimme hatte, die ein einzelner wie Symeon hören, der er folgen konnte? Das menschliche Leben kann es bewerkstelligen, sich von sich selbst zu befreien, was kein Tier zu tun imstande ist. Wenige haben sich dieser Freiheit so geduldig genähert wie Symeon, ohne doch den letzten Schritt zu tun. Die Säule steht für seinen Abstand zu den irdischen Bedürfnissen und Lebensformen, er wollte Natur und Gesellschaft überwinden, sich aus ihnen herausheben und den planetarischen Mächten anvertrauen, hinter denen er einen Größeren ahnte. Es fehlte auch für ihn nicht an Versuchungen. Einmal kam der Teufel in Gestalt des Propheten Elias auf einem feurigen Wagen und lud den Asketen zu einer Fahrt über den Himmel ein. Dieser, geschmeichelt, wollte schon einsteigen, hatte schon einen Fuß auf das wunderbare Fahrzeug gesetzt, als seine Besinnung Macht über die weltliche Eitelkeit gewinnt und er ein Kreuzzeichen schlägt: der Spuk verschwindet in Schwefelgestank, der Böse aber hat Macht über den Fuß gewonnen und schlägt ihn mit einem hartnäckigen Geschwür, das erst nach dem nächsten vierzigtägigen Fasten heilt.

Sie stellte sich Symeons Tagesablauf vor: Er betete mit vielen Verneigungen bis zur neunten Stunde. Das war etwa drei Uhr am Nachmittag, die Zeit, in der Christus am Kreuz gestorben war. Dann predigte er über die Gnade Gottes, über das kommende Reich, über das Wehen des Heiligen Geistes, über die Verachtung der irdischen Dinge. Theodorets Formulierung vom «Wehen des Heiligen Geistes» hatte ihr damals besonders gut gefallen. Wenn die sonst unseren Sinnen nicht faßbare Luft im Sturm plötzlich ihre verborgene Kraft zeigt, spielt diese Veränderung auf jene geheimere, noch weniger erwartete an, in der die Inspiration einen Menschen packt. Er blickt auf sein früheres Selbst wie jemand, der erwacht ist, auf einen Schlafenden. Symeon mußte wissen, wieviel der Heilige Geist und der Wind gemeinsam haben. Er stand, Tag und Nacht, ein Menschenleben lang, in den Lüften, die seinen Bart zausten und seinen Körper nach den Regengüssen wieder trockneten. War er deshalb zum Schutzpatron der Seeleute geworden, die ihn im Orkan als Beschützer anriefen und im Elmsfeuer auf der Spitze des Mastes sahen, in ein weiß leuchtendes Tierfell gekleidet? Sein Segen beruhigte die rasenden Wellen.

Sie hätte zu Symeon aufgesehen, wie zu einem anderen, noch lebendigen Schauspiel des Orients, wo sich begeisterte Gläubige mit Dornenzweigen blutig geißeln oder den Tod unter den eisenbeschlagenen Rädern suchen, auf denen die große Göttin Kali in der Prozession über das Straßenpflaster geführt wird. Man mußte sich die Menschenmenge vorstellen, mit der Symeon seine Vereinzelung und Unzugänglichkeit teilte, Skeptiker und Gläubige, den höfischen Adel im purpurgesäumten Gewand, die Bettler in ihren Lumpen, Bauern in rohem Leinen, Gaffer und Anbeter, Gassenbuben, die Steine warfen, Verzückte, welche den Staub zu Füßen der Säule auf ihr Haupt streuten. Sie hätte keine Frage zu ihm hinaufgerufen, denn die einzige, die ihr statthaft schien, schämte sie sich zu stellen: Kann ich dir trauen, du schon zu Lebzeiten Heiliggesprochener? Sie hätte nur zugehört, nach vertrauten Worten in dem schnellzüngigen (und gegenüber der klassischen Zeit wohl schon sehr veränderten) Griechisch gesucht, hätte Symeon Recht sprechen und Kranke heilen lassen, ohne selbst die Erde am Fuß der Säule zu kosten, die er als wundertätige Arznei empfahl, nach Theodorets Schilderung mit übernatürlichem Erfolg. Sie tat das nicht im Bewußtsein moralischer Überlegenheit oder im Stolz auf ihre vernünftige Skepsis, sondern eher ein wenig traurig, mit dem unwiderstehlichen Verdacht, daß ihr etwas entgehe, dies aber leider nicht zu ändern sei, wie ein Kind, das nicht gerne die Fabeln vom Storch und vom Christkind aufgibt, sich jedoch in das Unausweichliche schickt. Was getan werden muß, muß getan werden; was gelassen werden muß, ist zu lassen. Aber auch wer nicht Helena ist, sondern nur von ihrer Schönheit und Entführung durch den listigen Paris hört, gewinnt ein Stück Glanz. Symeon befahl, Schuldscheine zu zerreißen, nur sechs und nicht (wie im vierten nachchristlichen Jahrhundert üblich) zwanzig Prozent Darlehenszinsen zu fordern, Sklaven freizulassen. Er flehte um Regen, und es regnete. Er hob die Hand, und die bebende Erde beruhigte sich wie ein großes, grimmiges Tier unter der Hand seines Bändigers. Er konnte die Zeit, in der er lebte, nicht gut machen, aber in dieser Zeit war er doch ein guter Mann: er zwang niemanden, für ihn zu arbeiten, zu zahlen, zu sterben. Er wanderte aus dieser gierigen Welt so weit gen Himmel, wie er konnte, aber die Gier holte ihn ein. Denn wie sich sein Ruhm steigerte, je älter er wurde, so wuchs auch die Begehrlichkeit, die Gläubigen sahen ihn schon als Reliquie, um deren Besitz die nahe Großstadt und die Dörfler bereit waren zu kämpfen. Am zweiten September 459, als in Byzanz Kaiser Leo auf dem Thron saß, war es soweit. Der Schüler stieg wie immer am Samstag die Leiter hinauf, um ihm Speise und Trank zu bringen. Statt des gewohnten Gestanks erfüllte ein süßer Duft wie von Salböl die Plattform. Der Heilige lag lächelnd, in der Haltung eines Beters. Heimlich wurde sogleich ein Bote nach Antiochien geschickt. Die Jünger befürchteten, daß die Volksmassen, die sich an diesem wie an jenem Tag unter der Säule versammelt hatten, den Leichnam in zahllose Teile zerlegen würden. Der Tod hatte den besitzlosen Styliten in eine Goldgrube verwandelt. Der Bischof von Antiochien kam mit einem großen Gefolge, unter anderem Artabanes, der gotische Statthalter von Alexandrien mit einer ganzen Legion disziplinierter Soldaten. Zelte wuchsen aus dem Boden, ein Triumphzug formierte sich, der den toten Büßer nach Antiochien heimholte, wo er im großen Dom beigesetzt wurde, während die Bischöfe unter vielen Verbeugungen und gewundenen Reden die Gesandten des Kaisers belehrten, es sei gänzlich unmöglich, auch nur einen Teil der Reliquie nach Konstantinopel abzugeben. Dieser Aufwand um den ausgezehrten Leib des Mannes, der aller weltlichen Eitelkeit abgeschworen hatte, zeigte doch, wie wenig seine Zeitgenossen den Prediger ernst nahmen, wie sie starrsinnig seine Botschaft in ihr Gegenteil verwandelten, aus seiner Weltentrückung Prunk und Getöse machten.

Das Zimmer war sehr weiß, das Licht der tiefstehenden Sonne des Wintermittags drang tief in die Räume, machte Staubfäden sichtbar, die den Putzanstrengungen der Schwestern entronnen waren. Sie fühlte sich erschöpft. Dabei hatte sie nichts getan. War es nicht der Gipfel der Untätigkeit, dazuliegen und auf ausgetretenen Gedankenpfaden zu wandern? Manchmal strauchelte sie, als seien Ranken und Schlingpflanzen wie Fußangeln in die Spur gewuchert. Es gab Namen, die unscharf waren; launische Jahreszahlen, wo die wichtigen vor den unwichtigen aus dem Gedächtnis verschwanden. Sie waren allesamt unwichtig, so wie ihr Leben oder Sterben. Eine kleine, glühende Bahn, die für kurze Zeit den Raum um sie herum ein wenig heller machte und dann erlosch. Hamlet dachte über dem Schädel des armen Yorick an den großen Alexander, dessen sterbliches Fleisch, zu Lehm geworden, heute dazu dienen mochte, einen Faßspund in Dänemark zu dichten. Aber so spricht ein lebensvoller junger Mann, der sich melancholischen Betrachtungen hingibt. Im Alter, wo Glieder und Sinne fortliefen, ohne sich abzumelden, wo einen die Kräfte verließen, träumte das Ich nicht mehr von seiner Auflösung, sondern suchte die Reste zusammenzuhalten wie ein Landstreicher seine Lumpen, durch die ein kalter Wind bläst.

Einst hatte sie geschrieben und gelesen, die Nachschlagewerke zu Rate gezogen und notfalls einen Schulfreund angerufen, der Junggeselle geblieben und Bibliothekar in Regensburg geworden war. Jetzt gab es nichts mehr zu säen und nichts mehr zu ernten, in ihre Vorratskammern waren Ratten eingebrochen und fraßen sich satt. Sie konnte es ihnen nicht verwehren, aber es war immer noch eine kleine Freude, wenn sie an der einen oder anderen vertrockneten Frucht, die sie vor dem Unheil retten mochte, noch den Schimmer des Frühlings, des Wachstums, die Freude fand, den Schatz zu bergen. Das Leben war diese Sammlung von Bruchstücken geworden, von Erinnerungen, die bei ihr so oft Erinnerungen an Erinnerungen waren, den Tells vergleichbar, die sie so oft in der Türkei und in Syrien gesehen hatte: mächtigen Hügeln, Ziegel- und Scherbenhaufen, die allmählich wieder zu der Erde wurden, aus der man sie einst geformt, getrocknet und gebrannt hatte.

Wenn sie so in sich selbst grub, fand sie alles kunterbunt, schwer zu ordnen, riesenhafte Götterpaare mit eingelegten Augen und plumpen Gliedern, Dämonen mit Stierhörnern, Markttreiben in Aleppo, der Bettler, quer über dem Gehsteig, die Hand dramatisch ausgestreckt (während deutsche Bettler doch zusammengekauert hinter einem Pappschild sitzen, das ihr Elend kundtut), überall nur Männer mit schmachtenden Augen oder strengen Schnurrbärten, um große Wasserpfeifen im Café, während der Bratspieß rot im Kohlenfeuer leuchtet und das Hammelfett zischend in die Glut tropft. Gilgamesch kniete, mit erhobenen Armen die Sonnenscheibe haltend. Der Schoß einer Statue der Muttergottheit war geglättet, um den Priester-König-Sohn zu inthronisieren, dunkelrotes Ackerland, Asphodelos-Wiesen, Kuppeldörfer, mit sauber geformten, getrockneten Mistkugeln. Der Professor, dieser Narr, hatte nicht Lukian gelesen: wie könnte er sonst behaupten, vom glanzvollen Tempel der *dea syria* in Bambyke sei nichts erhalten! Wenn sie jünger wäre, die Kraft hätte – sie würde wie Schliemann sagen: «Es muß aber da sein!» Homers Troja war schöner als die Ausgrabungen Schliemanns; so mochte auch Lukians Tempel würdevoller sein als alles, was unter den Tells von Bambyke lag, das heute El Membidsch hieß. Den Bach gab es noch, die heiligen Fische schwammen jetzt in den Teichen von Urfa, das im dreizehnten Jahrhundert vor Christus die Hethiter eroberten. Von den Makedoniern wurde es Edessa genannt. Karpfen, die von den Passanten mit Salatblättern und gekochten Bohnen gefüttert wurden. Früher hatten die Fische, die in der heiligen Quelle schwammen, goldene Ringe in den Flossen und hörten auf Namen, die ihnen von den Priesterinnen zugerufen wurden.

Harran, das alte Sin, wo die assyrischen Könige Urkunden im Tempel des Mondes hinterlegten, Ur in Chaldäa, wovon Abraham aufbrach, um einen neuen Glauben zu gründen, eine Stadt in Agonie, in dem viel zu weiten Ring ihrer Mauern eingeschlossen wie ein Hungerkünstler in der längst zu groß gewordenen Haut, verfallende Hütten, zerlumpte Kinder. An der Kallirrhoë-Quelle in Urfa saßen die Weberinnen vor ihren Rahmen, tagaus, tagein, mit allem Schmuck behängt, den sie haben, denn nirgends ist er sicherer aufbewahrt als auf dem eigenen Leib. Eine hatte ihr signalisiert, sie solle sich doch mit Weberkamm und Schiffchen versuchen. Sie hatte abgelehnt, hexenhaft genug sah die Alte aus, sie hätte sie festbannen können, so daß sie ewig weiterweben mußte wie Penelope, die dem Tod ein Brautkleid fertigt, nachts auflöst, was tagsüber entstanden ist.

Unter dem Hügel von Karkemisch floß der Euphrat, gelb und reißend, in die Ebene hinaus. Die Schafe hatten zum weißen Rumpf schwarze Gesichter, als hätten sie den Kopf in Teer getaucht. Der Studienrat aus Bern, der sich in Zypern so wohl in seinem philosophischen Element fühlte, sah in Adana aus wie ein beleidigter Mops. Im Museum von Ankara, wo die Schweizer Lehrer vor allem die Hethiterfunde benoteten, fesselte sie die Muttergöttin von Çatal Hüyük. Nie aber hätte sie gedacht, daß sie nach soviel fremd-orientalischen und uralt-ehrwürdigen Eindrücken soviel Freude über ein kleines, wohlerhaltenes Denkmal aus der frühen Kaiserzeit empfinden könnte. Das Monumentum Ancyranum! Dieser Schriftstein, ein Teppich aus vollendet geformten griechischen und lateinischen Buchstaben! Sie war wieder zu Hause, obwohl das Flugzeug nach München erst am nächsten Tag starten würde.

Das Glück des Polykrates

Es war schwierig, den eigenen Eltern zu entrinnen, genaugenommen: unmöglich, man sollte den Gedanken zurücknehmen, ungedacht machen, wie die pickenden Waldvögel Hänsels Brotspur. Wie hatte sie die Reizbarkeit und den Bildungsdünkel ihres Vaters gehaßt! Dieses cholerische Temperament, das sich in Kleinigkeiten verbiß und sie einfach nicht mehr loslassen konnte. Die gutmütige Sprachlosigkeit der Mutter, die sich in ihre kleinen Freuden rettete, ihren Tag vom Frühstückskaffee zum Nachmittagskuchen spannte – das Hochamt im Dom am Sonntag, das Damenkränzchen dienstags, der lekkere Kalbsbraten, türkische Mundbissen, nur Nüsse und Honig, am Heiligen Abend. Ihre Frömmigkeit war ein Außenskelett wie der Chitinpanzer eines Käfers, sie bestand aus strengen Regeln und Verboten, die undurchschaubar machten, was in ihrem Inneren vor sich ging. Dahinter war sie weich, voller Zärtlichkeit. Aber sie konnte diese harte Rüstung nicht ablegen.

Männer starben früh. Sie fielen im Krieg oder gingen auf andere Weise verloren. Und obwohl sie herzlich traurig war um den Edi, der da «in der Blüte seiner Jahre», das hieß doch: fruchtlos, hatte sterben müssen, obwohl sie damals gedacht hatte, es gebe gar keinen Anfang mehr, nur noch ein Weiterschleppen, ein Durchbringen: Damit die Kinder weiterleben konnten, mußte sie selber weiterleben. Obwohl sie ihm gewiß ein anderes Schicksal gewünscht hatte, als 1944, noch nicht dreißig Jahre alt (denn er war ein wenig jünger als sie), von einem russischen Scharfschützen getroffen zu werden, hatte sie doch wahrhaftig mehr Glück gehabt als ihre Mutter.

Glück? Da sah sie immer Krösus, den reichsten aller Könige, der sich für den glücklichsten aller Menschen hielt. Er fragte das Orakel in Delphi, ob er die Perser angreifen solle, ihr Reich dem seinen einverleiben. Was wogen die Reiter des Kyros auf ihren struppigen Pferden gegen seine mit glänzendem Gold bezahlten Hopliten? «Wenn du den Halys überschreitest, wirst du ein großes Reich zerstören», sagte die Pythia. Geschichte, das wußte Herodot genau, ist die Wissenschaft von den Illusionen, aus denen heraus Menschen handeln, bis die Wirklichkeit sie eines anderen belehrt. Krösus sah die Welt mit seinen Augen, die Entwicklung ging in die Richtung, welche er sich wünschte, das zerstörte Reich mußte jenes sein, das über dem

Grenzfluß lag, also Persien, er würde diesen Sieg zu seinen bisherigen Siegen häufen.

Aber das zerstörte Reich war sein eigenes. Der persische König, Gott auf Erden, tat mit dem Lästerer, was die heilige Inquisition mit den Ketzern tat. Auf dem Scheiterhaufen seufzte Krösus: «Solon, ach Solon!» Kyros ließ ihn vom Richtplatz holen und fragte ihn nach diesem Wort. So kam Krösus mit dem Leben davon und durfte die Geschichte erzählen, wie ihn der Athener Solon beleidigt hatte, weil er – unbeeindruckt von gefüllten Schatzkammern – nicht Krösus zum glücklichsten aller Menschen erklärte, sondern Kleobis und Biton, die beiden Brüder aus Argos, Sieger im Wettkampf, Läufer und Faustkämpfer. Als ihre Mutter zu einem Herafest in den Tempel gefahren werden sollte, die Zugochsen jedoch zu spät vom Feld kamen, spannten sich die beiden Athleten selbst unter das Joch und zogen den Wagen fünfundvierzig Stadien weit zum heiligen Bezirk. Die Männer lobten die Kraft der jungen Krieger, die Frauen priesen ihre Mutter, daß sie solche Söhne geboren habe. Überglücklich, stolz auf sich und ihre Kinder, trat die Mutter vor das Bild der Göttin und bat sie, Kleobis und Biton, die solche Ehrfurcht vor ihr gezeigt hätten, mit dem Schönsten zu belohnen, das ein Mensch erlangen kann. Nach diesem Gebet opferten die Festgäste und hielten das Mahl. Danach schliefen die beiden Jünglinge im

Tempelbezirk ein und erwachten nicht mehr. Der Tod ist für den Menschen besser als das Leben. «Es zeigte allen der Gott, wieviel angenehmer es für den Menschen sei, zu sterben, mehr als zu leben.»

Von dieser Art war auch ihr Eheglück gewesen: Erinnerungen an eine kurze, vom Glanz einer zögernden und schwierigen Verliebtheit erfüllte Zeit. Wenn erst die berufliche Zukunft gesichert, die Kinder aus dem Gröbsten heraus, schließlich, schlimmstes Hindernis von allen, der Krieg vorbei war, würde es gewiß eine glückliche Familie werden. Diese Zeit der Erwartungen und unerfüllten Sehnsüchte war eben die Erfüllung gewesen, es gab nichts über sie hinaus, aber auch nichts hinter sie zurück, keine unerträgliche Enttäuschung, keinen bitteren Verfall, der das einst Geliebte hassenswert macht oder den Wunsch weckt, man wäre diesem Mann nie begegnet.

In hilflosem Schrecken hatte sie diese Verwandlung eines Liebes- in ein Haßpaar bei ihrer älteren Schwester verfolgt. Aus dem zärtlichen Band konnte eine eiserne Fessel werden, die beiden Partnern ins Fleisch schnitt, wenn sie sich befreien wollten. Bei Maria und Richard hatte sich gezeigt, daß es leichter ist, im Sieg verbündet zu bleiben als in der Niederlage. Was für eine strahlende, germanische Gemeinschaft war das, mit den beiden flachsblonden Mädchen, neben denen ihre Buben immer ein wenig schmuddelig daherkamen – bis sich herausstellte, daß Jutta zuckerkrank war.

Maria, die belehrend-perfekte große Schwester, suchte an Hitler denselben Halt wie am lieben Gott der Englischen Fräulein und wurde von ihm genauso enttäuscht wie von diesen. Richard war auch Lehrer, auch Nazi. Das Vorkriegslaster, Mitläufer gewesen zu sein, wurde nach dem Krieg eine Tugend, um deren Besitz sich Maria und Richard stritten. Jeder wollte verführt sein, keiner Verführer.

Maria fing an, sich vor Gift in allen Speisen zu fürchten. Sie wollte nur noch essen, was sie selbst zubereitet hatte. Die Mutter war tief gekränkt, daß auch sie verdächtigt wurde. Litt sie nicht schon genug darunter, Gäste und Kinder nie mehr mit gewohnter, gebührender Großzügigkeit bewirten zu können? Mußte Maria auch noch so verrückt daherreden? Glaubte sie ernstlich, Juttas Zuckerkrankheit sei durch Giftmischerei (nahm sie an: des Vaters?) entstanden? Wer sah damals schon, wie Maria in ihren Vergiftungs- und Verfolgungsgedanken zu fassen suchte, was in ihrer gescheiterten Verliebtheit, in dem arischen Traum mit Richard geschehen war? Der Rattenfänger und Giftmischer war jener Mann mit dem Bärtchen, den sie einmal in München im Bürgerbräu reden gehört hatte: plump, primitiv, mit fettigem Haar und dicksatt in der Selbstzufriedenheit über sein eigenes Pathos, ein Schauspieler, der aus den Augenwinkeln nach dem Beifall sucht, zu jeder Schmiere bereit, ihn zu erhaschen.

Nicht daß sie ein viel reineres Gewissen haben durfte. Wahrscheinlich hatte sie Hitler nicht aus Einsicht oder aus politischer Meinung abgelehnt, sondern aus ästhetischen Gründen. Nicht, weil er häßlich war. Männer mußten gesund und gut gewachsen sein. Schönheit war kein Gesichtspunkt, sie zu betrachten. Aber die Mischung aus Unbildung und Dünkel stieß sie ab. Nazis, Sozis, Massenmenschen, gierig nach öffentlichem Ansehen, pöbelhaft. Den Bildungsglauben, den mochte sie auch nicht. Als ob ein besserer Mensch wäre, wer die Ilias im Original lesen kann! Aber war es nicht sinnvoller, Taten danach zu beurteilen, ob sie Empfindungen verletzten, mißtrauisch gegen alle großen Worte von Zielen, ewigen Werten, Nation, Freiheit und Vaterland? Maria hatte ohne den Glauben an ihren Hitler und ihren Mann nicht leben wollen, sie war geistig zerbrochen und in der psychiatrischen Klinik mühsam genug mit Insulinschocks wieder zusammengeflickt worden. Sie aber war sich der Unappetitlichkeit dieser Braun- und Schwarzhemden immer bewußt gewesen. Jetzt sah man deutlicher, erkannte neue Facetten, die bisher nicht erkennbar waren.

Genaugenommen hatte sie es auch nicht wissen wollen. Petronius, *arbiter elegantiarum*, verachtete Nero nicht wegen seiner Grausamkeiten, der brennenden Kreuze, der von Hyänen im Circus maximus zerfleischten Kinder, sondern wegen seines schlechten Griechisch, seiner holprigen Verse. War's verkehrt, über diesen labyrinthisch bedeutungsvollen Horazgedichten zu sitzen, während Juden deportiert und Soldatentode «in stolzer Trauer» gefeiert wurden? Da machte sich doch eine Überschätzung des Lebens und des Todes breit, von der sie sich nicht anstecken lassen wollte, nicht aus einer bewußten Entscheidung, sondern weil es schlichtweg nicht anders ging. Jetzt war eben sie mit dem Sterben dran, und jeder Tod war schlimm und eine Last. Da half es nur ein wenig, Epikur zu zitieren: Es sei töricht, sich vor dem Tod zu fürchten, denn wenn er nicht da sei, müsse man doch auch keine Angst haben; sei er jedoch da, gäbe es niemanden mehr, der leiden müsse.

Wenn sie an die Armeen dachte, die im Krieg untergingen, an die Schmerzensschreie und den Gestank der Verbandsplätze, schien ihr dieser saubere kleine Tod, von Schwestern umsorgt, von Schmerzmitteln gedämpft, harmlos und nicht der Rede wert. Die Dinge konnten einem so nahegehen, daß man jedes Mitgefühl für sich selbst verlor. Einmal hatte sie Fotografien von Kindern in Auschwitz gesehen, an der Hand ihrer Mütter, erschrockene, ratlose Augen. Es traf sie wie ein Schlag. Erwachsene durften sterben. Warum nicht? Es schützte sie vor dem Verfall, dem Alter, der Blindheit, Taubheit, dem Gedächtnisverlust, die sie alle gefürchtet hatte. (Dennoch konnte sie sich nicht freuen, daß jetzt zu dieser Angst kein Grund mehr war.) Aber Kinder? Sinnloses Mitleid und ein Gefühl, sich zu sträuben, aber überwältigt zu werden. Die Verletzlichkeit von Kindern, Wunden in der noch faltenlosen Haut, Weinen, unstillbarer Jammer. Epikur irrte. Er dachte, man könne den Menschen isolieren, ein Privatwesen, abgeschlossen, im Innenhof seines Hauses. Aber es gab immer Kinder, die litten, und Mütter, die keine Grenze wußten zu diesem Leid. Der Sterbende erlebt seinen Tod nicht, was aber nützt das denen, die an seinem Schicksal teilnehmen?

Es half nichts, wenn ihre Söhne und Schwiegertöchter an ihrem Bett saßen, sie fühlte sich verantwortlich für das Wohlergehen ihrer Besucher. Jetzt hatte sie, eine arme Gastgeberin, nichts mehr anzubieten als die Fruchtsäfte, die Pralinen und Obstschalen, Geschenke an sie, die sie aber allesamt nicht mochte, Gaben also, die von ihr abprallten und zurückfielen auf den Geber, sie hatte nichts zu bieten außer diesen Gaben und dem Tod.

Ihre Mutter hatte jedes Jahr einmal, an den langen Abenden zwischen Herbst und Winter, den «Nachsommer» von Adalbert Stifter gelesen. Sie mochte das Buch, weil es schön war, und es schien schön zu sein, weil sie es mochte, viel mehr war nicht zu erfahren. Sie selbst zog die frühen Erzählungen Stifters vor, «Abdias» oder die «Narrenburg», denn in ihnen spürte man noch eine wütende, gezügelte Leidenschaft, die Hefe war noch nicht auf den Grund gesunken, die Menschen nicht abgeklärt und gefaßt. Der alten Leidenschaft stand eine junge gegenüber, die sich nicht überall fügte und bequemte, wie eben im «Nachsommer». Aber dieser lange Atem, diese geduldige Abfolge von Inhalten und Besuchen, der köstlich rechthaberische Streit, ob das dräuende Gewitter Regen mit sich bringen werde oder nicht, am Anfang einer lebenslenkenden Freundschaft, das war genug, daß auch sie den «Nachsommer» liebengelernt hatte. Es mochte leicht etwas Prägendes darin sein, eine natürliche Ordnung der Dinge, die von der Mutter und ihr geteilt wurde, von den Pflanzen über die Tiere zu den Werken der Literatur, der bildenden Kunst. Menschen und ihre Lust aneinander waren nicht so wesentlich, sie verschwanden hinter den zuverlässigeren Dingen, die stillhielten, wenn man um sie herumwanderte, um sie genau, ganz genau kennenzulernen. War das wieder der Ort Epikurs, abseits von der Welt, dieser von hohen Mauern umgebene Garten, in dem sich der Wuchs und die Gestalt der Blumen erforschen ließen, geschützt von politischen Stürmen, Ansammlungen von Macht und Lärm? Wer auf dieser Insel blieb, der lud sich die kleine, erträgliche Schuld auf, nichts getan zu haben, um in den Gang der großen Dinge einzugreifen: er hatte sich auf das konzentriert, was er fassen konnte, war nicht in den Strom der Geschichte gesprungen, die ihn mitriß zu den großen Freveln und den großen Tugenden. Da hätte sie doch nur ganz am Ende, wenn sie kraftlos gestrandet war, herausfinden können, ob sie das Paradies verdient hatte oder die Hölle.

Man wußte ja immer zuwenig vom Leben, nie ließ sich ganz überbrücken, was zwischen den Vorstellungen vom Glück und der Wirklichkeit klaffte, auch nur mit Gründen, die das Scheitern erklärten. Ehe, das war ein Sakrament, eine erhabene Verbindung, davon wußte man etwas großartig Unbestimmtes. Leibhaftig erlebt hatte sie den Vater und die Mutter, Maria und Richard, den Edi, Glück und Schatten, aber sie hatte keinen lebenden Mann gegen diesen Schatten, die geliebte Erinnerung tauschen wollen, sein Lachen, seine kräftigen Knie, die gründlich vorbereiteten Bergtouren. Sie tat es nicht, es fand sich keiner, und so blieb auch die Frage ohne Antwort, ob sie dem Edi treu blieb oder ihrer Angst gehorchte, den Schmerz über einen solchen Verlust nicht noch einmal zu erleben.

Später kam dann dazu, daß Männer lästig waren, Ansprüche stellten, sie fühlte sich nicht entschlossen genug zu entscheiden, wo sie gerne nachgab und wo mit innerem Grimm. So entschied sie sich eben, dieser einsame, von Erinnerungen und den Geschichten

Herodots, Lukians oder Xenophons begleitete Weg sei, wenn nicht gut, so doch das Beste, was für sie zu haben war. Xenophon, der war ein wenig eitel, wie alle Männer, und hatte Sokrates längst nicht so poetisch beschrieben wie Platon. Aber das verzieh sie ihm, wenn sie an die eine große Szene dachte, wo in der «Anabasis», dem Rückzug der verratenen griechischen Söldner aus dem feindlich gewordenen Persien, die von Reiterheeren gehetzten Hopliten hungrig, todmüde und zerlumpt vom Marsch durch endlose Wüsten und unwegsame Gebirge die Schwarzmeerküste erreichen, «Thalatta! Thalatta!» rufend, meerselig, Lakedämonier, Thebaner und Athener, deren zerklüftetes Land von der See verbunden wird wie die menschlichen Organe durch das strömende Blut. Der Edi war nicht zurückgekommen, nur eine Schachtel mit seiner Leica, Wäsche und dem Eisernen Kreuz. Der Rückzug der Deutschen aus Rußland, wohin sie niemand gerufen hatte wie Xenophons Kameraden, war wohl deshalb verunglückt, weil sie keinen Führer hatten, der mutig genug war, feige zu sein. Als der Edi bei seinem letzten kurzen Urlaub die stumme Frage in ihrem Gesicht gelesen hatte, warum er diesen verlorenen Krieg mitmache, unter dem Kommando eines Führers, der die Gefolgschaft keines einsichtigen Menschen verdiene, hatte er versucht, sie zu trösten. Sie solle nicht glauben, daß er oder ein einziger seiner Kameraden nach dem

Sieg auch nur *einen* Befehl von Hitler und seinen Bonzen annehmen würde. Damit werde aufgeräumt, gründlich. Aber solange kein Friede geschlossen sei, müsse eben gekämpft werden, Seite an Seite.

Hatte sie das wirklich geglaubt, oder nur, um sich zu trösten? Die Nazis hatten mit den Christen gemein, daß sie Wechsel auf die Zukunft zogen: erst die dreckige Arbeit, dann das saubere Paradies. Die Schatten der homerischen Helden lebten nur immer ihr Erdenleben fort, es wurde blasser, düsterer, das galt für die Tugend wie für das durchschnittliche Laster. Nur die schlimmsten Frevel wurden bestraft, wie der des Sisyphos oder des Tantalos. Deshalb wäre Achill auch lieber ein Taglöhner auf der Erde geworden als der größte König im Totenreich. In der Geschichte von Kleobis und Biton steckte wohl eine andere Tradition. Vom Tod erlöst, fand das Leben in den Schoß der Göttin zurück, es erlosch in seiner persönlichen Gestalt und gewann eine neue. Der Mensch weicht, wie jedes biegsame Material, unter Druck gesetzt, zur Seite aus: in die Hoffnung. Nur vorübergehend und zu gutem Zweck ritt Edi mit der Mörderbande; später würden er und seine Kameraden den Großkopferten schon so zusetzen, daß sie einen Fingerhut als Mütze brauchen konnten. Sie würden die Anstifter für das bestrafen, an dem sie sich mitschuldig machten.

Wenn sie sich Edi im Krieg vorstellte, waren es

lange Zeit merkwürdig friedlich-träumerische Bilder. Das lag an seiner Leidenschaft für das Fotografieren und wohl auch daran, daß er Filme und Muße genug hatte, solange in Belgien oder Frankreich gekämpft wurde, während sein letzter, längster, tödlicher Einsatz in Rußland nur eine kleine Ernte von Bildern brachte. Aufgeweichte Straßen zumeist, von tiefen Schlammgräben durchzogen, stille Teiche, über denen sich Wolken türmten, durch den Gelbfilter plastisch gemacht, einmal, mitten in einem zerwühlten Acker, die Auszeichnung von zwei Soldaten mit Stahlhelmen durch einen dritten, der das schiffchenförmige Käppi der Infanterie trug, wie der Edi auf dem Bild, das als Totenandenken auf dem Trauergottesdienst in Stammham verteilt worden war. Später gab es noch eine Gedenktafel aus Marmor, auf der dasselbe Bild in einem Oval aus Porzellan befestigt war, Edi grinste, ein wenig verlegen, und trug das Eiserne Kreuz neben dem Infanterie-Sturmabzeichen. Die Bilderflut war abgeebbt, die Briefe (er hatte nie gerne geschrieben) wurden kurz und inhaltsarm, weil er das Schreckliche nicht berichten wollte und es sonst nicht viel zu erzählen gab.

1939 war der Krieg ein Abenteuerurlaub von der damals ein Jahr alten Ehe, die Offiziere wurden mit Reitstunden versorgt und trabten hoch zu Roß neben den Marschkolonnen in Dreierreihen (offene Münder: der Schnappschuß traf einen Vokal des

Soldatenliedes), über die Donaubrücke, in den Hof des alten Schlosses von Ingolstadt.

Wie jeder ehrgeizige Fotograf interessierte sich Edi vor allem für das Spiel von Licht und Schatten, für Wasserspiegelungen, dramatische Vordergründe, ungewöhnliche Perspektiven, die Tiefe und Weite in das allzuleicht flach-kleinlich wirkende Bild bringen. Die Angler an der Maas mit ihren langen Ruten schnitten Diagonalen durch die sanft verebbenden Wellenkreise ihrer Boote, deren Kontur sich im ölträgen Wasser wiederholte, verwischten Spiegelbilder von Häusern und Stegen. Ein Junge hob das Ruder, ein Mann tauschte den Köder aus. Die gesprengte Maasbrücke war von den Pionieren durch dicht gelegtes Balkenwerk repariert worden. Vor den im Ersten Weltkrieg zerschossenen Kasernen blühten Disteln und Astern. Auf Leiterwagen, die Möbel von Planen verhüllt, kehrten Flüchtlinge in die eroberten Dörfer zurück, ehrlichen Franzosen und Belgiern war die Pax germanica sicher.

Ein Jude verirrte sich nie auf die Bilder, vielleicht hatte der Augenzeuge nie einen gesehen, nie einen sehen wollen. Irgendwann waren Ostjuden in einem Haus nahe ihrer später zerbombten Wohnung in München einquartiert worden, befremdliche Menschen, bedrückt und bedrückend in ihrer Armut, geschorenen Haupts, mit den gelben Sternen, sie war erleichtert, als sie wieder fort waren.

Edi dachte an sie, er knipste für sie, für die Kinder. Sie saß neben ihm, wenn er die Negative vergrößerte, den Ausschnitt wählte und das Positiv in der entwicklergefüllten Schale auftauchte, zarte Schatten zuerst, so blaß, daß sie ihnen nicht traute, bis sie sich verdichteten, die Schwärzen sich füllten und schlossen, die Lichter blieben. Gespeicherte, mitgebrachte Bilder, die Edi, gemeinsam mit ihr, ein zweites Mal sah, sie fühlte seine Wärme, seine Begeisterung über das Gelungene wie die Vorfreude auf eine körperliche Vereinigung, in der sie sich meist mehr überwältigt als beteiligt fühlte und nur im Abglanz seiner Befriedigung selbst zufrieden war. Der Krieg, das war dieses Bildergemisch aus schönen Landschaften, Pferdewagen, französischen Burgen über grünen Weiden, Soldaten beim Essenfassen. Selbst die schlichten Holzkreuze, an denen ein Stahlhelm und ein Rosenkranz hingen, wirkten idyllisch. Eine stille, nur wenig verwundete Welt, in der fröhlich lachende Burschen in Uniform ihre Arbeit taten, ihr Gepäck verluden, auf erbeuteten Kanonen posierten. Es war eine ungeheuerliche Schönmalerei und Beschwichtigung, aber sie schien ihr rührend, unschuldig und gutwillig angesichts dieser Zwanzigjährigen, die von Fünfundzwanzigjährigen geführt wurden. Edi, der Leutnant, war 1939 eben mit dem Studium fertig geworden. Diese touristische Seite des Krieges, ein Ausflug mit Waffen, Sightseeing in Städten, wo die reichgegliederte Fassade der Kathedrale von Toul mit gleich peinlicher Aufmerksamkeit fotografiert wurde wie die Stuka-Treffer in den Häusern am Straßenrand oder die zerschossene Windschutzscheibe eines Citroën. Selbst seine Quartiersleute in Saint-Mihiel hatte der Edi fotografiert, Mutter und Tochter. Die kurze Brennweite der Leica gab dem Kinn der Mutter männlich-knochige Prominenz, nur die Perlenkette und die Ohrringe verrieten, daß sie eine Frau war, die geduldig, weder freundlich noch abweisend, in die Kamera blickte. Der fremde Offizier war höflich gewesen, jetzt wollte er ein Andenken, es gab Schlimmeres. Die Tochter hielt sich an der Schulter ihrer Mutter fest, die Hand lag wie abgetrennt auf dem karierten Kleid, zu groß für den Kleinkindspeck, der die Finger einhüllte. Angst und Gram waren im Gesicht der Tochter deutlicher als in dem der Mutter. Das Viertel um die Kathedrale von Toul war zerbombt, unermüdlich hatte Edi immer neue Perspektiven gesucht, um die beiden in Maßwerk und Fialen gekleideten, stumpfen Türme hinter den Ruinen aufzunehmen, durch gähnende, halb mit Trümmern gefüllte Torbögen, über Geröllhaufen hinweg, die gerade ein einsamer Mann mit einer Schaufel und einem Pferdekarren in Angriff nahm. Staub wirbelte aus dem primitiven, zweirädrigen Gefährt. Ein niedliches Mädchen mit Krönchenfrisur und weißem Kleid schob seinen Korbpuppenwagen durch eine friedliche, schmutzige Gasse, eine schwarzweiße Katze saß auf dem Dach eines Schuppens, Hunde streunten über das Pflaster.

Wie jemand, der sich widerwillig an eine Arbeit macht und sie dann besonders gründlich erledigt, um sich zur Ordnung zu mahnen und zu strafen, hatte Edi nach diesen Szenen wieder die Spuren der Kämpfe aufgenommen, einen Ehrenfriedhof mit weißen Kreuzen in Reih und Glied, stillgestanden für immer, auf den wie mit dem Lineal gezogenen Beeten Stahlhelme, einer davon durchschossen. Edi hatte ihn aus zwei Blickwinkeln aufgenommen.

Prophetisch war das nicht, denn er war an einem Brust- oder Bauchschuß gestorben, die Berichte widersprachen sich. Sie hatte schon lange auf eine solche Nachricht gewartet, hatte sie gefürchtet, wenn sie die Totenlisten in der Zeitung sah. Ihre Schwiegermutter hatte Visionen von einem blutüberströmten Edi. Aber dann traf es sie doch, als sei sie gänzlich unvorbereitet, wie ein Kind, das am ersten schönen Frühlingstag aus dem Haus springt und in einen Brunnen fällt, wo es nun im Finstern liegt, die gebrochenen Glieder schmerzen und es kein Entrinnen gibt. Der Bataillonsführer, ein Hauptmann Olm, hatte sich nicht einmal die Mühe gemacht, Edis Namen richtig zu schreiben. Von einer schweren Pflicht sprach er, von schweren Kämpfen, einem Schuß in die Brust und einem Tod trotz sofortiger ärztlicher

Hilfe, ohne daß Edi wieder das Bewußtsein erlangt hatte, «möge es Ihnen ein schwacher Trost sein, daß Ihrem Mann qualvolle Schmerzen erspart geblieben sind». Gab es an der Ostfront auch Schmerzen, die nicht qualvoll waren? Beneideten die Lebenden jene, die einen gnädigen Tod gefunden hatten? Dann gab es noch tiefempfundenes Mitgefühl und Trost in dem Bewußtsein, «daß er sein Leben nicht umsonst opferte, das er für den Bestand und die Größe Deutschlands und unseren Führer hingab. Wir, seine Kameraden, werden weiter bis zum Endsieg für das kämpfen, wofür er sein Leben lassen mußte: die Ehre und Freiheit unseres Vaterlandes.»

Haß packte sie auf diese Phrasen, und gleich mischte sich Mitgefühl hinein, der unglückliche Hauptmann Olm mußte wahrscheinlich jeden Tag solche Briefe schreiben, da wurde doch zwangsläufig die Teilnahme aufrichtig, das Beileid herzlich und die Trauer tief empfunden, wie der Sieg zum Endsieg und der Totenacker zum Ehrenfriedhof, in Karapischi, sechzig Kilometer ostsüdostwärts von Belaja Zerkow. Sie hatte noch versucht, Genaueres zu erfahren, es würde den Schmerz nicht lindern, aber was konnte sie sonst tun? Edi sollte nicht ganz ohne eine Geschichte ausgelöscht sein. Warum denn an diesem sechsten Januar 1944 und an keinem anderen Tag? Sie erhielt noch zwei Briefe, einen in Maschinenschrift mit fettgedrucktem Briefkopf von einem Leutnant und Btl.-Adjutanten Helmut Ahrens, einen anderen in blauer Tinte von einem Leutnant und Kompanieführer Wolfgang Müller. Aber sie konnte sich nie ein genaues Bild machen. Es wurde nicht deutlich, ob Edi unvorsichtig war, ob er einfach Pech hatte oder ob er, kriegsmüde geworden, sich der feindlichen Kugel nicht mehr entzog. Es gab unleidliche Gemeinsamkeiten der Texte, alle schrieben Edis Namen falsch, alle sprachen von einem Heldentod. Es mußte sehr kalt gewesen sein, und die «Absetzbewegungen» der Einheit, von der sie nur die Feldpostnummer erfahren durfte, bedeuteten wohl Flucht. Im Zug dieser Flucht also besetzte die von Edi geführte fünfte Kompanie den Abschnitt Bolkun, ostwärts von Shaschkow, nahm ohne Verluste den Ort und ging am Ortsrand in Stellung. Hier wies der Oberleutnant seine Soldaten in ihre Positionen ein. Dabei wurde er von einem Scharfschützen vom Wald her getroffen. Leutnant Müller beschrieb es ein wenig genauer: Danach wollte Edi auf dem Weg in den Zug-Gefechtsstand noch einmal seine Gruppenführer besuchen und sich über ihre Lage orientieren. Er kniete gerade hinter einer flachen Deckung und suchte sich ein Bild von der Situation zu machen, als ihn ein Schuß traf. Diese Darstellung betonte stärker, wie überflüssig sein Tod war. Warum rechnete Edi nicht mit Scharfschützen aus dem Wald? Oder rechnete er mit ihnen, wollte einen

Heimatschuß, spielte russisches Roulette? War er müde, erschöpft, hungrig, unterkühlt, nur noch von der eigenen Durchhaltepflicht getragen? Wie sah die Lage für den russischen Soldaten aus, der sich im Wald versteckt hatte? Schnitzte er eine Kerbe in den Schaft seines Gewehrs und putzte das Zielfernrohr für den nächsten Treffer? Es war alles so aus dem Zusammenhang gerissen, unverständlich, dürre Worte, die mehr verschwiegen als verrieten, die allesamt gewählt schienen, diesen Tod zu einem sinnlosen Nebenereignis in großen Dingen zu machen. Nur ein Russe war zu Schuß gekommen, aber die deutschen Soldaten hatten Kompanien, Bataillone, Hauptverbandsplätze, Kommandeure, Stabsärzte. Es war alles Erdenkliche getan worden, um Edi am Leben zu erhalten, er aber trotzte der Hilfe und starb, nach Leutnant Ahrens auf einem Finnenschlitten, auf dem er in Decken gehüllt lag; nach Leutnant Müller in einem Geländewagen, der ihn zum Hauptverbandsplatz bringen sollte, bald an einem Brust-, bald an einem Bauchtreffer, nach dem Totenschein des Sanitätsoffiziers («Mit stillem Gruß») sogar an einem Brustbauchschuß, und er war dreiundneunzig Kilometer südostwärts von Kiew in einem Einzelgrab beigesetzt. Sie hatte einmal gelesen, besonders schlimm an diesen Schußwunden, vor allem an denen im Winter, seien die vielen Stoffetzen, welche von den Kugeln mit in den Körper gerissen werden und die Wunde, auch wenn sie zunächst harmlos aussieht, infizieren. Es war eine andere Welt als die der Helden Homers, die mit ehernen Schwertern und Lanzen kämpften, wo die Rüstung den Körper schützte und die Kämpfer oft allein an dem Schreck zu sterben schienen, daß Blut floß.

Wenn sie genau bedachte, was ihr die Kameraden Edis geschrieben hatten, dann waren diese Männer allesamt im Angesicht des Todes feige, sie wollten vom Sterben nichts wissen und nichts sehen. Sie taten so, als hätten sie einen Leichtverwundeten den Sanitätern übergeben und mit ungläubigem Erstaunen erfahren, er sei auf dem Weg ins Feldlazarett gestorben. «Um so schwerer traf uns dann die Nachricht vom Hauptverbandsplatz», schrieb Leutnant Ahrens. «Es ist uns allen schwergefallen, daran zu glauben, daß Ihr Gatte vom Hauptverbandsplatz nicht zurückkehren sollte», schrieb Leutnant Müller. «Sein Wille und sein Pflichtbewußtsein lebt immer noch in der Kompanie», hatte Müller noch hinzugesetzt. «Seine Tatkraft wird uns anspornen in dem Willen, daß der Sieg bald unser ist.» Es war, als glaubten diese Männer an ein Totenheer, das in unruhigen Zeiten aus den Gräbern steigt und die einmal verlorene Schlacht mit neuer Wut beginnt. In Tolkiens Geschichte vom Ringkrieg hatte sie davon gelesen, und es wurde nicht deutlich, ob die Toten mit anderen Waffen kämpften als mit der Furcht, die sie in allen erweckten. Nur zwischen den Zeilen wurde deutlich, daß in Edis Regiment die Zahl der Toten inzwischen die Zahl der Lebenden überstieg: «Leider sind jetzt nur noch wenige Offiziere und Soldaten im Regiment, die Ihren Gatten noch persönlich kennen», schrieb Leutnant Ahrens. «Aber die, die da sind, erzählen oft mit Ehrfurcht von ihrem so beliebten und bescheidenen Kameraden und fähigen Kompanieführer. Der Geist, den er in die Kompanie getragen hat, wird weiterleben, und jeder neuankommende Soldat kennt aus diesen Berichten den gefallenen Kompaniechef der 5. Kompanie.» «Seine Tatkraft wird uns anspornen in dem Willen, daß der Sieg bald unser sei», hatte Leutnant Müller geschrieben, der die 5. Kompanie der Feldpostnummer 13207 B später übernahm. Edi durfte nicht sterben, niemand durfte sterben, auch die Toten durften nicht ruhen, sie mußten weitermarschieren und weiterkämpfen, als Feldzeichen und dauernde Mahnung. «In den späteren schweren Angriffs- und Abwehrkämpfen hörte ich oft den Ruf laut werden, wir rächen uns für Oberleutnant Schmidbauer.»

Es war eine untadelige, nichtssagende Höflichkeit gewesen, mit der die Offizierskameraden auf ihre Fragen antworteten, und sie wußte nicht einmal, ob sie die Briefe grausam oder weise finden sollte, die ihre Wünsche mehr erstickten als erfüllten. Sie hatte nicht herausgefunden, wie sich der Tod für Edi angefühlt hatte. Es gab nur eine große Einsamkeit, ein Gefühl der für immer verlorenen Vertraulichkeit mit einem Mann neben ihr. Von jetzt an wollte sie nur noch diplomatische Beziehungen, die konnte man aufnehmen, ausbauen, zurückziehen, wie es klug war und der eigenen Sicherheit diente. Später mischte sich in diesen Rückzug auf die Bastionen der Vernunft eine Wehmut, die schmerzlicher war, aber leichter zu ertragen als der lähmende Gram in den ersten Jahren.

Er war so jung gewesen, im Grunde ahnungslos, ein begabter Bauernbub, der sich immer ein wenig unterlegen fühlte, weil er nie etwas zu verschwenden hatte. Die Leitersprossen waren so schmal, daß er nur gerade die nächste erklimmen, sich nie ausruhen konnte. Es gab kein Buch auf dem Häuslerhof mit den vier Kühen außer den Heiligenlegenden und einem Missale, es gab keine Briefe und Freßpakete für den kleinen Seminaristen, dem jeden Tag vermittelt wurde, er müsse Gott und dem Bischof ewig danken, daß sie ihn Latein und Griechisch lernen ließen und ihm so das Studium, selbstverständlich das der Theologie, bei Fleiß und gutem Betragen, täglicher Messe und wöchentlicher Beichte ermöglichten. Vielleicht war der Edi deshalb ein so leidenschaftlicher Fotograf geworden, weil er gar nicht glauben konnte, daß er diesem Käfig entronnen war, daß die Bilder, die er jetzt um sich hatte, diese Sonnenuntergänge, Flußufer und Gebirgslandschaften wirklich ihm gehörten, daß er sie behalten durfte und nicht jede Woche wieder beim Kapuziner abliefern mußte, der die Beichte hörte und alle weltlichen Regungen in den Herzen der bedrückten, übernächtigten Bauernbuben auszumerzen trachtete. Und er war aus dieser Ungläubigkeit, daß er wirklich leben durfte, als Mann, als Vater von zwei Söhnen, in einem Beruf, den er sich selbst ausgesucht hatte, aus dem Staunen, daß seine Bilder, seine Gedanken, seine Arme und Beine und sein Geschlecht wirklich ihm gehörten und niemanden sonst, nicht wirklich herausgekommen, hatte nie die Grenzen und Schmerzen dieser Freiheit erfahren und daraus lernen dürfen. Sein Leben war Eroberung gewesen, Ausdehnung, das Staatsexamen, die Heirat, das erste Kind, der Offizierslehrgang – und plötzlich ein Kampf ums nackte Überleben, in dem alles Nachdenken und Verarbeiten auf später verschoben werden mußte. So lernte er, wie Kleobis und Biton, das Alter, den Verlust seiner Kraft, seiner Sehschärfe, seines zupackenden Denkens nie kennen. Solon hätte ihn zu den Glücklichen gezählt. Ihr kamen wieder Homers Zweifel in den Sinn, ob ein kurzes, ruhmreiches Leben wirklich der täglichen Lust und Qual des Landarbeiters überlegen ist, der den Widerstand des Ackers spürt, den er pflügt. Er hatte ihr sein Leben übergeben wie eine Fackel, die im Hain von Olympia angezündet wird und dann aus der Hand eines Läufers in die des nächsten wandert, bis sie an einem weit entfernten Ort das heilige Feuer entfacht. Sie mußte lächeln über das pathetische Bild. Sie, die beim Bergsteigen unter Edis gutmütigem Spott hinter ihm hergehinkt war, als Stafettenläuferin! Und jetzt, an ihrem eigenen Endpunkt, gab es keine Schale, in der die Flamme loderte, sondern nur noch die Geste Hymens, der auf klassizistischen Gräbern eine ganz neue Bedeutung verliehen worden war. Geflügelt, ein Fackelträger und schöner Jüngling, stieß er die Glut in den Staub, wo sie erlosch, wie die Glut des Mannes in der Hochzeitsnacht gestillt wird, und wie auch dieser begehrliche Traum, dieses zähe Festhalten und Weiterschwelen, das wir Leben nennen, erlöschen muß.

Sie hatten Edis Nachlaß nicht in die Schloßbergstraße geschickt, denn die Wohnung, in der sie während ihrer Ehe gelebt hatte, war durch einen Bombentreffer unbewohnbar. Glück im Unglück: ihre Möbel hatten den Angriff überlebt, Schrank und Bett, Eiche furniert. Als sie einen Lastwagen mieten wollte, um ihr Hab und Gut zu den Eltern nach Passau zu schaffen, das bisher von solchen Verwüstungen verschont geblieben war, erfuhr sie, daß diese Transporte von der Polizei genehmigt werden mußten. Die Erlaubnis erhielt nur, wer auf immer aus der gefährdeten Großstadt zog. So waren Edis Tod und die Auflösung ihres eigenen Haushalts fast gleichzeitig, der Krieg warf die Bruchstücke der beschädigten Familie zurück in die Mädchenzimmer und engen Wohnküchen, aus denen sie einst ausgezogen waren. Nach langen Irrwegen hatte sie das Feldpostpaket in Händen, die beiden Eisernen Kreuze, einen Ehrendolch, ein Sportabzeichen in Gold, die Leica in einer zerwetzten Ledertasche, sechs Filme. Wo die wohl geblieben waren? Sie hatte sie lange Zeit aufgehoben, konnte sich weder entscheiden, sie wegzuwerfen noch sie zu entwickeln und zu vergrößern. Es gab in der Nachkriegszeit die Chemikalien nicht, schon gar nicht in Deindorf, wohin Edis Sachen schließlich geraten waren. Die amerikanischen Soldaten, die in der Wohnung ihrer Eltern einquartiert wurden, hatten das Objektiv aus dem Vergrößerungsapparat gestohlen.

Es war schon richtig so. Sie war nicht wirklich abergläubisch, aber auch nicht unberührt von dem, was die alten Schriftsteller den Neid der Götter nannten. In Syrien war ihr aufgefallen, daß auch in den wohlhabenden Vierteln der Städte die Kinder zerlumpt herumliefen, bis ihr einer der Busfahrer erklärte, es geschehe, um den bösen Blick nicht zu reizen, mit dem Hexen übermäßig begünstigte Eltern verfolgen, die wohlgeratene Kinder auch noch reich kleideten. Wer weiß, ob ihre Ehe mit Edi glücklich weitergegangen wäre? Die Frau Hochhäusel von nebenan hatte ihrem erschöpft und klapperdürr aus der Gefangenschaft heimgekehrten Ehemann die Tür gewiesen. Sie hatte in den Nachkriegswirren einen besseren Partner gefunden und wollte sich scheiden lassen. Oder der Mann, den die Behörden in ihr früheres Zimmer bei ihren Eltern einquartiert hatten – Kubitza hieß er und hatte immer höflich gegrüßt –, der hatte seine Frau mit der Axt erschlagen und einen Teil der Leiche im Küchenherd verbrannt, weil er eine andere heiraten wollte. Es war gefährlich, glücklich zu sein, zuviel zu erwarten.

Eine andere Gestalt tauchte auf, ohne daß sie wußte, warum. Lag es an diesem Zusammenhang zwischen Glück und Strafe – an jener eingefleischten Vermessenheit menschlichen Fühlens, das sich an seiner Glücksgier so berauschen kann, daß allein die Ernüchterung, das Ende der Euphorie wie ein Peitschenhieb schmerzt? Polykrates von Samos! Seine Insel war auch eines ihrer Reiseziele gewesen. Nie erreichte man alle Wurzeln, immer gab es Verzweigungen, an denen auch die Entscheidung fallen mußte, welche Richtung man einschlagen sollte, auf welche andere man damit verzichtete.

Ein Lachs, der aus dem Meer, das ihn viele Monate genährt hat, hochschwimmt in die großen Flüsse, bis er die Mündung eines ganz bestimmten Zustroms erreicht, den er weiter verfolgt, durch Wasserfälle und Wehre, bis er endlich in einem seichten, quellnahen Bach zur Ruhe kommt, findet damit auch den Ort, von dem aus er einst aus dem Ei schlüpfte und seine unauffällige Reise begann durch Bach, Fluß und Strom bis in die schwebende, weglose Unendlichkeit der See. In dieser Geschichte vom Zug der Lachse war etwas, das sie rührte, verwandt und doch verschieden von der Geschichte des Polykrates, Blicke auf das Rad des Lebens selbst, die zwangsläufigen Folgen von Lust und Leid, Speichen, die einen eisernen Kreis halten. Das düstere Silber der großen, vom langen Weg verwundeten Fische, die unermüdlich in den Wildbächen gegen die Strömung ankämpfen und meterhoch springen, wo sie ein Hindernis anders nicht nehmen können. Bären mit Tatze und Zahn, Fischadler mit krummen Schnäbeln, Otter, Wolf und Menschen mit Netzen und Speeren warten am Ufer auf den Zug der Lachse. Immer aber, bis die Flüsse vergiftet wurden, erreichen genügend erwachsene Schwimmer die kleinen, klaren Gewässer ihrer Kindheit, von Rogen und Milch schwer, graben mit zuckenden Flossen Vertiefungen in das Kiesbett, in denen sich Eier und Samen mischen.

«Und was von allen deinen Schätzen / dein Herz am höchsten mag ergetzen, / das nimm und wirf's in dieses Meer!» So hatte Schiller in seiner Ballade den guten Rat des ägytischen Königs Amasis zusammengefaßt, der Polykrates auf Samos besuchte und erschrak über die nie angefochtene Macht, das bisher stets wachsende Glück des Tyrannen. Dieser streift den kostbaren Siegelring vom Finger und wirft das Kleinod in die Flut. Aber am nächsten Morgen bringt ein Fischer den besonders schönen Lachs, der sich in dieser Nacht in seinem Netz verfing, als Geschenk zum Fürsten. Aus dem Magen schneidet der Koch das Siegel und bringt es mit dem Ruf: «Herr, ohne Grenzen ist dein Glück!» zu Polykrates.

Da war es wieder, das Glück! Die Griechen dieser Zeit suchten es vor allem in den schlanken Schiffen, deren Holzwerk mit Mennige rot gefärbt war. Am Bug trugen sie einen geschnitzten Tierkopf und zwei große, in kräftigen Farben ausgeführte Augen, die dem Schiff halfen, den Weg zu finden und den bösen Blick abzuwehren. Die Segel waren bräunlich oder schwarz. Wenn der Wind ausblieb, beugten sich die Seeleute über lange Ruder. In den Städten wurden die hölzernen Tempel sorgfältig abgerissen, die geschnitzten Balken als Brennmaterial für die Opferfeuer aufbewahrt. An ihrer Stelle wuchsen im dorischen Stil neue Häuser für die Götter, die langlockigen Kuroi, dort als Weihegaben zu Hause, standen nicht mehr steif-ägyptisch, mit einem rätselhaft jenseitigen Lächeln auf den Lippen, sondern schienen auf sie zuzugehen, lebendiger, in freier Haltung.

Diese also war die Zeit der Tyrannen und ihres wechselnden Glücks. Sie waren ein Kompromiß zwischen Göttern und Menschen, die pedantisch in der männlichen Linie geführten Stammbäume endeten in siebzehn Geschlechterfolgen bei Herakles und Zeus, aber die Welt war enger geworden, die feudalen Herren der Inseln und Städte mußten mit den reichen Kaufleuten, Reedern, Besitzern von Manufakturen für Waffen oder Tongefäße um ihre Geltung ringen. Da geschah es, daß sich einer nicht mehr die Herrschaft mit den übrigen Edlen teilen wollte, sondern sich mit Hilfe der neuen Geldbürger zum allein Mächtigen erhob, wie Peisistratos in Athen oder Polykrates auf Samos. Die Bürger der Stadt waren zum Tempel gewandert, eine Wegstunde von den Mauern entfernt. Sie sollten, während die Göttin ihre Opfer erhielt, mit den Schwertern gegen ihre ehernen Schilde schlagen, denn dieser Lärm verscheucht die Dämonen. In dieser Zeit besetzte Polykrates mit seinen Söldnern die wehrlose Stadt. Die Samier durften nur herein, wenn sie ihre Waffen ablieferten. Er war ein Mann ohne Skrupel. Macchiavelli hätte sich über ihn gefreut. Er bezahlte hundert Kriegsschiffe und tausend Bogenschützen, plünderte und raubte in ganz Ionien, in den Städten des Festlandes, ohne einen Unterschied zu machen zwischen Feinden und Verbündeten. Wenn man einem Freund später einen Teil der Beute zurückgibt, ist er dankbarer, als wäre er unbeschadet geblieben. Gefangene aus Lesbos bauten in Ketten die Festung und die lange Hafenmole; Theodoros, der Bildhauer, schuf einen goldenen Weinstock und eine goldene Platane, Geschenke für den Perserkönig. Er war es auch, der das goldgefaßte Siegel aus einem großen Smaragd schnitt: es stellte einen Greifen dar. An Polykrates' kunstsinnigem Hof wurden Dichter hoch geehrt, unter ihnen Anakreon, der die Liebe des Tyrannen zu schönen jungen Männern teilte. Die unerfüllte Liebe des Dichters war dauerhafter als die erfüllten Träume des Polykrates, dachte sie. Der hatte gewiß nicht gezögert, zu nehmen, wonach ihn gelüstete. Anakreon aber schmachtete:

> Knabe du mit den Mädchenaugen,
> Sehnsucht erfaßt mich nach dir, aber
>   nimmer
> Hörst du mein Flehn. Denn meine Seele
> Führst du am Zügel, doch weißt du es
>   nicht.

Es wurde dunkel im Zimmer, aber sie schaltete das Licht nicht ein. Lesen ermüdete sie. Früher waren die Wörter, ja die ganzen Sätze zu ihr gekommen, heute mußte sie jedem einzelnen Buchstaben nachlaufen. Wie durch ein schlecht eingestelltes Fernrohr sah sie verschwommen, was sie ins Auge fassen wollte. In einer zweiten, diesmal bewußten Anstrengung blickte sie ein wenig daran vorbei und erkannte nun genauer, was da war. Es hing mit einer Atrophie der Fovea centralis zusammen, des Sehherdes in der Mitte der Netzhaut, in dem ein gesundes Auge die schärfsten, farbigsten Bilder entwirft. Das Feuer, das einst in ihren Augen brannte, war erloschen, nur die Asche am Rand glühte noch ein wenig, aber die Bilder in ihr waren fester und deutlicher geworden, sie reiste hierhin und dorthin, wie eine Schwalbe über nassen Wiesen. Wie war sie auf Polykrates gekommen? Über den Fisch, der das Siegel in seinem Magen dorthin zurückbrachte, woher es gekommen war, wie der Lachs seinen Samen. Sie aber würde nie ihr Leben zurückbringen können, was zählte schon der körperliche Beginn, es gab doch auch Mythen, vieldeutige Landkarten. Herodot, Grenzgänger zwischen Sage und Geschichte. Das Wort, in dem sich Tradition und Handeln gründen, *mythos*, nicht *logos*, das aus der Dunkelheit kam, wie ein Irrlicht im Moor. Ein einziges Wort wie «Glück» überforderte sie, nie würde sie alles auffinden, was sie dazu gelebt und gelesen hatte. Waren die Freuden dauerhafter und reiner, in einem bequemen Stuhl zu sitzen, zu lesen, manchmal, um einen besonders gelungenen Satz zu verdauen, aufzuschauen, hinaus in den Garten, wo der Herbstwind an den dürren Blättern zerrte? An einem Sommermorgen im See zu schwimmen, den seidenpapierblauen Himmel über sich, das Wasser umschmeichelt kühl die Haut, anspruchslose, nichts fordernde Umarmung? Oder der Mainachmittag auf der kleinen Südterrasse, von den Sträuchern und grünenden Stauden, Farn, Spiräe und blühenden Leberblümchen umgeben, die sie alle aus dem Wald geholt und hier angesiedelt hatte, Bohnenkaffee (im Krieg hatte sie sich angewöhnt, ihn ohne Zucker zu trinken) und ein Stück selbstgebackener Obstkuchen? Es waren einsame Vergnügungen, nicht zu vergleichen mit Waffenruhm, hohen Mauern oder schnellen Schiffen, in denen andere Sterbliche ihr Glück suchten, sicher auch nicht mit den goldenen oder bleiernen Pfeilen, die Eros in seinem Köcher trug. Wenn sie die Augen schloß, wurde alles Erinnerung, und es war gut so. Wenn die Dunkelheit kam, wurde gleichgültig, ob sie die Lider senkte oder nicht, das schien ihr noch besser.

Wie aber kam das Verderben über Polykrates? Es mußte kommen, das verstand auch das Kind, wenn es die Ballade auswendig lernte. Aber Schiller sagte nichts dazu, obwohl Ränkespiele, Ruchlosigkeiten, Tapferkeit und Intrige gut genug zu «Kabale und Liebe» oder «Wallensteins Tod» paßten. Die Welt hatte sich wenig verändert in der Zeit zwischen Herodot von Halikarnassos und dem Dreißigjährigen Krieg. Kyros war gestorben, der gütige, legendäre Großkönig der Perser; sein Sohn Kambyses folgte ihm. Wie viele Söhne großer Väter wollte er größer sein als dieser und scheiterte, aber das ist nicht mehr die Geschichte des Polykrates. Während Kyros das Festland erobert hatte, richtete Kambyses seine Aufmerksamkeit auf das Meer und begann den Bau einer Flotte, vor allem, um das reiche Ägypten zu erobern, das geschützt hinter seinen Wüsten lag.

Polykrates wollte zwei Vorteile verbinden: den Großkönig für sich einnehmen und Samier loswerden, an deren Loyalität er zweifelte. So bemannte er vierzig Schiffe mit Bürgern, denen er nicht traute, und schenkte sie dem Großkönig, wie der Erbfürst in der Pfalz seine Landeskinder den Engländern verkaufte. Aber die griechischen Seeleute waren nicht so leicht einzuschüchtern wie die deutschen Bauernsöhne, sie kehrten um und wollten Polykrates stürzen. Er jagte sie mit seinen Bogenschützen wieder auf die Schiffe. Die Vertriebenen suchten nun Verbündete in Sparta, wo die Adelsherrschaft der eisernen Schar ungebrochen war, während sich in Athen schon die Demokratie entwickelte und in Ionien die Tyrannis blühte. In Lakedämon war man Polykrates nicht wohlgesinnt, er hatte ein kostbares Bronzebecken geraubt (sagten die Spartaner), ehrlich von betrügerischen Spartanern erworben (sagte Polykrates), das nun, statt an seinem Bestimmungsort in Sardes beim Lyderkönig, im Schatzhaus des Heratempels von Samos stand, wo Polykrates seine Beute sammelte. Herodot hatte diesen Kessel dort gesehen und geschrieben, er sei mit Tierbildern in Reliefarbeit geschmückt und fasse dreihundert Eimer Wasser. Metall, von menschlicher Gier aus den Gebeinen des großen Erddrachens geraubt, vergänglicher Schmuck und Reichtum! Was mochte aus diesem Bronzeguß geworden sein? Eine byzantinische Glocke, die Kanone eines türkischen Korsaren, Geschoßhülsen für russische Granaten, Kabelmetall zur Elektrifizierung der Sowjetunion? Kupfer und Zinn verrieten ihre früheren Meister. Immer schien ihr die ältere Form auch die schönere. Da mußte man vor den spröden Steinen mehr Achtung haben, die unbeirrt ihrem Bildhauer treu blieben, es sei denn, sie wurden zerschlagen und in den Meiler gehäuft, aus dem ein Maurer Kalk brannte.

Die samischen Flüchtlinge traten vor die Volksversammlung der Spartiaten. Ihr Anführer war ein guter Redner und weltläufiger Mann, der alles tat, um die Lakedämonier zu überzeugen, diese aber, von Kindheit an geübt, sich «lakonisch» kurz zu fassen, wollten die bildungsstolzen Bittsteller ein wenig kleiner machen und erwiderten, die Rede sei so lang gewesen, daß sie über dem Ende den Anfang vergessen hätten. Die Samier sollten am nächsten Tag wiederkommen. Jetzt brachten diese einen leeren Mehlsack in den spartanischen Senat, hielten ihn auf und sagten nur ein einziges Wort: «Mehl!» «Dem Sack kann geholfen werden», antwortete einer der beiden lakonischen Könige. Bald segelte eine spartanische

Flotte zusammen mit den samischen Schiffen über die Ägäis. Die Verbündeten landeten auf Samos, stellten die Truppen des Polykrates und schlugen sich so tapfer, daß sich der Tyrann und seine Söldner hinter die Mauern zurückzogen.

Sie wußte über die Scharmützel des sechsten Jahrhunderts besser Bescheid als über die Kämpfe um Stalingrad oder Kiew. Da war sie nur Zeitzeugin, Opfer, eingeschlossen und geblendet wie die Frauen der samischen Rebellen, die Polykrates während des ganzen Feldzugs und der Belagerung seiner Mauern durch die Spartaner am Hafen in die hölzernen Schiffsbauhütten eingesperrt hatte. Sie sollten mit ihren Kindern verbrannt werden, wenn es den Angreifern gelänge, in die Stadt zu kommen. Das war also schon damals die Rolle der Frauen und Kinder, irgendwo eingesperrt zu sitzen und zu warten, ob einem der Tod in Flammen oder erstickendem Rauch erspart blieb. Im Luftschutzkeller, während es draußen Phosphor und Dynamit regnete, fühlte man sich schließlich nicht viel besser. Ob die Belagerer in ihrem Ansturm auf die Mauern der Festung des Polykrates Rücksicht auf die Gefahr nahmen, die ihren Geiseln drohte? Sie glaubte es nicht. Das Goldene Zeitalter war längst verloren und verblichen. Als die Verbündeten nach vierzig Tagen die Belagerung aufgeben mußten, weil ihnen die Vorräte ausgingen, verkaufte Polykrates wahrscheinlich ihre

Frauen und Kinder als Sklaven, das entsprach dem praktischen Sinn der Griechen und war sicherlich moralisch nicht mehr zu verurteilen als das, was spätere Tyrannen ihren politischen Gegnern antaten.

Jetzt sah sie einen eleganten kleinen Tempel aus schimmerndem parischem Marmor, der Fries sorgfältig skulptiert, frisch wie am ersten Tag, die Vorhalle von zwei Karyatiden getragen, deren Gewänder die feinsten Falten warfen. Wo gehörte nun der wieder hin? Ach, es war das Schatzhaus der Siphnier, eines der größten im allgriechischen Heiligtum von Delphi, wo der Nabelstein lag und die Pythia, trunken vom betäubenden Gas aus einer Erdspalte, weissagende Worte stammelte. Siphnos selbst war eine kleine Kykladeninsel, reich wie heute die arabischen Emirate, nicht durch Erdöl, sondern durch ein ergiebiges Bergwerk für Silber und Gold, mit selbstverständlich von Sklaven gehöhlten Stollen, der Vollbürger bekam jedes Jahr ein stattliches Geldgeschenk, prächtige Säulenhallen schmückten Rathaus und Agora. Dorthin waren die zum zweitenmal vertriebenen Samier gefahren und hatten um ein Darlehen von zehn Talenten gebeten, 370 Kilo Silber. Die Siphnier verweigerten die Anleihe, sie mochten es sich weder mit Polykrates verderben, noch glaubten sie an den Rückzahlungswillen der Bittsteller. Diese taten nun den Siphniern mit schöner Unbefangenheit genau das an, was Polykrates ihnen angetan hatte: Sie lockten sie aus der Stadt, indem sie in einer Bucht landeten, dort Weinstöcke und Ölbäume umhackten und die Bauernhäuser plünderten. Die bewaffneten Bürger eilten herbei, um die Marodeure zu strafen. In dieser Zeit besetzte die Hauptmacht der Vertriebenen Hafen und Wälle. Die Siphnier durften erst wieder herein, als sie sich bereit erklärt hatten, das Zehnfache der Darlehenssumme als Lösegeld zu zahlen. So lebten die Samier eine Weile als Piraten, plünderten die Städte an den Küsten der Peloponnes und die Inseln bis hinauf nach Zakynthos. Schließlich gründeten sie, meermüde, auf Kreta die Stadt Kydonia, bauten dort der Diktynna einen Tempel, einer Göttin der Wälder, der Jagd, der Fruchtbarkeit von Tieren und Menschen, ähnlich der griechischen Artemis. Fünf Jahre lebten sie in Frieden. Im sechsten Jahr verbündeten sich die eingesessenen Kreter mit den Ägineten, besiegten die samischen Neusiedler in einer Seeschlacht und machten sie alle zu Sklaven. Im Tempel von Ägina – in eben jenem, dessen Fries das Glanzstück der Antikensammlung auf dem Königsplatz in München ist – wurden zu Herodots Zeit noch die Eberköpfe ausgestellt, mit denen die samischen Schiffsschnäbel geschmückt waren. Wie Jäger, die Stoßzahn oder Geweih der Beute präparieren, hatten die Ägineten diese Trophäen abgehackt.

Welche Verschwendung von Freiheit und Leben! Und doch hatte diese wehrhafte Zeit, in der nur in Delphi und Olympia das wechselseitige Schlachten und Versklaven zeitweilig eine Pause fand, eine Blüte ohnegleichen eingeleitet. Ob sich Menschen, die immer an der Grenze des Todes oder der verächtlichen Sklaverei lebten, in schärferen, genaueren Umrissen erkannten, als es ihr jemals möglich war? In Auschwitz war der Tod zur Fabrikware geworden. Und hier im Krankenhaus wurden Greisinnen künstliche Hüftgelenke eingesetzt. Der Chirurg, der sie operiert hatte, war auf solche Eingriffe spezialisiert.

In unermüdlichen Wiedergeburten hatte sich das Abendland bemüht, das Erbe zu erhalten. Römer, Hellenisten, Byzantiner, Renaissance-Künstler, Manieristen, Klassizisten, Postmoderne, alle auf ihre Weise, alle von einer Vorstellung bestimmt, die Winckelmann, der unglückliche, homosexuelle, wegen einiger Goldstücke erdolchte Winckelmann am klarsten formulierte: Die Natur ist häßlich und stumm. Betrachtet man sie jedoch mit den am klassischen Ideal geschulten Sinnen, enthüllt sie ihre edle Einfalt und stille Größe; was ist ein Mensch neben dem Wagenlenker von Delphi, ein Jüngling neben dem Apollon des Praxiteles, was zählte ihr Schmerz neben der Qual im Antlitz Laokoons? Trotz alledem schien ihr diese Zeit von einer gorgonischen Gier durchzogen, die aus der Schönheit sickerte wie Blut aus einer schlecht verbundenen Wunde, von einem Hunger nach Unsterblichkeit, der auch todessüchtig wirkte. Bauten wie für die Ewigkeit, mörtellos, mit Bronzeklammern und gegossenem Blei gefügt. Besitzselig waren sie doch alle, diese Griechen, sie wollten festhalten, was sie hatten, und auch im Prunk den anderen übertreffen. Aus dieser Eitelkeit kam ihre Kunst, nicht mehr Holz und vergänglicher Hain waren Wohnung der Götter, sondern Gold, Marmor und Elfenbein. Die Freiheit trug den Tod in sich: in jeder Niederlage wurden die unbeugsamen erwachsenen Männer erschlagen, Frauen und Kinder aber wie Vieh verkauft: *andrápoda*, zweibeinige Ware, neben *tetrápoda*, der vierbeinigen. Es war eine Hochblüte des Verfalls, ein Triumph des Niedergangs, alles war Eigentum, auch die Freiheit, es ging um Schiffe, um Mauern, um ehernes Bildwerk, Talente in Gold und Silber (mit welch pedantischer Genauigkeit Herodot aufzählte, wer aus welcher Provinz wieviel Steuer in den Schatz des persischen Großkönigs zahlte!).

Diese verfaulte Ordnung, die von späteren, übleren Zeiten zu Klassik und Vorbild stilisiert worden war, nahm ihren Zauber daraus, daß in ihr noch der Nachglanz und Nachgeschmack einer frühen Reinheit funkelte. Sie sehnte sich nach Unsterblichkeit, aber hinter dem Triumphator stand ein Sklave, der den goldenen Lorbeer über das Haupt des Glücklichen hielt und die ganze Zeit rief: «Denk daran, daß du sterblich bist!» Der Wunsch, unvergängliche Werke zu schaffen, einen Namen, eine Tat für immer in das wechselhafte Antlitz der Erde zu ritzen, machte das Leiden am Tod doppelt bewußt. Und doch war es zumindest Horaz gelungen. Er hatte sich ein Denkmal aus Worten gebaut, beständiger als Erz *(exegi monumentum aere perennius)*. Was bedeutete ihm das wohl in der Stunde seines Sterbens?

Sie hatte in einer Zeit von Giftmördern gelebt. Verglichen damit waren die Wunden harmlos, welche die eisernen Scharen einander schlugen. In der Ukraine war Edi begraben. «Ehrenfriedhof» stand in den Briefen. Es war Januar und bitter kalt, und wenn ihn die Kameraden überhaupt unter die Erde brachten, mußten sie ein Feuer auf ihr anzünden, um die Frostkruste zu durchbrechen. Ein Stück weiter hatten sowjetische Ingenieure ein Kernkraftwerk gebaut. An dem Tag, als die Techniker in den bayerischen Reaktoren nicht mehr die automatischen Tore passieren konnten (denn das mitgebrachte Gift überstieg bei weitem die Menge, die sie aus dem Innern des Werkes hätten mitbringen dürfen), war sie im Regen spazierengegangen. Aprilwetter im Mai, man ging im Sonnenschein fort und stolperte, bis auf die Haut durchnäßt, nach Hause. Ob der Knochenkrebs damit zusammenhing? Sie hätte es gerne genau gewußt, wichtig war es aber nicht.

Polykrates jedenfalls büßte, für sein Glück? Für

seine Piratenstücke? Nun, weil er als Pirat so erfolgreich war, erregte er den Argwohn einer größeren Macht: des persischen Großkönigs, der ihm auch grollte, weil Kambyses die versprochenen vierzig Kriegsschiffe nie erhalten hatte. Ein großer Seeräuber regt kleinere an, seinem Beispiel zu folgen. Nach Minos, dem Sohn des Zeus, war Polykrates der erste Hellene, der nach Seeherrschaft strebte – Herodot hatte das gesagt, den ein Tyrann aus seiner Heimatstadt Halikarnass vertrieb. Er nahm keinen Anstoß, den samischen Emporkömmling in einem Atem mit den Halbgöttern der mythischen Zeit zu nennen. Die persische Intrige war plump für einen klugen Politiker, aber ein Mann, der sich für den Glücklichsten hielt, konnte das Ränkespiel nicht durchschauen. Der persische Statthalter in Kleinasien gab vor, er wolle zusammen mit Polykrates von Kambyses abfallen. Die Verschwörer sollten sich bei ihm treffen, heimlich, mit kleinem Gefolge. Seine Ratgeber warnten den Tyrannen, seine Tochter schreckte aus einem Traum, in dem sie ihren Vater in der Höhe zwischen Himmel und Erde schweben sah, von Zeus gewaschen, von Helios gesalbt. Wie vor ihm Krösus, deutete auch Polykrates die Orakel zu seinen Gunsten, unfähig, damit zu rechnen, daß sich die launische Glücksgöttin auch gegen ihn entscheiden könne. Die Götter selbst würden ihn auf dem Thron eines großen Königreichs mit Wasser und Salböl weihen. So reiste er nach Magnesia am Mäander und fand ein jämmerliches Ende. Der persische Statthalter tötete ihn auf eine Weise, die der sonst nicht zimperliche Herodot «unbeschreiblich» nennt, und hängte ihn auf der asiatischen Seite, jenseits des schmalen Sundes, der Samos vom Festland trennt, an einen Pfahl. Dort wusch Zeus den Leichnam mit Regen und Tau. Helios aber salbte ihn, denn die Mittagshitze zog das Fett aus dem Körper des toten Tyrannen. Im Museum von Vathy hatte sie das Kultbild der samischen Göttin gesehen, uralt schon zu Polykrates' Zeiten, ehrwürdig und primitiv: ein Brett aus schwarzem Holz, mit Löchern an Stelle der Augen. Polykrates ließ es baden und salben, speisen und tränken, er überhäufte es mit Geschenken von auserlesenem Wert. Jetzt lag es, seines Zaubers beraubt, hinter Glas. Die Würde der Göttinnen war verlorengegangen. Hatte nicht schon ein Mann wie Polykrates den Keim dazu gelegt, indem er begann, Hera durch kostbare Gefäße und ägyptische Linnenpanzer zu bestechen? Wenn die Menschen den Göttern Wohnungen bauten und ihre Bilder schufen, bewunderte eine spätere Generation diese Werke, sah in ihnen eine große, inzwischen verlorene Frömmigkeit, ein Zusammenwirken von Musik, Tanz, schönen Körpern, kunstvollen Bauten zu überirdischem Zweck. In Wahrheit wurde in dieser klassisch-gläubigen Welt, in dieser Verbindung von Schönheit und

Tugend ein Schatz aufgezehrt, für den das urtümlich-unförmige, häßliche Bild stand, ein Glaube, der in Einheiten und Gemeinschaften wurzelte, von denen die eisernen Scharen, die Feldherren und Piraten lebten wie Raubtiere vom geduldigen Vieh. Diese ältere Welt, die Schildkröte, auf der alles ruhte, blieb namenlos und ohne geschriebenes Wort. Wer ihr seinen persönlichen Ruhm abringen wollte, mußte sie zerstören wie Herostrat den Tempel der ephesischen Artemis. Ob Polykrates wirklich sein Siegel geopfert hatte? Und wenn: bekam er es wirklich aus dem Bauch des Fisches zurück? Hatte er die Sage selbst ausgestreut, vielleicht sogar inszeniert? Er brauchte dazu nur zwei Siegel und einen Koch, der ein Geheimnis zu bewahren wußte. Tyrannen lieben solche Triumphe ihres Willens und ihrer Macht; Peisistratos hatte eine schöne, großgewachsene Hetäre bezahlt, die mit Gorgonenschild, Helm und Speer seinen Einzug nach Athen als die göttliche Pallas bewachte. Hatte auch sie selbst etwas geopfert, um dem Neid der Götter zu wehren? Ihr fiel nur Edi ein, aber den hatte ihr niemand zurückgebracht, sie hatte das Opfer auf sich genommen und war davongekommen, bis in die letzten Jahre, bis zu dem knirschenden Schmerz, in dem ihre Beine unter ihr zusammenbrachen.

Diese Geschichten, in denen ein Schicksal gerade durch das Bestreben, ihm zu entrinnen, besiegelt wurde! Polykrates wollte seinem Glück trotzen und konnte ihm sowenig widerstehen wie seinem unwürdigen Ende. In ihrer schönen Ausgabe des Insel-Verlags von Tausendundeiner Nacht, wo die obszönen Stellen in keusches Latein übersetzt waren (denn wer das erlernt hatte, war gegen alle Anfechtungen gefeit), hatte sie von einem Wesir gelesen, der in Ungnade gefallen war und nun im Kerker schmachtete. Völlig vereinsamt fristet er sein Leben bei Wasser und Brot, bis er entdeckt, daß eine Ratte durch unterirdische Gänge in sein Verlies kommt und die Krumen seiner kärglichen Ration sucht. Er zähmt das gelehrige Tier, teilt mit ihm die knappe Nahrung, ergötzt sich an dem warmen Körper, der zärtlichen Anhänglichkeit seines Zellenkameraden. Aber eines Tages bemerkt der Aufseher, mit welchen Mitteln sein Sträfling versucht, sich aus seiner verzweifelten Lage zu retten. Er zertritt die zutrauliche Ratte und lauert auf die völlige Niederlage des Wesirs: Wird er zusammenbrechen? Wird er ihm an die Gurgel springen und so auch noch eine Tracht Prügel verdienen? Der Folterknecht ist sehr verwundert, als der Wesir lächelt und sagt: «Du hast mir einen großen Dienst erwiesen. Denn soviel Unglück im Unglück ist ein Zeichen, daß sich bald alles wenden wird!» Waffenklirren, Freudenrufe, Musik durchbrechen die eiserne Stille des Kerkers, im Triumph wird der Wesir befreit und in seine alten Rechte eingesetzt, die Verleumdungen, die Anklagen haben sich aufgelöst wie ein Morgennebel im Sommer.

Vorzubereiten auf Situationen wie diese, bewegungsunfähig, halb blind, mit einem pochenden Tumor im frisch operierten Schenkel: war das der Sinn dieser Glücksgeschichten? Wenn sie den Tod als Erlöser sah, war gerade der zusätzliche Schmerz, das Unglück im Unglück, ein Bote der Wende, die Atemnot, die große, wachsende Schwäche. Das Schicksal hatte Polykrates' Versuch durchkreuzt, im aufgeblähten Glück auch ein wenig Unglück anzusiedeln. Lag es daran, daß er Tyrann war, Herr über viele eberköpfige Schiffe, ohne einen Größeren über sich, wie der arabische Wesir, ohne jemanden, der Ungnade und Gnade verteilen konnte, nicht irdischen, sondern himmlischen Launen ausgesetzt?

Sie war selbst in Samos gewesen, mit einer Propellermaschine von Athen aus, begrüßt von einem Reiseleiter mit Maikäferphysiognomie, sie hatte in der neuen Stadt geschlafen, im Xenia-Hotel, sie war in den Ruinen des Heratempels gewandert, hatte sich angestrengt, den Bau wieder aufzurichten, die Säulenbasen, Kapitelle, die einzelnen, zertrümmerten Trommeln, die Eierstäbe und Ranken der Dekoration zusammenzudenken, bis auf den zwanzig Meter hohen Säulen sich ungeheure Giebel türmten und das mit Marmorplatten bedeckte Dach hinausgrüßte auf die Reede mit den vielrudrigen Schiffen.

Ermüdet hatte sie Trost darin gesucht, die in dem kleinen byzantinischen Kirchlein quer eingemauerte Inschrift zu entziffern, den Kopf schmerzhaft schräg, von zwei Soldaten milde belächelt, die in den Ruinen Wache hielten. Es war wohl ein Grabstein aus römischer Besatzung gewesen, ein bescheidenes Werk geringerer Zeit, das den Maurern der Kapelle besser diente als die unhandlichen Trümmer aus der ruhmreichen Welt des Polykrates. Dort, im samischen Heraion, war sie auch den Keuschlammsträuchern begegnet, die ihre vielfingrigen Blätter der Sonne entgegenstreckten, als wehrten sie ihrem bösen Blick.

Sie reiste immer im Frühling in den Süden, da blieb Helios ein sanfter Freund, wurde nicht zu jener unbarmherzig sengenden Macht, welche die Alten dazu führte, den milden Mond mehr zu lieben. Deshalb trug Sol im Süden das kriegerische männliche Geschlecht, Luna das weibliche, während im Norden die Sonne gütig war und der Mond ein böser kalter Mann. Den Lygos, *Agnus castus*, den Keuschbaum hatte sie lange gesucht, denn er war der Hera heilig und früher wohl selbst die Göttin gewesen, in jener weisen Zeit, in der Nymphen und Dryaden dem Betrachter eines Baums wesentlicher waren als Balken und Brett. Auf Lagern aus diesem Gesträuch hatten sich die Frauen bei den Herafesten ausgeruht, und es war nicht ausgeschlossen, daß sie einst besonders sinnlich-lüstern wurden auf einem Bett, das spätere, gezwungene Tradition nur noch der Enthaltsamkeit weihte. Griechische Göttinnen, Hera wie Artemis, hatten es ja an sich, daß sie sich in den heiligen Quellen wieder zur Jungfrau badeten. Lange wies Hera den Zeus zurück, er war ihr nicht anziehend genug als Liebhaber, bis ihm schließlich einfiel, sich ihr in Gestalt eines zerzausten Kuckucks zu nähern. Mitleidig ließ sie sich herab, den Vogel zärtlich zu streicheln. Da war ihr Zauber durchdrungen, der Gott zeigte sich in seiner wahren Gestalt und vergewaltigte sie zu seiner Gemahlin, emporgekommener Sohn, der die Mutter zur eifersüchtigen Hexe erniedrigt und unersättlich Bestätigung in zahlreichen Liebschaften sucht. Wie stolz war sie gewesen, als der mitgebrachte Same des Keuschlamms in der schwarzen Erde einer kleinen Schale auf ihrem Küchenfensterbrett austrieb, ein zartgrüner Sproß, der dann, umgetopft, im Frühling auf der Terrasse die gefingerten Blätter entfaltete und im Lauf der Jahre ein mannshohes Bäumchen geworden war: ob sie ihn je wiedersehen würde? Die Asphodelien hatte sie in Feldafing nie zum Blühen gebracht, trotzig beschränkten sie sich auf grüne Sprossen. Sie konnte diese Reaktion auf das rauhe Klima der Voralpen verstehen und war doch enttäuscht.

Apoll und Artemis

Zwei große, schwärzlich graue Rinder mit Büffelhörnern zogen den Pflug. Hinter dem Mann, der die Ochsen mit heiseren Rufen anfeuerte und die Holme seines urtümlichen Geräts fest gegen den Acker drückte, stolzierten drei weiße Störche und spießten die Würmer aus der Furche. Es war ein Bild voller Frieden, erfüllt von der Müdigkeit, die harte Arbeit schenkt. Wie sie sich danach sehnte, nach einem Schlaf, aus dem man gestärkt erwachte und nicht mit dieser unendlichen, keiner Steigerung fähigen Schwäche, die doch unmerklich wuchs und sich ausbaute, bis selbst das Atemholen zur Mühe wurde, zum Luftschnappen unter der Peitsche der Not, mit dem sie ihr Leben weiterschleppte, wie die Zugtiere, die auch ihr Joch nicht abschütteln durften. Woher nur hatte sie das Bild? Es mußte die Straße von Milet nach Didyma gewesen sein, jener apollberühmte Weg von fast zwanzig Kilometern, auf der die Wallfahrer in der glühenden Sonne vier Stunden unterwegs waren, wenn der Gott sie rief. Sie war mit dem Bus gefahren, die Augen am Fenster, mit angehaltenem Atem, damit sich die Brille nicht beschlug, denn es war noch Frühling, die Luft frisch und prickelnd, die junge Gerste leuchtete, Frauen in Pluderhosen pflanzten Baumwolle, tief gebückt, in die Schwemmebene des Mäander. Nach dem Fluß kam die Macchia, stacheliger Buschwald, in dem die Zistrosen blühten und der Riesenfenchel seine goldgelben Schirme aufspannte. Und dann kam das Meer, Thalatta! Thalatta! Merkwürdig, wie sehr sie, im tiefsten Binnenland aufgewachsen, mit den Griechen fühlte, die ihren Freiheitsdurst nur durch den Blick über die blauen Wellen mit den weißen Mähnen stillen konnten.

Erdmeere hatten den Tempel überflutet, Erdbeben die Säulen gestürzt bis auf drei, ein beinloser Marmorlöwe bewachte den Eingang, sein tausendjähriger Rücken von den Kindern poliert, die auf ihm ritten, wie die winzigen Türkenmädchen diesmal. Von hier sah man hinab auf die Treppe und den Unterbau des Tempels, überragt, furchterregend hoch, von den beiden Säulen und dem Stück Gebälk zwischen Mauerresten und Stümpfen. Wie die versunkene Stadt Vineta war der Tempel Apolls in die Erde gesunken, aber während von ihr keine Spuren zeugten, die sich über den Wasserspiegel erhoben, ragten hier noch Säulen aus dem Brunnen der Zeit und kündeten von der verlorenen Größe und Würde des Gottes. Das Ausgrabungsgelände war von Marmortrümmern bedeckt wie die Ilzufer nach dem Eisgang von Schollen. Aber damals, als sie in der keimenden Kraft der Sonne zwischen den grün-kristallinen Bruchstücken stand und staunte, wie der Fluß seinen dicken Eispanzer abgeschüttelt und auf die Ufer geschleudert haben mochte, war sie glücklich gewesen, versunken in das Wunder, die gekippten Pyramiden, geborstenen Türme aus Eis entzückten sie weit mehr, als es die glatte Decke im Winter vermocht hatte. Jetzt aber wanderte sie zwischen den Trümmern und sah den Tempel in seiner barbarischen Schönheit. Denn von unserem edel-einfältigen Bild weißmarmorner Stille her war diese alte Welt schreiend bunt und blutvoll gewesen.

Man hätte meinen können, daß jetzt, geschwächt und ein wenig fiebrig, wie sie war, dieses wiederhergestellte Bild erschienen wäre. Sie mußte sich nur zurücklegen, die Augen schließen, ein wenig träumen und wünschen, den dumpfen Schmerz vergessen, den die Mittel freundlich-hilflos nie zum Verstummen brachten, auch wenn er nur noch leise vor sich hin murmelte wie ein mürrischer alter Mann im Wartezimmer seines Arztes.

Nein, die schwindelnd ragenden Säulen fügten sich nicht aneinander, gekrönt vom hohen, lastenden Gebälk und einem vergoldeten Dach. Es blieben Trümmer, augenfällig, tastbar – doch dies war ein großer Vorzug für sie, kurzsichtiges Geschöpf, nie hätte sie ohne dieses wütende Erdbeben gesehen und getastet, wie geflügelte Löwen und Stiere in den Widerlagern aufeinander zusprangen, wie die Voluten der ionischen Kapitelle prall und federnd bis zum Auge liefen und die Gorgonenhäupter meterhoch aus den Friesblöcken blickten, nicht grauenvoll häßlich, wie in der älteren Kunst, mit bleckender Zunge, Eberzähnen und Schlangenhaaren, sondern grauenvoll schön, mit vollen Wangen, einem Grübchen im Kinn, schweren Locken, dem verstörten Blick eines Triebmörders, der eben davon spricht, daß er nicht anders kann als zu töten.

Sie hatte das Tal des Mäander gefunden, es trug das Mal des längst Vertrauten. Im Kunstunterricht bei Mater Gertrudis hatten sie, ohne von diesem Fluß zu wissen, ein Muster gezeichnet, das sich in rechtwinkligen Spiralformen immer wieder in sich selbst verfing und sich dann, im letzten Augenblick, wieder aus der eigenen Schlinge löste. Jetzt konnte sie eine Weile hier bleiben, das war besser als schlafen. Sie durchwanderte den Wald aus Säulen und Säulenstümpfen, deren Basamente mit Palmetten, Lotusblüten und Geflecht übersponnen waren, wie sie nie jemand feiner gemeißelt hat, bis zu der riesigen, von Monolithen gerahmten Tür, über deren brusthoher Schwelle der Priester im Gewand des Gottes erschien und die Orakel verkündete. Sie blickte hinauf zu der dritten, einzeln stehenden

Säule, die nie vollendet wurde: die Rippenmuster des Schaftes, die unterhalb des Kapitells begannen, brachen plötzlich ab. Wie damals grübelte sie darüber nach, welches Schicksal dem Steinmetz den Meißel aus der Hand nahm. Schoß ihn ein Soldat während der Diadochenkämpfe herunter? Oder, wahrscheinlicher: ging den Bürgern Milets das Geld aus, weil ihr Hafen verlandete, die Kriegssteuern sie drückten? Den älteren Tempel hatten die Perser zerstört, um die ionische Revolte zu bestrafen. Ein Menschenalter später war Herodot hier und besuchte die Orakelstätte. Als Alexander auf seinem Zug gegen Darius hier vorbeikam, verhieß ihm Apoll den Sieg und bestätigte die göttliche Abstammung des Mazedoniers. Zum Dank schickte er das bronzene Kultbild, das die Perser nach Ekbatana gebracht hatten, wieder zurück in den Tempel und ließ diesen größer und schöner errichten. Dreihundert Jahre lang, bis nach Christi Geburt, waren die Steinmetzen und Baumeister beschäftigt, aber ihr Werk blieb unvollendet, wie Alexanders Eroberung der Welt.

Cella, dunkle Wohnung des Gottes, nur vom Priester nach genauem Reinigungsritual betreten, niemals zugänglich für das Volk! Es war doch eine ganz andere Glaubenswelt, ihre Geheimnisse waren tiefer, umfassender, bis heute wußte schließlich niemand, was in Eleusis oder in den Isistempeln wirklich geschehen war. Die Säulenhallen und Freitreppen, die Opferaltäre unter offenem Himmel trogen, drückten nur eine Seite aus. Die andere, das waren die heiligen Bezirke, Adyta, das Herz der Heiligtümer, Kraftzentren, Räume, in denen der Mensch verstummte und nur noch das Wort des Numinosen galt. Didyma hatte sie deshalb so geliebt, weil hier das Allerheiligste kein verschlossener Raum war, sondern ein Innenhof mit heiliger Quelle und heiligem Baum, wohl einem Lorbeer. Hier hatte Zeus die heilige Hochzeit mit Leto gehalten, ihn, den Himmelsgott, Wolke, Regen, Blitz und Sturm, durfte kein Dach ausschließen. Von den fünfundzwanzig Meter hohen Innenmauern der Säulenhallen gerahmt, war dieser Hof wie ein Brunnenschacht, schattig und windgeschützt, weitab von den heischenden Stimmen der orakelsuchenden Wallfahrer. Sie hatte selbst darin gestanden, hatte traurig den Steinhaufen betrachtet, an dem ein Schild «sacred spring» die längst versiegte, heilige Quelle einklagte, hatte das kühle Leuchten um sich gesammelt. Die unzähligen Kristallflächen des weißen Marmors saugten das Licht auf und strahlten es milder, weicher in den Hof.

Apoll und Artemis, die Zwillingskinder der Vermählung von Didyma, waren ein ehrgeiziges, eifersüchtiges Paar. Wer sie ein wenig genauer kennenlernte, fing an, über Nietzsches Gegenüberstellung von apollinisch und dionysisch zu lächeln, zu vorgefertigt und gelehrtenstolz war diese Typologie, sie achtete nicht der Leidenschaft und Rachsucht des Musengottes! Wo blieb Apoll, der Marsyas die Haut vom lebendigen Leib schund, weil dieser vollkommener auf der Flöte spielte als er selbst auf seiner Lyra? Wo der Mörder von Niobes Söhnen? Wo der gierige Liebhaber, der Daphne vergewaltigen wollte und sich nur widerwillig mit dem Lorbeer abspeisen ließ? Am meisten liebte sie jene homerische Szene, wo Apoll auf dem Hügel über dem Lager der Griechen seinen Bogen spannt und die schwirrenden Pestpfeile in die Zelte der Frevler schickt, deren Willkür seinen Priester beleidigte.

Gras und blutroter Mohn, Weißklee, nach Honig duftend, eine magere schwarze Katze und ein kleiner Junge in blauen Hosen, der sie fangen und streicheln will: so war ihr Bild vom einst orakelmächtigen Hof des didymischen Tempels, der für die Griechen in Kleinasien dieselbe Bedeutung hatte wie Delphi für Attika und die Peloponnes. Mit blitzenden Schatten schossen Schwalben und Tauben über den unveränderten Himmel. Die Vögel! Ihre Mutter hatte mit großer Geduld Meisen, Kleiber und Dompfaffen an ihr Küchenfenster gelockt, sich über gefräßige Amseln und die unvermeidlich frechen Spatzen geärgert. Selbst an ihrem Balkon im Altersheim war der Futterplatz mit Sämereien und Speckschwarten wohl versorgt, sie schrieb in ihren Weihnachts- und Geburtstagsbriefen von Ausnahmegästen wie Kreuzschnäbeln oder Distelfinken. Sie selbst war keine Vogelliebhaberin, sie beobachtete Pflanzen, Steine und Buchstaben, die hielten still und verlangten nicht jene zupackende Schärfe des Blicks, die ihr nun einmal fehlte, das war nicht zu ändern. Aber sie hatte auf ihren letzten Reisen in die Türkei viele Vogelliebhaber kennengelernt, es waren originelle und interessante Menschen, der Freiheitsdurst, die Beweglichkeit der gefiederten Stimmen schien sie anzustekken. Aus dem Geschlecht und Flug der Vögel die Zukunft zu deuten war schließlich eine Kunst ehrwürdigen Alters, im Christentum – Zynismus der Geschichte – auf die eine armselige weiße Taube geschrumpft, dieses Haustier, das für den Frieden stand und deshalb die christlichen Kriege zu den unerleuchtetsten aller Zeiten machte.

Die Vögel und Didyma. Da gab es noch eine Geschichte, bei Herodot, eine Orakelanekdote eigener Art. In einer kleinasiatisch-griechischen Stadt, Kyme, drei Tagereisen nördlich, hatten die Bewohner einen reichen Lyder als Gastfreund bei sich aufgenommen. Dieser wurde von Kyros, dem schier allmächtigen Großkönig der Perser und Meder, einer Verschwörung bezichtigt. Hochfahrende Gesandte kamen vom persischen Hof und forderten seine Auslieferung. Den Gast zu schützen ist eine heilige

Pflicht – aber das Leben einer ganzen Stadt dafür aufs Spiel setzen? In diesem Dilemma wandten sich die Kymäer an das Orakel von Didyma. Es ging um unversöhnbare Ideale, um eine Frage, die menschliche Entscheidungskraft überstieg. Das Orakel beschied, der Lyder solle ausgeliefert werden. Einem vornehmen Bürger der Stadt schien dieser Bescheid verdächtig. Er traute den Gesandten nicht. Hatten sie den Spruch aus Furcht vor dem Perserkönig verfälscht? So setzte er durch, selbst mit einer zweiten Gruppe nach Didyma zu reisen und das Orakel ein zweites Mal zu befragen. Wieder gab Apoll den Bescheid, der Lyder solle ausgeliefert werden. Darauf ging der Kymäer in den heiligen Bezirk und nahm alle Vogelnester aus, die er fand, schleuderte die Jungen auf den Boden, zerbrach die Eier und tötete die brütenden Weibchen. Alsbald ertönte eine gewaltige Stimme aus dem Allerheiligsten: «Du heilloser Frevler, was tust du? Du tötest die Hilflosen, die bei mir Schutz gesucht haben?» Unerschrocken entgegnete der Kymäer: «Herr, du nimmst dich der Schutzflehenden an, die in deinem Haus Zuflucht gesucht haben; den Kymäern aber befiehlst du, den Flüchtling auszuliefern?» «Freilich tue ich das», erscholl die Stimme noch lauter, «damit ihr gottlosen Gesellen schneller zugrunde geht und nicht noch einmal mein Orakel besucht, um den Bruch des Gastrechts zu entschuldigen!»

Das war eine verwirrende und rätselvolle Geschichte: Wenn man ihm die falschen Fragen stellte, gab der Gott die falschen Antworten. Es war eine übermenschliche Gerechtigkeit darin, eine Prüfung und Entkräftung des Leichtsinns und Aberglaubens, die Götter den eigenen Absichten dienstbar zu machen. Oder hatte sie die Anekdote gefesselt, weil der Kymäer etwas tat, nicht nur fragte, weil er selbst in seinem Ansinnen an den Gott ein Rätsel aufgab und so den rätselhaften Widerspruch der Orakel auflöste? Die Götter der Griechen waren erpreßbar. Herakles drohte Helios mit seinem Pfeil, Zeus hängte Hera über einen Abgrund und befestigte noch einen Amboß an ihren Füßen, Theseus nahm der delphischen Pythia den Dreifuß weg, als ihm das Orakel verweigert wurde, Söhne des Zeus balgten sich mit ihren Halbgeschwistern. Es war eine verlorene Generation von Göttern; die Olympier lachten, wenn der krumme Hephaistos seine untreue Aphrodite zusammen mit ihrem Liebhaber Ares in einem Zaubernetz aus unsichtbar-unzerreißbaren Fäden fing und vor ihr Gericht schleppte. Und wenn Dichter über lachende Götter schrieben, war der Weg, über die Götter selbst zu lachen, nicht mehr weit: Wann hätte aber Jehova, wann Allah jemals gelacht? Die chinesischen und buddhistischen Götter lächelten, in Indien gab es einen lachenden Gott der Zerstörung, Schiwa oder Wischnu. Sie hätte gerne noch Sanskrit gelesen, um diese vielarmige Welt kennenzulernen, von der die Griechen viel gelernt, der sie aber auch viel gegeben hatten. Ob es möglich war, daß einem Menschen in einem Leben zwei so verschiedene Welten wie die Mittelmeerkulturen und Indien vertraut wurden? Was wußte sie von den Ägyptern, den Phöniziern, den Arabern? Wo die Sprache unverstanden blieb, waren auch die Kunstwerke stumm, undurchdringlich die Oberfläche der Pyramiden und Kolosse. Sie blieben schön, blieben bewundernswürdige Handarbeit, aber der Blick drang nicht mehr in die Tiefen der Zeit, es gab keine Geschichten zu den Bildern, Inschriften waren nichts anderes als Ornamente, wie die Hieroglyphen an den Obelisken in Rom, die sie alle einen Sommer lang besucht und geprüft hatte, ohne doch viel mehr von ihnen zu verstehen als irgendein römischer Kaiser oder Papst, der sie zum eigenen Ruhm auf einen hellenistischen oder barocken Sockel stellte.

Aber die unentbehrlichen, leicht gefundenen Wörter führten geradeso in die Irre. Man dachte «Griechenland» oder «Indien», aber was war damit gewonnen? Elefanten mit schimmernden Stoßzähnen, Tiger, Tempeltänzerinnen, Turbane und Juwelen, überkuppelte Gräber, das waren Gedanken mit ein wenig Bildern dabei, alles flüchtig, ungenau, vielleicht gehörte noch eine stechende Sonne dazu, ein Sumpf, der Malaria brütete, scharf gewürztes Essen,

Staub, der sich auf Händen und Haar des blinden Bettlers am Straßenrand festsetzte? Sie war nie in Indien gewesen, aber wußte sie deshalb genauer, was «Griechenland» war, weil sie dort viele Städte und Inseln gesehen hatte? Das war eben die uralte Vermessenheit, Homer, der von Odysseus sagte, er habe die Städte vieler Menschen gesehen und ihren Sinn erkannt. Das war ein hoher Anspruch, sie hätte ihn nicht einlösen können, viel gewisser war doch, was Homer nach den vielen Städten sagte: daß Odysseus viele Leiden erdulden mußte auf seiner Irrfahrt, nicht zuletzt durch seine Gefährten, die ihn immer wieder in Schwierigkeiten brachten. Daß die Sprache mit den gleichen Worten davon spricht, wie ein Mensch eine fremde Stadt, eine andere Person, schließlich das eigene Leid kennenlernt, das zeigte doch, wenn es noch nötig gewesen wäre, solches zu zeigen, wie der Logos Illusionen schuf, die er doch versprach zu durchdringen und aufzulösen. Es gab eben Nebel, die von der Sonne zerstreut wurden, und andere, die sie schuf, dieselbe Kraft konnte blenden und sehend machen.

Sehen selbst war ein Luxus, eine Nach- und Nebenerscheinung. Das hatte sie am eigenen Leib erfahren. Es gab Schmerzen, denen das Geistige nicht standhielt, alles andere war Gerede, Mutmacherei, Singen im dunklen Keller. Den Gesang im Feuerofen, den gab es nicht.

Jetzt hörte sie ein Rufen, ein vielstimmiges Geschrei, das sich aus der eigenen rücksichtslosen Lautstärke speiste, wie sie es aus den Wochenschauen zum Einzug Hitlers in Salzburg und Wien kannte. Allmählich verstand sie einzelne Worte. Es war Griechisch. *Megale he Artemis Ephesion*, groß ist die Artemis der Epheser, befremdliche Worte, in diesem Ordenskrankenhaus um den Einbruch der Dunkelheit, das Abendessen schon abgetragen, sie hatte nur einen Löffel Joghurt versucht und ihn dann stehengelassen. Wer immer im Bett lag, der brauchte ja auch nichts. Da war sie von Apoll zu seiner Schwester Artemis geraten. Sie hatte immer nach Göttern und Göttinnen gesucht. Robert von Ranke Graves, dessen griechische Mythen sie allen anderen Zusammenfassungen und Nacherzählungen vorzog, hatte einmal geschrieben, er wisse genau, was wahre Dichtkunst sei: sie führe dazu, daß dem Hörer/Leser ein Schauer über den Rücken läuft, daß sich ihm die Haare sträuben und sein Herz stillzustehen scheint. Das schien auch eine brauchbare Beschreibung des Numinosen. Es zog einem die Schuhe aus, wie der brennende Dornbusch dem Moses. Graves war ja auch ein sympathisch Verrückter, wollte unbedingt ein Poet sein, Diener der Weißen Göttin, und war doch eher ein Geschichtenerzähler. Wenn die Männer das Matriarchat entdeckten und priesen, taten sie es immer mit einem Nachdruck und Perfektionismus, den sie lästig fand. Da wurde wieder nur auf Macht und Überlegenheit geschaut, die Verflechtungen der Wirklichkeit verschwammen, es gab Licht und Schatten, grell das erste, undurchdringlich der zweite; Einzelheiten kamen zu kurz, selbst der detailverliebte Graves machte botanische Schnitzer und rettete sich in Behauptungen. Woher wußte er beispielsweise, daß die Pythia Lorbeerblätter kaute und dadurch in prophetische Trance geriet? Hatte er das selbst versucht? Es gab so viele Nuancen und Unterschiede; vielleicht hätte es den Welthistorikern gutgetan, einen Garten zu pflegen, Botanik zu studieren, da kam es auf Genauigkeit an, und jedem Kundigen war klar, daß sein Wissen, sein Gedächtnis nur einen winzigen Teil des Ganzen erfassen konnte. Sie wollte sich weder von den katholischen Klosterfrauen die Heilige Dreifaltigkeit aufschwätzen lassen noch von Graves eine Weiße Göttin oder von Evola und Rosenberg irgendwelche nordischen Lichtmythen.

Welcher gebildete Mensch konnte eigentlich stur daran festhalten, daß der historische Zufall seiner Geburt, seiner Ursprungsfamilie ihm untrüglich den immer richtigen Glauben verpaßt habe? Kairo, Delhi, Rom oder Berlin – Nathan der Weise in Jerusalem – aber es waren nicht drei Ringe, es waren unzählige. Von den Klassenkameradinnen in der Lehrerinnenbildungsanstalt waren mehr als die Hälfte ins Kloster gegangen, auch ihre liebste Freundin Hilde, die so wunderbare Scherenschnitte machen konnte. Einer zeigte ein graziöses Mädchen, dessen wohlgeformte Beine in einem Glockenrock von kunstvoll durchbrochenem Spitzenfiligran verschwanden, sie lösten sich auf, der Rock verdeckte sie, war aber selbst in zierlichen Mustern aufgelöst, die Schenkel und der Schoß des Mädchens waren wie weggezaubert. Und in der Abiturklasse war es geradeso. Sie saß als einziges Mädchen zwischen dreißig jungen Männern, von denen mindestens fünfzehn entschlossen waren, Theologie zu studieren. Sie hatte mit ihrer Kritik an der katholischen Intoleranz, ihren Zweifeln an der Unfehlbarkeit Roms nicht hinter dem Berg gehalten. Einer der späteren Pfarrer, der Geiger, hatte ihr damals lange Briefe geschrieben und sie in aller höflichen Bescheidenheit belehrt. Sie war «die Günther» gewesen, man redete sich mit den Nachnamen an, die «liebe Günther», aber auch die Günther mit den schlimmen Vorurteilen, Vorwürfen, die Ungerechte, denn sie hatte doch geschrieben, sie sehe im Christentum nicht mehr Wahrheit als im Buddhismus oder im Islam, allenfalls eine größere kulturelle Nähe, eine Dankbarkeit und Verpflichtung durch Erziehung, Denktradition, die vertrauten Kirchenbauten und Sakramente. Andere Religionen, belehrte sie der Geiger, mochten der Wahrheit nahekommen, aber keine besaß sie, er wurde geradezu poetisch, es gebe auch ein sehr helles Gelb, ein lichtes Grün, aber niemals, unter keinen erdenklichen Umständen, könne aus diesen Farben das reine, klare Weiß werden. *Megale he Artemis Ephesion!* Es war der letzte Kampf der großen Göttin gegen die Übermacht eifernder Männer, gegen die Christianisierung gewesen, vielleicht der letzte offene Kampf, denn sie blieb selbstverständlich unbesiegt, sie verkleidete sich, nahm die Gestalt Marias an, der Mutter des Erlösers, Jungfrau der Verkündigung, kanaanitische Braut, Totenweib, den Leichnam des Geopferten – hieß er nun Adonis, Attis, Osiris oder Jesus? – auf dem Schoß, der ihn empfangen, der ihn geboren hatte und jetzt das Blut seiner Wunden aufsaugte, um die eigene Fruchtbarkeit zu erneuern. Das waren ketzerische Visionen. Wie gut, daß die Ordensschwestern hier nicht in ihren Kopf blicken konnten, sie wären erschrocken. Aber sie hatte viel gelesen, sie schuldete niemandem Rechenschaft, das *sacrificium intellectus*, das der Kirchenvater von den Gläubigen forderte, war ihr nicht gelungen, und je älter sie wurde, desto mehr glaubte sie, daß es dem Gott, der vielleicht hinter allen Göttinnen und Göttern stand, eher gefiel, wenn sie ihren Verstand nicht opferte, sondern ihn gebrauchte, um möglichst viele Erscheinungen, Bilder, Geschichten seiner stets unvollkommenen und unvollendeten Menschwerdungen zu finden und in ihren Zusammenhängen die geheimen Muster seines Wesens zu ahnen. Dieser Gott hatte keinen Namen und kein Geschlecht mehr, niemand konnte ihn rufen und erkennen, man durfte ihn suchen und fand nur die Gewißheit, daß er immer unentdeckt bleiben würde.

Damals in Ephesos war es ein schäbiger, materieller Grund, der angeblich die große Göttin noch einmal in den Mund der Massen führte: ein Silberschmied, Demetrius, der weiterhin seine Nachbildungen der Göttin und ihres Tempels verkaufen wollte und nun um seinen Absatz fürchtete. Er habe, hieß es, die Massen aufgehetzt. Aber der Ruf war gewiß uralt, ein Trance-Ritual, durch das sich die Gläubigen in einen Zustand versetzen konnten, in dem sie ganz der Göttin hingegeben waren. Diese Demetrius-Geschichte bewies vielleicht auch, daß die Göttin hier längst die falschen Freunde und Anwälte gefunden hatte. Der Kampf um Gold und Geld paßte gewiß besser zu den ebenso abstrakten, einzigen, alles außer sich selbst verachtenden Himmelsgöttern wie Jahwe und Allah als zu Artemis, die steil aufgerichtet steht, mit geschlossenen Fersen, in ein Gewand gewickelt, das ihr keinen Schritt erlaubt, von Tieren bedeckt, Löwen, Rindern, Rehen und Bienen. Sie war Potnia Theron, die Herrscherin über alles wilde und zahme Getier, das sich um sie versammelt wie um einen schattenspendenden Baum.

Über ihrem Gürtel trug sie einen Umhang aus vielen Reihen dattelförmiger Fruchtbarkeitssymbole, die man früher als Brüste deutete, darüber ein Gewinde aus Blättern und Trauben, Beerenketten, die Tierkreiszeichen schmückten ihren Hals. Auf den ältesten Bildern ist sie selbst ein Pfahl oder Baum, flankiert von zwei Löwen, Hirschen oder Ziegenböcken, die auf ihren Hinterbeinen stehen: diese Pfähle und Bäume waren es, gegen deren Verehrung die Propheten des Alten Testaments mit nicht enden wollenden Flüchen und zornigen Worten kämpften.

Wie verderblich und voll sinnloser Grausamkeit erschien doch schon der klassischen Antike jener alte mittelmeerische Ritus, in dem jedes Jahr im Frühling der Göttin ein blühender junger Mann anvermählt wurde, der als heiliger König ein ganzes Jahr im Tempelbezirk lebte, von Priesterinnen-Geliebten umgeben, in Saus und Braus und Glanz, Becher und Tafel reichlich gefüllt. Nach diesem Jahr wurde er mit Weidenruten an einen Pfahl gebunden. Die ihn geweiht, die ihm gedient hatten, töteten ihn jetzt, zerstückelten ihn, verstreuten seinen Leichnam auf den Feldern (wie der Körper des Osiris zerstückelt wurde; nur seinen Phallus fand Isis noch). Im Museum von Seldschuk nahe Ephesus hatte sie selbst ein Relief mit der Göttin und zwei Männern gesehen, einem alten und einem jungen: dem geopferten des alten Jahres, dem zum Opfer bestimmten des neuen.

Die meisten Göttinnen sind älter als ihre Namen. Die später Artemis hieß, war von den Amazonen nach Ephesus gebracht worden. Die Kriegerinnen von der Südküste des Schwarzen Meeres hatten in der mythischen Zeit die Stadt gegründet, die Herrin der Tiere war ihre Führerin, ihr Banner. Ob den Amazonen der Blutdurst und die Kampfeslust von ihren männlichen Feinden angedichtet worden war wie viel später den Indianern von ihren weißen Gegnern? Am besten hatte ihr immer die Geschichte gefallen, daß den amazonischen Mädchen eine Brust verbrannt wird, bereits im zarten Mädchenalter, damit sie ungehindert den Bogen spannen können. Wahrscheinlich war auch das erfunden, obwohl die Zeit mit Verstümmelungen nicht zimperlich war: ein Mann, der im Tempel der großen Göttin dienen wollte, mußte sich kastrieren lassen. Besonders fanatische Anhänger entmannten sich selbst und opferten ihre blutigen Glieder der dea syria, die dadurch ihre vom beständigem Wachstum der Vegetation erschöpften Kräfte wiederherstellte. Daneben gewannen auf diesem Weg Männer die Möglichkeit, sich in Frauen zu verwandeln, so gut das eben ging, Bedürfnissen einen Ausdruck zu geben, die in späteren, festgelegteren Zeiten als pervers galten.

Was sie in den Jahren nach dem Krieg und vor allem durch diese emanzipationswütige Schwiegertochter an feministischen Gedanken kennengelernt hatte, schien ihr sehr unbefriedigend und oberflächlich, ein Fanatismus eigener Art, wo plötzlich gute und böse Züge nach dem Geschlecht verteilt wurden, den Pythagoreern ähnlich, die in der Frau das Dunkle und das schlechte Prinzip sehen wollten, nur andersherum. Solche Urteile sprachen gegen ihre persönliche Erfahrung, die sie in der Geschichte wiederfand, wie das doch alle Historiker tun: daß nämlich die Summe gleich bleibt, daß die äußerlich unterdrückten Frauen sich aus dem Patriarchat ihre Vorteile geradeso verschaffen, wie es vor ihnen, zur Zeit der Pelasger, die Männer in amazonischen Zeiten getan haben mochten. Und wer hatte im Krieg millionenfach Kopf und Körper hinhalten müssen? Nein, wenn es Irrtum und Ungerechtigkeit gab im menschlichen Leben, dann steckten sie eher in diesem grausamen Verlust der Kindheit, in dieser Leidenschaft, alles Lebendige nach seiner Verwertbarkeit in Schachteln zu stecken und darin einzusperren, wie es Demetrius mit der großen Göttin versucht hatte, die ihm seinen Absatz als Silberschmied sichern sollte, oder Paulus mit seiner Vision, die er mißbrauchte, um überall an den Küsten Kolonien seines Glaubens zu gründen.

Ehe diese Schubladen- und Etikettenwelt ihre Macht über sie gewonnen hatte, sprach die Göttin noch. Als Kind, in dem verwilderten Park, redeten die Bäume zu ihr. Unverzeihlich war die Gewalt, die von den Erwachsenen kam, etwa als die große Rotbuche an der Westseite des Hauses gefällt wurde, die Baum-Göttin der Gesundheit, Kraft und Würde, einer Geborgenheit, die selbst noch der breite Stumpf ausstrahlte, dessen Jahresringe sie zählte und in dessen Wurzelhöhlen sie Wohnungen für ihre selbstgebastelten Puppen aus Hagebutten, Eicheln, Kastanien, Gräsern, Hölzchen und Blüten einrichtete.

Wie hatte sie die Bäume geliebt in dieser Zeit, sie war bis in die höchsten Wipfel gestiegen, aus dem Dämmer des Kroneninneren hinaus durch die Zweighülle, in einem langsamen, mächtigen Schwanken und Rauschen und Wiegen, wie auf einem Schiff. Die Eltern schalten, wenn sie das sahen, vor allem die Großmutter, diese strenge und bigotte Frau, die sich soviel darauf zugute hielt, daß sie selbst noch nie auf einen Baum geklettert war. Sie wußte nicht, was das seidige Grün jungen Buchenlaubes in der Maisonne ist oder das klirrende Gold eines Ahorns an klaren Oktobertagen, wenn die Kletternde von lichtgelben, gezackten Blättern mit rötlichen, schlanken Stielen umtanzt wird, die unerschöpflich um sie herum zu Boden sinken. Sie hatte Pflanzen angebetet als Kind, diese sehnsüchtig-schmelzende Begeisterung, deren sie sich gut entsann, war etwas anderes als ihre spätere, abgekühlte und forschende Leidenschaft für die Vielfalt von Formen und Farben, sie war sinnlicher, ekstatischer. In eine Rose tauchen, wie ein Käfer, der in die dunkelsamtige Höhle kriecht, der sich im purpurnen Licht der Blütentiefen zwischen den Staubgefäßen wälzt. Sie hatte in ihren kleinen Händen die Blütenblätter der verwelkten Zentifolien gesammelt und ihr Gesicht in den süßen und doch schon bitterlich-verwesenden Duft getaucht. Sie schöpfte Wasser aus dem Brunnen in ein Magnolienblatt und sah, wie ein silberner Tropfen die samtweiße Haut nicht netzte, sondern abperlte wie am Gefieder eines Schwans. Sie streichelte und küßte das Blatt (in den Lippen hat man das feinste Gefühl, das hatte sie schon damals entdeckt), roch den strengen Duft, bitteres Harz, sie nahm das Blatt mit nach Hause, sie wollte es Hilde mitbringen, ihrer Schulfreundin, aber am Morgen war es fleckig, trübe, gelb. Sie war enttäuscht und hatte doch schon gewußt, daß es so kommen mußte, jedes Jahr glaubte sie doch auch, die Kastanien würden immer so glänzend schimmern wie kurz nachdem sie aus ihrem weißen, weichen Bett gerissen worden waren, und war jedes Jahr neu enttäuscht, traurig über den raschen, unaufhaltsamen Verfall von soviel Schönheit.

Die große Göttin herrschte am Himmel als Mädchen, auf der Erde als Mutter-Geliebte, in der Unterwelt über die Toten als alte Frau. Sie war ein Mondwesen. Der zunehmende Mond war Artemis, der

Vollmond Aphrodite, der abnehmende Hekate. Diese Leidenschaft für wilde Tiere, die der jungen Artemis nachgesagt wurde, konnte sie gut verstehen. Wie hatte sie die Schwalben und Spatzen beneidet, die mühelos fliegen konnten, wie die Eichhörnchen um ihre Kletterkunst, gegen die sie selbst auch an ihren geschicktesten Tagen abstach wie die Schnecke gegen die Eidechse, die Eleganz von Reh oder Katze. War nicht das Gesicht des Kronacher Katers viel schöner gewesen als das der Braut, deren Locken alle priesen: diese Haare, die immer kürzer wurden, wie feinster Samt, ehe die rosige Haut der Nüstern schimmerte. Und Tiere waren frei, niemand verlangte etwas von ihnen, zwang sie zu Reinlichkeit oder Gehorsam, zu Stillsitzen und pünktlichem Heimkommen.

Göttinnen wurden auch, anders als Menschen, urplötzlich jünger. Auf den ältesten Vasenbildern war Artemis majestätisch, mit ausgebreiteten Armen segnete sie Scharen von Tieren, Herrin des Himmels, geflügelt, Böcklein und Lämmer im Muster des Kleides. Die liebliche Artemis der klassischen Zeit, das reizende, dreijährige Mädchen, ging in Kallimachos' liebevollen Versen dem Vater Zeus um den Bart, bis er fragte, was sie sich wünsche. Da antwortete sie schnell: ewig Jungfrau zu bleiben, so viele Namen wie mein Bruder Apoll, Pfeil und Bogen wie die seinen, ein gelbes Jagdgewand mit rotem Saum, das mir bis zu den Knien reicht, sechzig junge Nymphen, die meine Jagdhunde füttern, alle Berge und Wälder der Welt und jede Stadt, die mich auswählt – aber eine ist genug, denn ich will am liebsten im Freien leben.

Zeus gewährte ihr das, es war eine schöne Szene und eine schmachvolle zugleich, denn sie war älter als er, und früher hatte ihr ohnehin alles gehört. Die Wälder waren unermeßlich, und die Menschen, die auf kleinen Lichtungen in hölzernen Häusern lebten und zur Sonnwendzeit den heiligen Pfahl mit Blut färbten und sättigten, zitterten vor ihr. Jetzt aber galten die Städte, die Krieger in ihren vergoldeten Panzern mehr als Hirt und Jäger. So wählte sie ihre Nymphen, ozeanische Töchter, ließ sich von den Kyklopen die silberne Mondsichel zum Bogen schmieden und Pfeile wie Lichtstrahlen. So gerüstet und geleitet zog sie nach Arkadien, wo der große Pan sie empfing, auch er ein Gott der älteren Zeit, bockbeinig, den die Christen später ganz zum Teufel machten. Er schenkte ihr drei Jagdhunde, weiß mit roten Ohren, die Ahnen der Meute. Nun spannte sie zwei Hindinnen vor ihren Wagen, lenkte sie mit goldenen Zügeln nach Norden, wo sie ihren Bogen erprobte. Die ersten beiden Pfeile trafen Bäume, der dritte einen wilden Eber, der vierte eine Stadt voll ungerechter Menschen.

Es gab grausame Frauen, das hatte sie oft erschreckt. Aus eigener Anschauung kannte sie nur die asketische, häßliche Grausamkeit, die mager war, knochig, sich selbst nichts gönnte und sonst auch keinem. So war Artemis nicht. Schön und groß, die Stirn mit dem wachsenden Mond geschmückt, ragte sie über ihre Nymphen. Aber wenn man sie nicht achtete, ihr nicht genügend opferte, ihren Frieden störte, dann konnte sie böse werden, gnadenlos, Eber und Bären verwüsteten das Land und töteten die Jäger.

Artemis war die griechische Göttin, der am längsten Menschen geopfert wurden. Aktäon, der sie beim Bad in der heiligen Quelle beobachtete (manche sagen, es sei die gewesen, in der die Göttin jedes Jahr ihre Jungfräulichkeit erneuerte) wurde von seinen eigenen Hunden zerrissen. Sie verwandelte ihn in einen Hirsch, wie die arkadischen Hirten-Jäger, die jedes Jahr bis in die Zeit Plutarchs einen Mann in Hirschfelle nähten und mit den bleichen, rotohrigen Hunden Hekates hetzten, bis er starb, kostbares Opfer für die Göttin, die Herrin der Tiere – Entschädigung für den Raub, den die Saufedern und Jagdpfeile jedes Jahr unter ihren heiligen Tieren nahmen, Leben für Leben.

Es war eine genaue Zeit, Bräuche, die später barbarisch schienen, denn jede Epoche verachtet die frühere Barbarei und ersetzt sie durch eine größere: das Schlachten und Versklaven der klassischen Zeit,

Ströme von Blut, verglichen mit dem einen, dem Opfer der Göttin, Iphigenie, die in letzter Minute entrückt und hinweggeführt wird, nach Tauris, wo Menschenopfer länger sein durften. Das war Tragödienstoff für klassische Dichter, die halfen, individuelle Grausamkeit durch kollektive zu ersetzen, das religiöse Menschenopfer durch sittliche Entscheidung und humane Gesinnung zu bändigen, Weltkriege vorzubereiten wie Weltliteratur. Die Fremden sollen nicht mehr geopfert werden, welch heilsamer Umgang mit Touristen, sie leben, dank königlicher Großmut. In einem anderen Mythos, der den Sitten der alten Zeit wohl eher entsprach, raubte Orestes die Kultstatue aus Tauris und brachte sie nach Sparta, jene Artemis Orthia, das heißt: die Aufrechte, die ebenso schmal und pfahlförmig war wie die große Artemis der Epheser. In München, in der Antikensammlung, gab es doch diese wunderhübsche Elfenbeinplakette, wo Artemis Orthia zwei Schwäne an den Hälsen hält. Aus solchen Bildern wurde wohl später die Geschichte von Leda gemacht, jener anderen Inkarnation der Artemis, die nun nicht mehr über die wilden Schwäne königlich herrschte, sondern von einem Schwan, Zeus in Tiergestalt, vergewaltigt wird. Aus Ledas Eiern schlüpfen die Zwillinge Kastor und Pollux; eierschalenförmige Helme auf dem Kopf, entscheiden sie Schlachten. Artemis Orthia in Sparta mußte jedes Jahr mit

Menschenblut übergossen werden. In geschichtlicher Zeit wurde niemand mehr geopfert. Aber an ihrem Fest ließen sich die vornehmen Knaben auspeitschen, ihr zu Ehren und der eigenen Abhärtung willen. Eine Priesterin hielt das Kultbild, es hieß, die Statue werde unerträglich schwer, wenn die Hiebe auf besonders schöne und vornehme Knaben nicht hart genug fielen. «Fester, fester! Das Gewicht wird zu schwer!»

Sie hatte unzählige Namen, und keiner faßte ihr Wesen ganz, Spenderin des Lebens, Beschützerin der Frauen, Hebamme. Sie kam vor ihrem Bruder Apollon zur Welt, ohne daß ihre Mutter Leto einen Wehenschmerz spürte. In Augenblicksschnelle erwachsen, half sie dann bei der schweren Geburt ihres Zwillings. Epeko hieß sie als göttliche Hebamme, das ist: die Erhörende.

Nein, nicht immer waren die Göttinnen den Gebärenden wohlgesinnt, da gab es die Szene, in der Hera die Gestalt einer alten Magd angenommen hatte und mit verschränkten Armen, übereinandergeschlagenen Beinen und verknoteten Fingern vor dem Schlafgemach Alkmenes saß, die stunden- und tagelang in vergeblichen Wehen Herakles, den Bastardsohn des Zeus, nicht zur Welt bringen konnte, da half keine Epeko, bis endlich eine treue Magd den Zauber durchschaute und mit Jubelrufen aus der Kammer stürzte: da sprang die getäuschte Hexe hoch, und in diesem Augenblick wurde der letzte und größte aller Halbgötter geboren.

Afrikanische Zauberinnen gebrauchten diese Magie noch gegenwärtig, wenn sie einer Kreißenden schaden wollten; sie verknoteten die Zipfel ihrer Gewänder und banden sich Vorhängeschlösser, deren Schlüssel verloren waren, um den Leib.

Oft wurde die Göttin nicht mit Namen genannt, eine weise und doch resignierte Überlieferung, man glaubte nicht mehr daran, daß Worte das Höchste, Göttliche fassen, ein hilfloser Versuch, es rein und gültig zu bewahren, wie die Weigerung der Hopi-Indianer, ihre Dörfer fotografieren zu lassen. War es nicht der unverstellte, der wahre Name Jehovas – eine Tarnkappe, Vokale, absichtlich falsch zwischen die heiligen, aber aussagearmen Konsonanten geschoben –, der den Lehmklumpen zum Golem machte? Die Kabbalisten wußten um das Geheimnis, aber es war wohl so wie immer: die das Geheimnis kannten, durften es für keinen persönlichen Zweck nutzen; die es nutzen wollten, kannten es nicht.

So wußte denn auch niemand, wie die große Artemis hieß, ehe die Griechen kamen. Niemand erinnert sich an den Namen, den die Amazonen der Göttin gaben.

Es schadete nicht, wenn die Männer sich vor einer geheimen Macht in den Frauen fürchteten, solange blinde Panik nur den Frevler plagte. Die Streck- und Feuerfolter für Inkarnationen von Artemis, Aphrodite und Hekate, immer unter dem einen, eintönigen Wort «Hexe», verriet einen Niedergang dieses Wissens. Noch tiefer und gründlicher ging es verloren, als aufgeklärte Männer aus den versprengten Resten der Amazonen Hysterikerinnen machten, psychiatrische Fälle: der Rausch von Mainaden als psychotische Episode.

Sie faßte nach dem Griff, der in Armlänge über ihr an einem Galgen aus verchromten Rohren hing, um die schmerzende Hüfte anders zu betten. Es war auch eine Art Streckfolter, dabei hatte sie sich immer nur an den Geschichten über Magie gefreut und nie selbst gezaubert, es nicht einmal versucht, sie glaubte nicht daran. Der jüngere Sohn hatte davon gesprochen, doch ihre Phantasie für einen Kampf gegen den Tumor einzusetzen. Epeko! Weiße Adler, die mit Geiern kämpften, Elbenritter in leuchtenden Rüstungen, die krummbeinige, stinkende, schweinsrüsselige, schiefmäulige, borstige Orks erschlugen. Der Kampf spielte sich in ihrem Bein ab, die pochend schmerzende Geschwulst wurde kleiner, leiser, verschwand, der Knochen festigte sich, sie konnte wieder aufstehen, wenigstens einmal noch die Luft im Freien atmen, ihren Garten sehen.

Sie nahm das Glas mit dem kalten Malventee und trank hastig einige Schlucke. Dann sank sie zurück.

Es gelang nicht. Sie brachte die Kraft nicht auf, in jenen wohltätigen Wirbel zu geraten, wo der Glaube das Ritual, das Ritual den Glauben festigt, in dem sich Derwische drehen wie Kreisel. Dafür fiel ihr eine andere Anrufung ein, die lateinischen Worte kamen zuerst, ein Horaz-Gedicht – dann suchte sie die deutschen Verse einer Übersetzung, geduldig wie ein Jäger, es machte ihr Freude, zu beweisen, wie wohlgeordnet die Schatzkammern noch waren, und wenn sie es sich nur selbst bewies: was schadete das, ihre kleine Eitelkeit fiel wenigstens sonst keinem auf.

Herrin du der Berge und Wälder, Jungfrau,
die du hörst das Flehn der Gebärenden und
wehrst dem Tode, dreimal gerufen, gnädig,
dreifaltige Göttin:

Dein sei, die mein Dach überragt, die Pinie,
die ich oft nach üppig geheimster Ernte
möge mit des jährigen Ebers Blute
dankbar begießen!

Anders als der frivole Ovid war Horaz in aller Eleganz seiner Formulierungen ein gläubiger Mensch, verwurzelt in den Überlieferungen seiner Landschaft. War denn eine Pinie nicht ein Wunder, turmhoch, mit schützend-schattigen Zweigen über dem Dach, ihren Gaben von Harz, Brennholz und nahrhaften Kernen, wohlbewahrt in den buckligen Zapfen, von denen einer täglich ausreichte, um in Hungerzeiten am Leben zu bleiben?

An der Via Bolognese, kurz nach Pratolino, stand ein Gehöft, das sich mit den Horaz-Versen verbündet hatte und so für immer – nein, zeitlebens! – in ihrem Gedächtnis geblieben war, ein Haus aus grauen Steinen mit rotbraunem Dach, geduckt hinter der Mauer, die toskanische Gärten schützt, mit einer Krone aus Glasscherben. Eine Pinie breitete ihren Schirm hoch über Giebel, Hof und Garten, drei Olivenbäume wuchsen noch unter ihr, eine Weinlaube, üppig berankt, Tomaten und Bohnen in Beeten: die Pinie ist (anders als etwa die Walnuß) ein gutmütiger Baum, in dessen mildem Schatten viele andere Gewächse gedeihen. Tief aus dem Boden holt sie sich das Wasser.

Horaz' Anrufung hatte die altehrwürdige Form, es wurde erwähnt, was die Göttin beherrschte, Lobpreis für Hilfe, dreifach gerufene Herrin des Himmels, der Erde und der Unterwelt, jenseits aller Bezeichnungen mächtig über Leben und Tod. Die Hebammenhände spannen den silbernen Bogen mit derselben Sicherheit, die das Leben einst schützte auf seinem Weg in die Welt.

Besonders heilig ist der *diva triformis*, der Baum,

hier eine Pinie, aber nur Buchhalter zwingen die Dryade in immer gleiche Gestalt. Anderswo mag's eine Eiche sein, eine Ulme oder Buche, im Orient die Dattelpalme, deren Früchte den Schulterumhang der ephesischen Göttin schmücken. Das Weihegebet hat die Göttin in ihren Baum gerufen, und selbst das Tier, mit dessen Blut die Pinienwurzel getränkt wird, hat Bezug und Bedeutung: das Schwein steht seit alters für Fruchtbarkeit. Hat es nicht mehr Junge bei jedem Wurf als andere Nutztiere? Der Eber ist ein Jahr alt, gerade erwachsen, noch nicht zur Zucht verwendet, seine ganze Zeugungskraft ist noch in ihm und wird helfen, die lebensspendende Kraft der Göttin zu steigern.

Dreigestaltig nannte man sie, die patriarchalische Trinität war der ihren, älteren nachempfunden, sie entwickelte sich von oben nach unten, Vater, Sohn und, Kind beider, Heiliger Geist, wobei dieser taubengestaltige Gott wohl am meisten von der alten Herrin hatte, die natürlich auch mit allen Wassern der Weisheit gewaschen war. Aus der Mutter wurde die Tochter, Maria, Hagia Sophia, im Schoß des Vaters, Bindeglied zwischen ihm und seinem Sohn. Aber wer in eine römische Kirche ging, konnte entdecken, daß sich im Glauben des Volkes nichts verändert hatte. Die Bilder des weißbärtigen Alten und des gemarterten Sohnes blieben im Dunkel. Lichter brannten nur vor ihr, der Jungfrau, der Mutter, endlich der Pietà, die den toten Erlöser in ihren Armen hielt und beweinte, wie Isis den Osiris oder Kybele, die Mutter der Berge, Attis, den über alles Geliebten.

Es hatte ihr damals viel Freude gemacht herauszufinden, welche Traditionen Horaz in seinem Gedicht belebt hatte. Der Kundige konnte die Eigenschaften von Göttinnen verwenden, wie ein Archäologe die Farbe von Tonscherben oder ein Paläobotaniker die Form von Jahresringen oder die Zusammensetzung von Blütenpollen. Sie sagten ihm, wann etwas geschehen war. In der klassischen Zeit war Artemis die Herrin der Berge und Wälder, Jagdgöttin, Jungfrau. Aber als die griechischen Einwanderer nach Ephesus kamen, als sie sich kriegerisch-friedlich mit den Ureinwohnern mischten, da war Artemis noch die große Mutter, die Herrin über Leben und Fruchtbarkeit, Demeter und Hera in einer oder, genauer, in vielen Gestalten. Um zwölfhundert vor Christus trieb die letzte Welle griechischer Einwanderer – Dorer, Söhne des Herakles – mykenische Griechen nach Kleinasien, wo sie in der dort seit Menschenerinnerung verehrten Göttin ihre heimische Artemis wiedererkannten, die Herrin der fruchtbringenden Pflanzen, der wilden und der zahmen Tiere, Mutter des Lebens und der Magie. Sie war da, wenn sich die Seele mit dem Leib verband, am Wochenbett, und sie erschien wieder, wenn sie sich vom Körper trennte und ihn wie eine Last abwarf, am Sterbelager. Binderin und Löserin. Hündin, Löwin und Stute waren Hekate heilig, der Göttin des abnehmenden Mondes, der schweigsamen Todesbotin, Pandora mit dem Sarg. An Kreuzwegen stand sie, älter als Hermes, drei Frauengestalten, Rücken an Rücken, Fakkeln in den Händen, selbst von Zeus gefürchtet, denn nie machte er ihr das alte Vorrecht streitig, jedem Menschen jede Gunst zu gewähren und zu verweigern. Am letzten Tag des Monats, wenn die schwindende Sichel in der Sonne aufging, stellten ihr die Frommen Hekatemahle an die Kreuzwege, Speiseopfer aus Honigkuchen, Eiern, Käse und Milch. Die aßen dann die Armen.

Sie war selbst in Ephesos gewesen, von Samos aus, zuerst im Bus der akademischen Reisen, aber sie hatte den Fahrer überredet, sie vor der Stadt aussteigen zu lassen, denn sie wollte die Grotten der Siebenschläfer sehen. Ein kleiner Junge, der an der Straße eine struppige schwarze Ziege hütete, führte sie in die Höhlen. Sie stanken nach Urin; die byzantinischen Fresken waren verblaßt, überall geplünderte Gräber. Es war eine schöne Geschichte von den sieben, die vor einer Christenverfolgung flohen und sich versteckten. Als ein bellender Hund sie aus dem hundertjährigen Schlaf erweckte, schickten sie ihren Diener, er sollte vorsichtig in die Stadt schleichen, Nachrichten holen, Essen kaufen. Ephesos war längst christlich, aber der vorsichtige Diener erfuhr es nicht. Seine Rolle war die glaubwürdigste in der ganzen Geschichte, lebensnah, nicht frömmelnd-überhöht. Denn als er am Markt dem Bäcker das Brot bezahlen wollte, erkannte dieser eine uralte Münze und dachte nun, der Sklave habe einen vergrabenen Schatz gefunden, wollte ihn erpressen, und als das nicht gelang, klagte er ihn an als Räuber und Dieb. Keiner kannte den Angeklagten, die Namen, die er als Bürgen nannte, waren längst vergessen, von einem Schrecken fiel er in den nächsten, soweit konnte man die Erzählung gut glauben, bis sie wieder in Verlegenheiten mündete. Der tölpelhafte Diener ließ sich viel leichter in seiner falschen Zeit beschreiben als die sieben Vornehmen, die, kaum aus dem hundertjährigen Schlaf erwacht, Gott preisend, für Wunder zeugend, wieder hatten entschlafen müssen, diesmal für immer, um jede Verlegenheit aus der Welt zu schaffen.

Es gab zwei Wege nach Ephesos: über den Berg, auf Maultierpfaden, oder zurück zum Asphalt, der Straße, die der Bus genommen hatte, in dem die anderen saßen, die ihre Eigenwilligkeit herablassend bewunderten. Eigenwilligkeit! Dabei war sie so ängstlich und brav und sagte und tat nur einen Bruchteil dessen, was sie gerne gesagt und getan hätte. Auch diesmal war sie den bequemen und breiten Weg gegangen, der in den Märchen immer zur Hölle führte, das war auch richtig, sie hätte viel lieber die Ziegenpfade benützt, aber sie fürchtete, zu spät zu kommen, sich gar zu verlaufen. So ging sie, ein wenig humpelnd mit ihrem krummen Knie, aber energisch und im Takt ihrer Gedanken die fünf Kilometer nach Ephesos, einen weiten Umweg zum Eingang der Ausgrabungen.

Wie gut war sie damals noch zu Fuß gewesen, obwohl doch schon alle die Hände ausstreckten und ihr auf jeden Stein und jede Stufe hinaufhelfen wollten. Sie kam doch überall selbst hin, sie brauchte nur ihre Zeit und ihre Ruhe, um es nach ihrem Gusto zu tun. Aber wer verstand das schon? Wenn sie dann ein einziges von zehn Malen das unwillige Fauchen nicht unterdrückt hatte, dann hieß es schon wieder, sie wolle nur ihren Kopf durchsetzen und habe keinen Sinn für ritterliche Gesten. *Gschwoischädel* hatte ihr Schwiegervater zu solchen gesagt. Das edelbayerische «Großkopfete» gab das nicht wieder, diese von ihr so gründlich gehaßte Art, sich in Gefühlen und Gedanken aufzublähen, anzuschwellen, bis es anderen die Luft nahm und ihnen kein Platz blieb. Wenn sie sich dann unwillig rührte und den Druck abzuschütteln suchte, waren sie beleidigt. Sie wollte niemanden kränken, aber ersticken lassen mochte sie sich nicht. Sich bewundernd dumm zu stellen, wie es andere Frauen taten, die Ritterdienste ausnützen und insgeheim die Ritter verachten, das schien ihr schamlos.

Als der Artemistempel in Ephesos eines der Sieben Weltwunder war, hatten dort die Frauen wohl auch nicht mehr zu sagen als heute. Vielleicht gab es mehr Nischen, Höhlen, dunkle Räume, nächtliche Treffen, geheime Riten, zu denen nur sie zugelassen waren. Aber Weltwunder wurden von Männern gebaut, und warum nicht? Was für ein langweiliger Blick auf die Geschichte, dieses Sortieren der Unterdrückungen. Rund um den Wald aus schimmernden ionischen Säulen, einhundertsiebenundzwanzig Stück, die in doppelter Reihe das Haus der Göttin umgaben – ihr Bild in der Cella hatte Praxiteles aus Gold und Elfenbein geschaffen –, war ein Wald aus heiligen Bäumen, in dem wilde Tiere gehalten wurden. Die Schatzhäuser waren voll von goldenen und silbernen Gefäßen, kostbaren Statuen, geschnittenen Steinen, Perlenketten, Purpurgewändern mit Gold- und Byssusfäden im Saum. Schrill klangen die Flöten, es stank nach Blut und verbranntem Fett, wenn die Schlachtopfer auf den makellosen Marmoraltären qualmten. Verschnittene Priester zeigten ihre Narben, Tempeldirnen ihre nackten Brüste, Schaulust und Gottesdienst waren eins. Mainaden tanzten im Trommeltakt bis zur Ekstase und stammelten prophetische Worte, Traumdeuter boten ihre Dienste an, Wunderärzte schrien ihre Kunst in das gaffende Volk, an den Andenkenständen des Demetrius blitzten die Idole, Kinder fütterten die Hirschkühe der Göttin mit Ölbaumzweigen, Löwenzahn und Akanthusblättern.

In den Ruinenfeldern der Ausgrabungen hatte sie gedacht, jemand wüßte das Zauberwort, das all die verstreuten Säulentrommeln und fein behauenen Quader zurückbrächte an die Stelle, für die sie ursprünglich geschaffen worden waren. Auf Delos, der heiligen Insel, wo einst so viele Gebäude aus parischem Marmor standen, hatte sie sich ausgemalt, wie venezianische Paläste, türkische Minaretts, Kreuzritterfestungen und byzantinische Kirchen einstürzten, sobald die antiken Steinmetzarbeiten wie treue Zugvögel an die geplünderten Nistplätze flögen. Kulturgeschichte schien Ortsveränderung von Kalkkristallen und Pigmentkörnern, von Säulen und Voluten, göttlichen Namen. Einst hieß sie Kybele, dann Artemis und Hekate, schließlich Maria und Magdalena. Die Goten plünderten Ephesos, schmolzen das Gold und Silber in ihre barbarischen Münzen. Kaiser Justinian entführte die schönsten Säulen nach Konstantinopel, in seine Hagia Sophia. Während die Tempelstätte zum Steinbruch wurde, schwemmten die Winterregen Erde von den abgeholzten Hügeln in den Kaystros-Fluß, im Tempeltal stieg der Grundwasserspiegel, ein Sumpf verschluckte die Fundamente des heiligen Bezirks, in Tümpeln brüteten Moskitos. Nachdem Schliemann wie durch ein Wunder Troja gefunden hatte, machten sich britische Archäologen auf die Suche nach dem Tempel der großen Artemis. Sieben Jahre gruben sie vergeblich, denn sie vermuteten ihn nahe der heutigen Stadt, bei dem noch wohlerhaltenen Theater.

Wer stand ihr näher: die Göttin der Amazonen, der Silberschmied Demetrius, Herostrat, der den Tempel anzündete, um berühmt zu werden, die englischen Forscher, denen es schließlich mit Hilfe von Dampfpumpen gelang, das Gelände für ihre Ausgrabungen trockenzulegen, die Baugeschichte zu klären und einige schöne Statuen nach London zu entführen? Nein, es war eine andere, die den blauen Mantel der Sternenkönigin und Nachtmutter trug, den Fuß auf die heilige Schlange und die silberne Mondsichel gesetzt, Maria, Jungfrau, Gottesmutter, die in Ephesos ihre letzten Lebensjahre verbracht hatte. Sie erinnerte sich, als sei es gestern gewesen, an den Blick in die sumpfige Ebene, wo eine Pappelreihe das einstige Artemision anzeigte. Der Hügel, auf dem sie stand, der Panaghia-Dagh (Allerheiligenberg ließ sich das übersetzen, war aus griechischen und türkischen Worten gemischt), hatte einst die Kathedrale getragen, in der 431 nach Christus, während des Konzils von Ephesos, Maria der Titel einer Gottesgebärerin verliehen wurde. Der Vorsitzende, Bischof Kyrillos von Alexandrien, verband in seinen Predigten den alten Kult mit der christlichen Überlieferung, schenkte Maria Züge der vom Volk geliebten Artemis, freilich ohne die dunkle, hexenhafte Seite der Göttin. Demetrius hatte recht behalten mit seiner Warnung vor Paulus. Der Ruf nach der großen Artemis der Epheser war ein Abgesang, ein Echo. Pappeln in der Flußniederung, Myrte und klebriger Mastixstrauch auf den Hügeln: wer ein Herz hatte für Pflanzen, der bewahrte doch die Erscheinungen der Göttin klarer im Herzen als jene, die sie nach ihrem eigenen Bild und Gleichnis mit wechselnden Attributen ausrüsteten.

Wieder eine Stimme. Keine, die überkippend schrie, wie der Silberschmied, eine Frauenstimme, weich und doch fest, in dem vokalreichen äolischen Dialekt, den so viele Dichter, Grillparzer, Heinse, Platen, Herder und Weinheber vergeblich nachzuahmen suchten. Der Vollmond stand hinter den Umrissen der Berge des Festlands, an das sich die Insel lehnte, Europa an den Stier: Lesbos. Ein Hain, zum Schutz gegen den Südwind mit Zypressen eingefriedet, blühende Äpfel und Quitten, von einer murmelnden Quelle bewässert, aromatisches Buschwerk: Lorbeer, Granatapfel und Rose, wegen des süßen Dufts und der großen Fruchtbarkeit besonders heilig. Hier wohnt seit alters Aphrodite in einem schlichten Haus, nicht mehr als die in polygonalem Steinnetz gewebte Rückwand und ein von zwei Säulen getragenes Dach. Das Holz des Bildes ist vom

Alter rissig, nur roh gibt es die Formen der Göttin wieder, Kopf und Brüste und ein fast obszön herausgearbeiteter Schoß. Jetzt sah sie den Zug der Frauen, Gewänder mit kunstvoll gewebten Säumen, Kränze von Rosen und Veilchen im Haar, das in Locken gelegt und mit duftenden Ölen getränkt war. Hinter ihnen kamen Dienerinnen mit Körben, noch weiter zurück die Bürger der Stadt, auch sie festlich geschmückt. Zwei gleich gekleidete, hochgewachsene Jungfrauen treten vor das Bild der Göttin, heben es von dem niederen Sockel, bringen es zu dem Quelltümpel und waschen es sorgfältig. Dann trocknen sie Aphrodite mit weichen Tüchern und salben das Schnitzwerk mit Öl aus einem mit Bienen und Tauben in verschlungenen Mustern schwarz auf rotem Grund verzierten Krug. Das alte Holz saugt gierig die balsamischen Stoffe auf, dunkler Glanz überzieht den roh-mütterlichen Leib. Andere treten mit einem weißen Hemd und einem gestickten Mantel für die Statue dazu. Ihre Gesten erinnern an Mädchen, die eine Docke bekleiden, alle sind mit frommem Ernst bei der Sache, jede hörte als Kind die Geschichten von tödlichen Pfeilen Apolls, von Seuchen und Mißernten, wenn die ehrwürdigen Riten nicht genau genug befolgt wurden. Zwei andere Frauen trugen einen bronzenen Dreifuß heran, entfachten mitgebrachte Brände zu einem kleinen hellen Feuer, schürten mit Wacholderholz, das am längsten die

Glut hält, mit rein brennender Zypresse, warfen Harzkörner des Weihrauchstrauches hinein, der im Land der Fürsten von Saba gedeiht, Tränen von Balsam und Myrrhe. Der Rauch mischte sich mit den Düften der Blütenzweige, des Salböls, der Frühlingsnacht. Langsam, im Sprechgesang einer Hymne, von zwei Flöten und einer Lyra begleitet, tanzen die Frauen im Reigen um das Brandopfer, das Maß der Verse ist das Maß ihrer Schritte. Dann werden die Flöten lauter, drängender, die Lyra verstummt, die Tänzerinnen rasen, bis nach einem letzten, schrillen Ton die Musik verstummt, die stampfenden, jagenden Schritte innehalten, stillstehen wie der Mond und die Sterne. Danach löst sich die Szene auf, Dienerinnen betten die erschöpften Mädchen auf Dekken, andere nehmen vom Opferfeuer die Glut für den vorbereiteten Braten. Ein Böcklein ist's; dazu wird Brot gereicht, Datteln, getrocknete Feigen, aus dem großen Mischkrug schöpft eine Schaffnerin samischen Wein, mit soviel Quellwasser vermischt, wie es dem Anlaß und dem Rang der Gäste entspricht.

Was hatte sie vergessen? Spottworte vielleicht, eine häßliche Hautkrankheit, ein verkrüppeltes Bein, schamlose Reden, wie sie zu Baubo-Demeters Ehren in Eleusis gebraucht werden mußten? Alle, die sich mit Geschichte beschäftigten, waren auf einer Suche. Schön malten sie die einen, um eine bessere

Welt zu finden; bewußt häßlich die anderen, um dieser Naivität zu entgehen. Niemand kann von allen seinen Gedanken den gleichen Abstand haben, sowenig wie von seinen Kindern. Je mehr sie das glaubten, diese Schriftgelehrten, desto geringer wurde ihre Freiheit, den eigenen Fehleinschätzungen auf die Spur zu kommen.

Ach, es gab wirklich wenig zu wissen über die Dinge, die man gerne wissen wollte, und es war dann ein bescheidener Trost, wenigstens die Illusionen zu zerstreuen, die Vorurteile zu berichtigen, eine langweilige Beschäftigung und Fliegenbeinzählerei. Sie hatte eine persönliche Beziehung zu Sappho, sie war Witwe wie diese, und in einer anderen religiösen Welt hätte sie vielleicht auch einen Kultverein der Aphrodite geleitet und eine Pannychis veranstaltet, ein Fest, das die ganze Nacht dauerte und Gelegenheit gab, Geschichten von Göttern und Menschen zu erzählen. Im Kreis der Mädchen, die sich um die Glut des Feuers versammelt hatten, saß eine ältere Frau, klein und dunkelhaarig, unscheinbar und doch mit besonderer Achtung behandelt. Die angesehenen Familien von Lesbos wetteiferten darum, ihre Töchter einige Zeit im Haus der gefeierten Dichterin unterzubringen, ehe sie heiraten würden – oft auf andere Inseln oder gar nach Asien, zu einem fremden Volk mit unbekannten Göttern. Jetzt gedenken die Zurückgebliebenen der Freundinnen, die lange fort sind, klangvolle Namen fallen: Arignota, Gyrinna, Anaktoria. Sappho beugt sich über ihre Leier, deren Resonanzkörper aus einem Schildkrötenpanzer gearbeitet ist, zupft an den Saiten und beginnt mit dunkler Stimme zu singen. Alles schweigt. Der Nachtwind und die Quelle werden plötzlich hörbar, ehe die Dichterin alle in ihren Bann schlägt. «Törichte Welt der Männer», singt sie, «in der Kampf und Waffen oder schönschnäbelige Schiffe als höchstes Glück gelten! Mir scheint schön, was ich liebe – die junge Atthis zum Beispiel, die so hell singt und ihre Füße so beschwingt im Tanz zu setzen weiß. So wollen wir uns lieben und pflegen, was wahrhaft wertvoll im Leben ist, erhaben über Zank und Streit. Komm, goldbekränzte Aphrodite, erhabene Tochter des Zeus, komm, Himmelssohn, allmächtiger Eros, laßt den Wein, den wir zu eurer Ehre trinken, zu olympischem Nektar werden …»

Alles, was in einer ahnungslosen Welt von diesem Lesbos blieb, war ein Gestammel von Homosexualität, von Mißbrauch Minderjähriger gar. Aber die Klosterfrauen, die den Leib so böse fanden, die galten als tugendhaft. Dem Platon war Eros in den Kopf gestiegen. Für Sappho blieb Aphrodite eine Herzensangelegenheit, sie liebte und trauerte und suchte immer nur nach dem Ausdruck ihrer Gefühle, nie nach Lösungen und Erklärungen. Sie war sechzig Jahre älter als Buddha, eine Zeitgenossin der Propheten Jeremia und Hesekiel, des babylonischen Königs Nebukadnezar, der Jerusalem zerstörte. Es gab nichts von klassischer Antike in dieser Zeit, keine Tempel aus Marmor, keine Demokratie, keine Tragödiendichter, keine Statuen außer den unbeholfenen, weiblich wirkenden Jünglingen mit ihrem rätselhaften Lächeln.

Sappho sang als erste von dem unergründlichen Reichtum des Gefühls, nicht nur vom Kampf und vom Wein, wie die anderen Dichter, sondern von Sehnsucht und Eifersucht, von Liebe und dem Schmerz des Abschieds, von Trauer und Komik. Beim gewöhnlichen Menschen schlug das Gefühl die Sprache in Fesseln, je stärker es sich bemerkbar machte. Beim mittelmäßigen Dichter lagen Filter zwischen der Emotion und ihrem Ausdruck: Berechnung, Ringen um elegante Wendungen, Übertreibung, Bühnenzauber. Solche Grenzen schienen für Sappho nicht zu gelten. Bis in die christliche Zeit hatten alle Dichter ihre neun Bücher gekannt und verehrt. War es Zufall, daß in den Klosterbibliotheken, die gegen den frivolen Ovid, gegen Aristophanes und Catull nichts einzuwenden hatten (auf jeden Fall nicht soviel, daß sie die Überlieferung dieser Dichter abreißen ließen), gerade von Sappho kein einziges vollständiges Buch erhalten blieb? Nur Bruchstücke, Zitate von Rhetoren, die ein halbes Jahrhundert später lebten. Sie, die eigentlich immer nur von Liebe gesungen, der Liebe gedient hatte, war von den Priestern einer Religion geächtet worden, die das Liebesgebot über alle anderen stellte. Selbstgewisse Mönche, die jeden Stumpfsinn abschreiben ließen, nur die sapphischen Strophen mit ihrem hämmernd-drängenden Schritt nicht!

Aber die Dichterin mußte das nicht kümmern. Sie hatte ihr Leben gelebt, hatte in jungen Jahren geheiratet, war Witwe geworden, Mutter einer Tochter, Kleïs mit Namen, war von den Stadtbürgern als Mitglied der Adelspartei verbannt worden, hatte in Sizilien gelebt und war zurückgekehrt, als Pittakos die streitenden Parteien versöhnt hatte. Dichterin wurde Sappho erst in der Zeit nach ihrer Rückkehr aus Sizilien, sie hatte Verbannung, den Tod vertrauter Menschen, Lebensgefahr und den drohenden Verlust der Heimat erlebt. Sie war also Witwe, dieser Stand gab den Frauen mehr Freiheit als jeder andere, denn sie waren der väterlichen Autorität durch die Ehe, der ehelichen durch den Tod enthoben. Sie hatte gelernt, mit kritischem Auge auf diese männliche Welt zu sehen: sie zu bekämpfen war sie zu schwach, sie zu loben zu klug, sich ihr anzupassen wehrten ihr bittere Erfahrungen. Aber es gab viele mächtige Götter und Göttinnen in Griechenland, wer sich unter den Schutz einer von ihnen stellte, nahm teil an ihrer Heiligkeit, gewann einen sakrosankten, unberührbaren Raum. Sappho wählte Aphrodite:

Ach, die Zunge ist mir gelähmt, ein zartes
Feuer rieselt unter der Haut mir plötzlich,
Nichts vermag mein Auge zu sehn, ein
    Rauschen
  Braust in den Ohren,

Und der Schweiß rinnt nieder an mir, das
    Zittern
Packt mich ganz, noch fahler als Gras des
    Feldes
Bin ich, wenig fehlt, und in tiefer
    Ohnmacht
  Schein ich gestorben.
Aber alles muß man ertragen...

Den Göttern scheint der Bräutigam ähnlich, auf dessen Braut Sappho so eifersüchtig ist, daß es ihr die Stimme verschlägt und ihr das Herz stehenbleiben will. Die genaue Beschreibung des Affekts, die Verbindung zwischen den unsterblichen Göttern und dem sterblichsten Ausdruck der Leidenschaft in jenen Augenblicken, in denen sie den ganzen Körper erfaßt: Sappho war den Christen verdächtig und verderbt erschienen, weil sie nicht heuchelte und Achtung vor allem menschlichen Leben hatte. Aber mit dem ideologischen Getue der Lesben unserer Zeit hatte Sappho nichts zu schaffen, das hätte sie abgestoßen und verwirrt, wäre ihr aus anderen Gründen ebenso pervers erschienen wie ihre Verse den Sittenrichtern der Klöster. Der antike Eros schien beide Geschlechter mit ähnlicher Leidenschaft zu begehren, während der zivilisierte seine Lustfeindlichkeit darin versteckte, daß zwischen erlaubten und verbotenen Akten säuberlich getrennt wurde. Wer pervers war, schien es verbissen zu sein und sein schlechtes Gewissen darin auszutoben, daß er sich keine Lust gönnte außer der verbotenen, für sie missionierte und predigte, als müßte er andere bekehren und nicht nur sich selbst vergnügen.

Sapphos bittersüßer Eros war von anderer Art, und was sie konkret-körperlich getan hatte, darüber konnte man sich kein Bild machen. Kummer und Glück der Liebe möglichst eindringlich darzustellen war in einem Aphroditekult Teil des Ritus, Werbung nicht für Polstermöbel, Softdrinks oder Zigaretten, sondern für die Hilfe der Göttin. Da wurde sie gebraucht, sollte den Zurückweisenden in einen Begehrenden verwandeln, Sprödigkeit schmelzen, Quellen in der Wüste aufschließen:

Flieht sie jetzt, so wird sie bald dich verfolgen,
Nimmt sie kein Geschenk, wird sie selbst bald
schenken,

Liebt sie jetzt auch nicht, wird sie bald doch
lieben,
Ohn' es zu wollen...

Sie wollte sich bequemer hinlegen, drehte sich etwas zur Seite, ein heftiger Schmerz durchzuckte sie aus dem geschwollenen, vergifteten, philoktetischen Bein. Ihre Gedanken über Ephesos, Lesbos, Sappho, den heiligen Hain wirbelten durcheinander wie Herbstlaub in einem plötzlichen Windstoß. Sie drückte auf den griffnah herabhängenden Knopf, mit dem sie die Schwester rufen konnte (sie ließen ihn ihr vor der Nase baumeln, als ginge es um Sekunden – und dann mußte sie manchmal eine halbe Stunde warten, bis jemand kam). Ein junges Mädchen mit glatt in einen Knoten gebundenen goldblonden Haaren kam herein, ein kleines Lächeln unter der Stupsnase. «Ich gebe Ihnen gleich eine Spritze.» Da hatte sie Glück gehabt, dachte die Kranke. Sie konnte sich einfach nicht daran gewöhnen, wie jung hier alle waren, selbst Schwester Ellen, die doch Stationsschwester war und selbständig viele Fragen entschied, tatkräftig, man hätte es ihr nicht zugetraut. Die jungen Dinger mochten sie, aber sie gab sich auch Mühe, anspruchslos zu sein. Die Spritze piekte ein wenig, der Schmerz verkümmerte zu einem dumpfen Echo seiner selbst, vielleicht bildete sie sich das auch nur ein, aber schließlich half Einbildung geradeso wie eine wirkliche Veränderung.

Wenn man daran dachte, welche Worte Sappho in den Mund genommen hatte, was sie geistig bewegte, dann konnte man ihre Welt doch nur schöner finden. Was hatten die Touristen und ihre Gier auch an Lesbos gefrevelt! Fetzen von Müllbeuteln in den Zweigen des heiligen Hains. Und die Worte paßten dazu, viele, überflüssige, zweckmäßige, in dieser Zweckmäßigkeit wieder unsinnige Worte: Schuhe aus Italien und Autos des Jahres, Club Mediterranée, Lautsprecherboxen, Laptop computers. Sie war sich nicht sicher, ob es nicht nötig sein könnte, all dies in Kauf zu nehmen, denn es hatte doch einen Zusammenhang mit den schmerzstillenden Spritzen.

Sie wußte nicht, wenn sie hätte wählen müssen, ob sie um diesen Preis das alte Lesbos gegen das neue tauschen wollte. Wenn sie gesund war, jederzeit. Aber wer konnte immer gesund sein? Auch Sappho nicht. Vermutlich war die Dichterin mehr oder weniger so gestorben, wie sie wohl auch sterben würde, sehr schwach und in einem Bett, aber ohne Morphium, das war schwerer.

Es gab kein wirkliches Wissen darüber, wie alt Sappho geworden war. Erfunden, schlecht und bösartig erfunden, waren jedenfalls die Geschichten von ihrer späten Liebe zu einem jungen Seemann, Phaos genannt, und von einem Todessturz vom leukadischen Felsen, als er ihre Gefühle nicht erwiderte. Enttäuschungserprobt, gestählt durch ihr Schicksal und den immer wiederkehrenden Verlust der jungen Mitglieder ihres Kultvereins an deren Ehemänner, hätte sich Sappho nie zu einer solchen Geste hinreißen lassen. Wahrscheinlich hatten ihr die attischen Komödienschreiber, denen nichts heilig war und die gerne allen Berühmtheiten etwas anhängten, eine ganz andere Überlieferung angedichtet. Denn von diesem leukadischen Fels wurde wohl in den verschollenen Zeiten der Jahreskönige und Menschenopfer der *pharmakos* – Arznei, Sündenbock für die Übel der Gemeinschaft – in die Tiefe gestürzt. Hatten einst Eroberer die Priesterin dieses Ritus selbst hinuntergeworfen?

Ja, es gab ein einziges Fragment, das Todessehnsucht ausdrückte, neben den vielen Bruchstücken von Hochzeitsliedern und Hymnen an Aphrodite, Hera und Artemis. Wie mochte eine Dichterin altern? Sie hatte auf Beständiges gesetzt, dauerhafter als Haut und Körperform. Aber auch der Geist alterte, seine Elastizität ließ nach, das Gedächtnis verlor die zupackende Kraft, die Worte verblaßten, wiederholten sich, wurden träge, dumpf und müde. Fand Sappho Geborgenheit in dem, was sie einmal ersonnen, was unvergänglich schien, aufgezeichnet auf Papyrus? Oder wog dieser Trost gering, wie aller Trost, der sich aus Erinnerungen speist? Wenn die Kranke an sich selbst dachte, dann kam sie immer wieder dahin, daß es auf diese Fragen keine Antworten gab. Nie wollten sich Licht und Schatten trennen, sie bildeten immer nur Mischungen, nie ganz aufgelöste Trübungen, nie ganz getrübte Einblicke. Wie Figuren auf einem Karussell wechselten Metis und Pandora, Epimetheus und Prometheus, Apollon und Dionysos. Und darin wieder Sapphos Verse, das letzte Fragment, dessen sie sich entsann, oder das Fragment von den letzten Wegen, die Sappho gehen wollte, und so sprach niemand, der sich von Klippen stürzte:

> Sieh, ein Gott sandte ein Zeichen mir,
> verstehn
> kann es jeder. Als Bote trat
> zu mir Hermes, ein Helfer der Müden.
> Und ich sprach: Herre, willkommen bist du
> mir
> bei der Göttin da drunten! Hier
> find ich nirgendmehr Freude, zuviel litt ich.
> In mir lebt wie eine Sehnsucht: tot zu sein
> und die taufrischen Ufer des
> Acheron, die von Lotosgrün umkränzten,
> Bald zu sehn, und zu des Hades Haus hinab
> dann zu kommen …

Das Tote Meer

Nach der Paßkontrolle hatte die Halle in Tel Aviv fast leer vor ihr gelegen. Sie fühlte sich allein, die Kälte ihres Aufbruchs an einem grauenden Februarmorgen steckte ihr in den Knochen, Taxi, S-Bahn, Flughafenbus, Wartezeit, Gepäckkontrolle (besonders langwierig), Massentransport in dem Airbus. Niemand, der zu ihrer Gruppe «Biblische Reisen» gehörte, weit und breit. Sie hatte die ältere Frau aus Roßbach in Niederbayern, die ins Heilige Land fahren wollte, um ihren naiven Glauben beneidet und die jungen Leute mit den Preßluftflaschen und Unterwasserkameras um ihre Ausrüstung für den Tauchurlaub in Eilat. Jeder wußte, was er zu erwarten hatte, konnte sich darauf einstellen, und auch wenn es nicht eintraf, wenn trübes Wasser die Sicht auf die Korallenriffe verschleierte und das Heilige Grab keinen frommen Schauer auslösen würde, so gab es doch ein festes Bild, einen Halt.

Dann fiel ihr ein, daß es Sabbat war. Daher die Leere im Flughafen. Es beruhigte sie, diesen Gedanken gefunden zu haben. Schließlich war sie in eines der Länder mit Staatsreligion gereist, die immer seltener wurden (auch einer der Fortschritte, von denen sie nicht wußte, ob sie bedauerlich waren oder erfreulich. Beides vermutlich, je nachdem. Diese Ruhelosigkeit, die das Denken schuf, nahm und gab in einem. Wenn sie so grübelte und schließlich auch ihrer Grübelei nachsann, fiel ihr immer Ratatöskr ein, das Eichhörnchen, welches in der nordischen Mythologie ruhelos zwischen dem Wipfel und den Wurzeln der Weltesche hin und her klettert, Botschaften tragend, wie Sisyphos seinen Marmorblock wälzte).

Da stand eine kleine magere Frau und hielt an einem Stock das Plakat hoch: «Biblische Reisen». Sie fand auch, Grund zum Aufatmen, ihren Namen auf einer Liste. Gleich nachher hatte sie Jossi kennengelernt, Jossi Glück mit vollem Namen, aber er wollte nicht Herr Glück sein, sondern Jossi, sie Elisabeth, das sei in Pionierländern so üblich, man packe zu, keine Umstände. Jossi! Sie mußte lächeln, wenn sie an ihn dachte, er war bestimmt kein braver Professor, sondern ein Schulmeister und glühender Nationalist. Es mutete sie fremd an, daß die Kinder der Opfer soviel von den Fehlern der Täter übernommen hatten. Seit 1938 war er, in Berlin geboren, nun hier, hatte, fünfjährig, nach der «Reichskristallnacht» fliehen müssen. Immer lobte er die Leistungen der Pioniere, voller Verachtung für die Araber. «Überall war Sumpf oder Wüste, ehe wir kamen. Hier wollten die Jordanier Israel spalten, an dieser Stelle, nur vierzehn Kilometer breit. Wir haben sie daran gehindert. Ist nicht klar, daß es in den besetzten Gebieten keine Freiheit für die Palästinenser geben kann?» «Und die Lösung?» hatte sie Jossi gefragt. «Die Lösung? Wir müssen sie alle töten, wenn sie uns nicht in Frieden lassen. Ein Holocaust, aber diesmal sind nicht wir die Opfer!» Er war Lehrer an einer Oberschule gewesen, ehe er sich entschloß, als Fremdenführer zu arbeiten, diesmal zuerst mit einer deutschen Gruppe, er bitte, seine schlechten Sprachkenntnisse zu entschuldigen, ihn ungescheut zu verbessern. Dabei war er nicht jemand, den sie gerne verbesserte, er war groß und rechthaberisch, mit einem herrischen Zug um den Mund, mit lauter Stimme und grauer Mähne, einer jener Männer, die immer noch ihre Jünglingshosen trugen, den Gürtel ins selbe Loch geschnallt, weit nach unten gedrückt und von einem stattlichen Bauch überwölbt. Jossis Profil verband sie mit «typisch jüdisch», bis ihr einfiel, daß dieses Bild aus Karikaturen im «Völkischen Beobachter» kam. Dann schämte sie sich, aber was konnte sie gegen diesen Eindruck tun?

Vom Tierpark bei Tel Aviv hatte Jossi gesagt, dort lebten alle Tiere, die es jemals in Israel gegeben habe, frei – eingesperrt seien nur die Menschen, die in Käfig-Gängen durch das Gelände geführt würden. Der Gedanke gefiel ihr. Aber mußte Freiheit immer angenommen werden, wenn jemand sie gab? War es nicht die perfideste Ausübung von Macht, für andere zu definieren, was ihre Freiheit war?

Sie hatte gefürchtet, das Frühstück sei hier wie in der Türkei, bitterer Tee, salziger Schafskäse, Oliven – aber es war gut, mit Fisch und Käse, Butter, frischem Brot, Tomaten und Gurken, Joghurt und Ei – man hatte jeden Morgen etwas, worauf man sich freuen konnte. Damals hatte sie noch so gerne gegessen, und es war doch erst zehn Jahre her.

Sie hatte es liebengelernt, dieses hemdsärmelige Land, auf Würde legte sie schließlich keinen Wert. In dem kleinen, weißen Bus mit dem Gil-Zeichen, der großen, blauen Traube, die von zwei Männern getragen wurde wie ein erbeuteter Hirsch, waren sie nach Cäsarea gefahren, in ein römisches Theater, von dessen oberen Sitzreihen man das blaue Meer sah und den Februar endlich vergaß, mit weißen Kämmen rollten die Wellen gegen den flachen Strand.

Jossi ging ihr hier so auf die Nerven, daß sie sich von ihm und der Gruppe trennte. Sie erkundete die Ruinen auf eigene Faust. Zwischen den Säulentrommeln eines Portikus wuchsen Disteln, zierliche Rosetten. So jung waren auch die stacheligen Biester eine Augenweide. Dieser Jossi hatte allen Ernstes behauptet, der römische Eierstab symbolisiere den Anspruch auf Weltherrschaft! Als hätten die Griechen dieses Ornament nicht schon gekannt, während die Römer noch in Holzhütten hausten und den Etruskern die ersten Kenntnisse in der Baukunst abschauten! Hier führte eine byzantinische Straße zum Meer, weißleuchtende Platten, schön gefügt, leider durfte man sie nicht betreten. Am Rand eines Portikus saßen kopflose Figuren, halb aus Marmor, halb aus Porphyr. Die Köpfe solcher Standbilder waren oft abnehmbar. Wozu einen mit prächtigen Faltenwürfen bekleideten Leib wegwerfen, nur weil der neue Kaiser oder Prokurator einen anderen Kopf hatte als der alte? Die byzantinische Ökonomie hatte ihr besser gefallen als die moderne in einer Olivenholzschnitzerei, die Jossi zwischen Cäsarea und Akkon auf das Programm setzte. Da drehten sich in komplizierten Maschinen ganze Regimenter von Marien-, Josephs- und Prophetengestalten, Krippenkinder, Schäfchen. Raffiniert gelenkte Messerchen nahmen Span um Span, Schuppe um Schuppe fort, selbst der Abfall wurde mit Harz vermischt und in Schalen oder Teller gepreßt.

Ihr war die Lust auf solches Schnitzwerk ganz vergangen. Da lobte sie sich doch die Oberammergauer Krippenfiguren, die ihr Vater während der Hochzeitsreise gekauft hatte. Handarbeit. Sie hatte gerne geschnitzt; ein Schäfchen für die Krippe, kaum schlechter als die Schafe aus Oberammergau, oder einen neuen König für das Schachspiel, den weißen, aus einem Besenstiel. Ihre Kinder hatten sie ehrlich bewundert, als sie damals Schach spielen lernten, sie hatte ja keine Geduld dafür, auch nicht für das Schafkopfen, aber die Buben spielten bis in die Nacht hinein mit den Schwiegereltern Karten, um die kupfernen Vorkriegszehnerl, die in dem Bauernhaus niemand weggeworfen hatte.

Wie war es weitergegangen nach der Olivenholzschnitzerei? Akkon, nein, Haifa – eine Hafenstadt mit Raffinerie, an den Abhängen des Berges Karmel, wo Elias nach seinem Sieg über die Baalspriester Regen machte und dann, «die Hand des Herrn kam über Elias», vor dem Wagen des Königs Achab herlief bis nach Jezreel, zehn Kilometer weiter im Osten. Man stellte sich Propheten immer als weißbärtige Männer vor, aber sie konnten so jung gewesen sein wie Jesus oder Mohammed, als sie begannen, eine Stimme zu hören, die nicht ihre eigene war und doch aus ihnen sprach. Gewöhnliche Verrückte erschraken vor dieser Stimme, wurden durch sie lebensuntüchtig. Von ihren Angehörigen verachtet, kamen sie um. Propheten aber konnten Sinn und Zusammenhang der Botschaften erkennen, vermitteln, ihr Ansehen steigern, Gefolgsleute finden. Diese führten dann Kriege, die nicht enden wollten, über die längst verschollene, in ihrer wahren Bedeutung nicht mehr erkannte Botschaft. In Akkon zum Beispiel, der nächsten Station ihrer Reise. «Glanzpunkt des Tages» notierte sie in ihrem Taschenkalender.

Hier hatten sich die Kreuzfahrer festgekrallt, nachdem Jerusalem längst verloren war, das Königreich, das in der Heiligen Stadt errichtet sein sollte, zu dieser Festung geschrumpft, die auch damals Endsieghoffnungen enttäuschte, denn natürlich glaubten die Kämpfer, sie würden ihr verlorenes Reich zurückgewinnen und nicht dessen letzte Bastion verlieren. Alle hatten sie die Fundamente ihrer Vorgänger benützt: die Phönizier die der Kanaaniter, die Griechen die der Phönizier, die Römer die der Griechen, die Byzantiner die der Römer, die Kreuzfahrer die der Byzantiner, die Osmanen schließlich die der Kreuzfahrer. Um die Grundmauern zu verstärken, ließen die Baumeister der siegreichen Dynastie Saladins die Gewölbe der Templer in Akkon mit Sand füllen und bauten auf ihnen weiter. Als die Engländer einige Juden während der Mandatszeit dort einsperrten – illegale Einwanderer, die Unfrieden ins Land trugen –, wollten diese durch den Fußboden fliehen und kamen nicht weiter, denn die Keller darunter waren bis zur Decke mit Sand gefüllt. Die Briten machten sich diese Entdekkung zunutze, sie verstärkten die Grundmauern von außen durch ein Betonkorsett und konnten nun den Sand aus den Gewölben schaffen, in denen einst Richard Löwenherz gezecht hatte.

Es war, als zöge sie die längst verlorene und ihr überdies höchst unsympathische Sache der Kreuzfahrer mehr an als die von Jossi so betonten Siege Israels.

Sie wurde immer wieder an diese französischen, britischen und deutschen Ritter erinnert, die vergeblich mit Schwert und Schild ein Königreich in Jerusalem aufrichten wollten. Sie waren an den Hörnern von Hattin vorbei zum See Genezareth gefahren, und sie mußte an die Entscheidungsschlacht der Christen gegen Saladin denken, die 1187 hier verlorenging. Zu viele dachten, hierherzugehören. Gab es denn damit nie ein Ende? Was machte es für einen Unterschied, ob die Erde tote Christen, Juden oder Mohammedaner verschluckte? Ob jemand auf einem Ehrenfriedhof bei Kiew oder einem bei Tell Hay begraben lag wie hier, gegenüber im Nebel die Golanhöhen? Vielleicht wuchsen dort auf den Gräbern dieselben Blumen wie hier, eine Art Alpenveilchen, weiß blühend, ein großer, verwundeter Löwe als Denkmal, Jossis pathetische Reden, von denen sie jedes Wort mit Schauder erfüllte, eine große Inschrift, widerwärtig vertraut: «In Blut und Tränen ist Israel untergegangen, in Blut und Tränen wird es wieder auferstehen.» Immer mußte etwas vergossen werden, was weh tat. Sie blickte hinter ihrer Zuhörmiene herum, ob den anderen besser gefiel, was Jossi da von sich gab. Keiner murrte, aber alle schienen erleichtert, als sie wieder in den Bus steigen durften und die Fahrt weiterging zu den Jordanquellen. Auf jedes Kriegerdenkmal eine Quelle, so wurde wieder eine verträgliche Mischung daraus.

Den Kindern hatte sie gerne erklärt, wie Quellen entstehen – Regen- und Schmelzwasser, das über sonnenüberglänzten Meeren aufgestiegen ist und in Tropfen oder Kristallen auf Berghänge fiel, das unterirdisch, wasserundurchlässige Schichten entlang, in Strömen und Tümpeln verborgene Wege suchte, bis es endlich, unerwartet oft, an die Oberfläche trat. Ein Naturding, leicht zu erklären, durchschaubar, sachlich und doch für jeden durstigen, erhitzten Menschen ein Wunder und eine Gnade, ein Symbol für geduldiges, stetiges Spenden und Geben, in den heißen Ländern gewiß noch mehr als in den kalten. Wie schön war Arethusa in Syrakus oder auch Banjas bei Cäsarea Philippi, wo Jesus die Jünger fragte: «Für wen halten die Leute den Menschensohn?» Er hatte sicher den Quellplatz des Jordan gekannt, der hier in einem Felsenhalbkreis wie auf einer Freilichtbühne auftrat, als starker Bach hervorquoll und über mehrere Steinstufen hinabrauschte, das Heilige Land zu bewässern, wessen Blut und Tränen auch immer, geräuschvoller und nutzloser, vergossen werden mochten. Ob damals noch die griechischen Götter in ihren mit Ornamentbändern gezierten Nischen standen? Banjas wurde auf den Hirtengott Pan zurückgeführt, dessen bocksbeiniges Bild vielleicht in einer dieser Höhlungen stand; die Araber konnten harte Konsonanten nicht schreiben.

Nazareth hatte sie enttäuscht, Touristen- und Pilgernepp neben einer scheußlichen, modernen Verkündigungsbasilika. Wieviel schöner als dieses Monstrum war die Brotvermehrungskirche in Tabgha, ein Schuppen über uralten Mosaiken, von einer mächtigen Eibe beschattet, unter der einige Mühlsteine lagen, die aus dem harten Basalt von Kapharnaum gemeißelt waren. Hier wäre sie gerne länger geblieben. Vor dem Altar aus vielfarbigen Steinen und Gläsern gestaltete Bilder: Brot und Fische, in den Seitenschiffen Geflügel – Reiher, Enten, Perlhühner, Wachteln, Pfauen. Sogar einige Pflanzen konnte sie identifizieren: Schwertlilien, Papyrus, Schilf. (Nie hatte sie jene Kunstbegeisterten verstanden, die sich über Farbe, Zeichnung und Form so entzücken konnten, daß sie nicht mehr fragten, was denn das Dargestellte bedeutete.) Die Synagoge von Kapharnaum zeigte, daß die Juden im dritten Jahrhundert ähnlich gebaut hatten wie die Christen. Die Tempel wandten sich nach innen, zeigten ihre Säulenreihen nicht mehr nach außen (gefeiert wurden die antiken Götter *vor* dem Tempel, dort stand der Altar). Die Menschen hatten sich der göttlichen Wohnstätte angenähert, sich eine engere Beziehung angemaßt, Juden wie Christen und Mohammedaner. Aber weil diese jüdische Basilika zerstört war, die Säulenhäupter im einstigen Innenraum unter dem offenen Himmel lagen, zwischen Palmen und

Kiefern, hatte sie einen Teil der Würde der älteren Tempel zurückgewonnen. Es waren drei Schiffe gewesen. Die Kapitelle zeigten überraschende Bilder: der siebenarmige Leuchter und das Hakenkreuz, beides Sonnen- und Planetensymbole, friedlich nebeneinander, dazu Sterne mit fünf und sieben Strahlen, Muscheln, Mäander, Früchte, die als Opfergaben dem Tempel vorbehalten waren: Weizen, Gerste, Trauben, Oliven und Granatäpfel. Jossi, der alles bequatschte, hatte die kleine Bundeslade übersehen, einen Tempel auf Rädern. Überhaupt gefiel es ihr, daß sich die alten Juden nicht an das Bilderverbot gehalten hatten. Auch in Tiberias gab es eine antike Synagoge, deren Mosaikfußboden erhalten war: Tierkreisbilder, ein schöner Löwe, die Menora und das Widderhorn. Sie hatte sogar die griechischen Beischriften entziffert. Drei Namenszeichen, und immer ein Segenswunsch dabei, jedesmal ein anderer: «NN hat es gemacht, er möge leben.» – «NN hat gebetet und es gemacht, er wird leben.» – «NN hat es gemacht, nachdem er alles gut durchdacht hatte, er wird leben.» Auf dem Weg nach Samaria sah sie, mitten im Ödland, zwischen vertrockneten Disteln und grauen Steinen, ein Schlehenbäumchen, von Blüten übergossen.

Wie jemand, der in einer fremden Stadt aus engen Gassen auf einen Platz tritt, wartete sie auf das nächste Bild.

Zwischen silbergrünen Oliven und den von rosigen Blüten an nackten Zweigen übergossenen Mandelbäumen sah sie knochenweiße, unbelaubte Baumskelette. Es waren Feigen, im Februar hier noch ohne Laub, nahe Bethel, wo Jakob den Himmel offen gesehen hatte. Auf dem Stein, den er in diesem Traum als Kopfkissen benützt und nachher geweiht hatte, wurden noch heute die Könige von England und Schottland gekrönt.

Steine und Bäume und Brunnen! Wo Jesus die Samariterin traf, hatte man eine orthodoxe Kirche gebaut, die unfertig geblieben war. So schützten die Mauern den Ort, aber die Sonne blieb und mit ihr blühende Sukkulenten, Veilchen, eine hohe Kiefer. Ein Pope in schwarzer Kutte und mit weißem Bart bewachte die kleine alte Kapelle um den Brunnen, schöpfte Wasser mit einem Plastikeimer und bot allen zu trinken. Hier war nicht der Leichnam eines Heiligen, hier war ein ganzes Land unter die Reliquiengläubigen gefallen. Jede heilige Stätte hatten sich fromme Eroberer angeeignet, seit König David dem Jebusiten Arauna eine Tenne abkaufte, um dort dem Herrn einen Altar zu errichten. Die Tenne war ein heiliger Ort. Während des Dreschens wurden Lieder über den Korn-Gott gesungen. Die sauber gepflasterten Tennen, dem Wind frei zugänglich (er nahm ja den Dreschern Arbeit ab), mochten die ersten steinernen Bauten überhaupt gewesen sein. Und so ging es weiter, Armenier, Kopten, Griechen, Abessinier, Katholiken, Baptisten, Ordensgemeinschaften wie Franziskaner oder Benediktiner konkurrierten um heilige Plätze.

Es war wirklich ein Jammer, daß Jesus nicht an zehn Orten geboren und gestorben war; die Splitter und Balken in den Reliquiaren der Christenheit gaben sicher Material genug für die Kreuzigung eines ganzen Domkapitels. Und wenn das Heilige Land ein Knochen war, um den sich ein Rudel wütender Hunde balgt, als sei er mit der Magie begabt, ihren Hunger für ewig zu stillen, dann konzentrierte sich diese Gier noch einmal in Jerusalem, und hier in der Grabeskirche, die von einem knappen Dutzend rivalisierender Glaubensgemeinschaften besetzt war. Den Griechen gehörte der Ort, an dem Longinus (der Christus in die Seite stach) von Blindheit geheilt wurde, der Thron der heiligen Helena, in dem sie während der Kreuzauffindung saß, weiter der Felsspalt, in dem das Kreuz aufgerichtet wurde, schließlich der Ort der Dornenkrönung und Verspottung. Die lateinischen Kirchen besaßen den Ort, an dem Jesus ans Kreuz geschlagen wurde, und den Punkt, an dem er Maria Magdalena als Gärtner erschien, während die Armenier nur den Platz hatten, an dem Christus nach seinem Kreuzestod einbalsamiert wurde, eine Kapelle für den reuigen Schächer und eine, wo Christi Gewänder verteilt wurden. Die

Kopten schließlich mußten sich mit dem Grab des Nikodemus zufriedengeben, und ob ihnen diese Spalte im Felsen von Golgotha wirklich gehört, ist umstritten.

Unernst schien es ihr und doch treffend, solche Respektlosigkeiten über die erhabenen Religionen der Menschheit zu ersinnen, in deren Namen so viel Blut vergossen und so viel geistige Anstrengung unternommen worden war, daß man schließlich auch nur noch darum beten oder schlicht daran glauben konnte, es habe sich gelohnt. Die Konzentration, das Überangebot, die Exzesse der Frömmigkeit in Jerusalem zwangen sie in eine skeptische Richtung, während sie ein Wegkreuz aus dem Sandstein ihrer fränkischen Heimat oder ein von Ackerwinden und Asphodelen umwuchertes Kapitell in einer Tempelruine mit derselben Andacht erfüllen konnte wie die mit Schneckenhäusern und Glimmer geschmückten heiligen Höhlen ihrer Kinderspiele. Der Betsaal in Freudenhain, wo alle glauben *mußten*, hatte ihr schon damals nicht behagt, mit viel schlechtem Gewissen, daß sie hochmütig und vielleicht sogar gottlos sei. Aber es war der Chor gewesen, der Zwang, mitzusingen, mitzubeten, der Verzicht auf eigene Vorstellungen über das, was hier besungen wurde. Wenn sie nicht mittat, blieb immer ein unangenehmes Gefühl, wie beim Schuleschwänzen. Sie war immer in den Unterricht gegangen – Volksschule, Lehrerinnenbildungsinstitut, Gymnasium. Vielleicht hätte sie aber einige Male trotz einer Halsentzündung oder eines kleinen Fiebers hingehen können? Was zählte das jetzt? Sie war die Krähe gewesen, die in eine andere Richtung flog als der Schwarm, aber sie war nicht stolz darauf, sondern nur verlegen und hätte es am liebsten ganz unauffällig gemacht. Dreimal wurde der Tempel zerstört, aber nur zweimal wieder aufgebaut. Man wanderte zurück zu den eigenen Ursprüngen, Wurzeln, die sich im Boden verloren und am Ende nicht mehr von dem Sand oder Lehm zu unterscheiden waren, der sie umgab. *Terra es et in terram ibis:* Staub bist du und wirst zu Staub werden.

Zwischen den vergoldeten Kuppeln und mosaikgeschmückten Gewölben war das Zeichen der jüdischen Religion, das größte Heiligtum Israels in der Heiligen Stadt, die Grundmauer einer Ruine, der Rest gründlicher Zerstörung, von Römern und Christen nur aus Trägheit stehengelassen. Zu ungefüg waren die von den Baumeistern des Herodes gelegten Blöcke, um sie zu schleifen. In Karthago, das sie nach dem Dritten Punischen Krieg zerstört und verbrannt hatten, pflügten die Römer die verwüstete Erde und säten Salz in die Furchen: ein Zeichen, daß diese Stelle für immer unfruchtbar bleiben sollte. Nach zweihundert Jahren stand dort wieder eine blühende Stadt. Die Juden hätten die Macht gehabt, den Tempel wieder aufzubauen, aber sie taten es nicht. Die Klagemauer blieb unangetastet, nur ihr Name änderte sich: Westmauer nannte Jossi sie, in Israel gebe es nichts mehr zu klagen, der Sieg sei errungen, das Heilige Land erobert.

Ob sie dieses Beten an einer Ruine – noch dazu an einer, welche die Meisterschaft der griechischen Steinmetzen in jeder Fuge zeigte – an ihre eigene Andacht vor Tempeltrümmern erinnerte? Glaube und Frömmigkeit wurden nicht unangefochten immer nur reicher und schöner, wie es so viele museal geglättete Kirchen behaupten wollten.

Die Kindereien der eigenen Religion waren heilig, vertraut blieben sie, wenn man dem Ganzen nicht mehr vertraute: das Fremde aber schien unheimlich, als werde man zu Bizarrerie und Verrücktheit getrieben. So war ihre Achtung vor den Juden, ihre Nähe zu deren Skepsis, ob eine Erlösung möglich, ein schönes Jenseits in Gottes Plan vorgesehen sei, durch die verwirrenden Bilder der Orthodoxie ebenso gestört worden wie durch Jossis Nationalismus. An der Klagemauer (sie behielt den Namen, er schien ihr treffender als der reformierte Titel) standen jeweils zehn Männer mit Hüten auf dem Kopf und kleinen Büchsen, die an Arme und Stirn gebunden waren. Das waren Buchstäblichkeiten, die Kaufmannsgeist ausdrückten und keinen Sinn für Poesie. «Du sollst den Namen Gottes zwischen deinen Augen und an deinen Armen tragen!» Und ihn dann auf Papier zu schreiben, in Schächtelchen zu füllen und diese den Frommen auszuleihen, wenn sie einen dreizehnjährigen Knaben zum Mann weihen wollten – zu jemandem, der aus den Rollen der Thora vorlesen darf.

Wegen zehn Gerechter hätte Gott Sodom nicht zerstört. Aber da es heute zum Alltag der Kriege gehörte, weit größere Städte als Sodom zu verbrennen, war man hier bescheidener geworden: Zehn Männer genügten, um ein kultgültiges Gremium zu finden. Demokratischer als bei uns Katholiken, dachte sie, wo ein Priester mehr gilt als tausend Laien. Die Frauen standen bei dieser Zeremonie auf der anderen Seite der Absperrung (denn der Zugang zur Mauer ist streng nach Geschlechtern getrennt), sie klatschten in die Hände, warfen Bonbons, jubelten, kleine Mädchen tanzten mit erhobenen Armen. Unvorstellbar bei einer Firmung in Passau! Die Klosterfrauen hätten sich in Grund und Boden geschämt. War ein Sakrament denn kein Fest? Was wäre aus ihr geworden, hier geboren, als Kind eines Vaters im steifen Hut, einer der stolzen, rundlichen Mütter, die ihre Haare im Kopftuch verbargen? Erst hatte sie sich über die Unverfrorenheit geärgert, mit der die Besucher ihre Zigarettenkippen in die Ritzen der Klagemauer gesteckt hatten. Dann erkannte sie, daß es zusammengerollte Zettel waren, Gebete, die man so nah wie möglich an die göttliche Zuständigkeit herantragen wollte. Sie hätte zu gerne gewußt, was die Nöte dieser Frauen waren, aber sie mochte keinen der Zettel herausnehmen und öffnen, wahrscheinlich hätte sie auch nicht verstanden, was geschrieben war, obwohl hierher nicht nur Gläubige kamen, die Hebräisch sprachen – die Frau in Stökkelschuhen und einem Gucci-Kleid etwa, die neben sie getreten war und selbstvergessen begonnen hatte zu schaukeln. Im Osten gehörte es zu einem Gebet, sich zu bewegen. Die Statuenruhe, die man ihr und den Mitschülerinnen schon während der Kindergottesdienste anerzogen hatte, war diesen schaukelnden, sich wiegenden Betern, den drehenden Derwischen oder dem Muslim fremd, der sich gen Mekka beugt.

Es war an einem Freitag gewesen in Jerusalem, und der Tag paßte so gut wie das Wetter. Es regnete, kalte Pfützen entstanden zwischen den ausgetretenen Steinen der Via Dolorosa, wo die Vergangenheit wirklich zu einem Brunnen geworden ist und man zehn Meter hinuntersteigen muß, um durch den Schutt der Zerstörungen von Römern, Kreuzfahrern, Seldschuken die Pflastersteine zu sehen, auf denen die Soldaten Linien für ihr Damespiel einritzten, mit dem sie sich die Zeit vertrieben, wenn es niemanden zu kreuzigen gab.

Sie aber waren hinausgefahren in das moderne Jerusalem, wo die Autos unter den Stelzen parkten, auf denen die Häuser standen, und Jossi in einer Mischung von Stolz und Erbitterung erzählte, dort, in dem großen Hadassah-Krankenhaus, ließen sich die reichen Scheiche aus Kuwait und Saudi-Arabien behandeln, um nachher weiter gegen Israel zu kämpfen. Ihr Ziel war eine Synagoge mit Fenstern von Marc Chagall, in der sich ein trüber Morgen allmählich in eine Flut von Farben verwandelte, die den ganzen oberen Teil der Wände einnahmen und auf denen die Decke zu schweben schien. Selbst Jossi war stumm und schien die Eile zu vergessen, mit der er sonst von einer Station des Programms zur nächsten trieb. In dem glühenden Licht erkannte sie erst nach und nach Einzelheiten, Vögel, ein Schiff, einen siebenarmigen Leuchter. Draußen hatte der Regen nachgelassen, man sah in einiger Entfernung Ein Kerem, die Heimat des Täufers Johannes, einen schönen Ort mit einer Kirche, die sie gerne gesehen hätte.

Leider hatte Jossi Yad Vashem auf das Programm gesetzt, die Gedenkstätte für die von den Nazis ermordeten Juden. Eine Weile versuchte sie, das Ganze als Sehenswürdigkeit zu nehmen wie alles andere. Die breiten Natursteinterrassen verrieten Geschmack, die pathetischen Skulpturen nicht, die Aluminiumreliefs in der Halle waren dubios, man wußte nicht, ob der Künstler etwas aussagen oder nur seine Ungeschicklichkeit tarnen wollte, aber das war schließlich meistens so bei der sogenannten modernen Kunst. Dann kam ein langer, dunkler Weg, der den Blick auf die erleuchteten Vitrinen und die Dokumente des Grauens zwang, die jetzt unpathetisch waren, sachlich, unwiderstehlich, Artikel, Karikaturen aus dem «Stürmer», Befehle, Protokolle, Listen, von KZ-Häftlingen geschnitzte Becher, Löffel, Schuhe, und immer, immer wieder Fotos. Sie kannte die Orte, die Zeit, hatte dort gelebt und nachgedacht und war doch nicht dabeigewesen, hatte nichts gewußt und nichts gewollt. Aber da war der Einwand, unabweisbar: Du hast auch nichts wissen wollen, hast Augen und Ohren vorsichtshalber verschlossen und im Zweifel immer an Deutschland (aber was war Deutschland?), an die Autoritäten geglaubt. «Feindpropaganda.» Man war so viel angelogen worden von den Nazis, daß man am Ende keinem mehr vertraute, nur dem, was man mit eigenen Augen sah, sich für nichts mehr in der Politik interessierte, als ungeschoren durchzukommen. Aber diese Autoritätshörigkeit, die einem von Kindheit an eingedrillt wurde, das war ein weites Feld. Jossi führte sie schließlich in eine niedere, mit groben Kieseln gepflasterte Halle, in der ein Feuer brannte – dieser Anspruch, eine Flamme «ewig» zu nennen: anmaßend – und die Namen aller Konzentrationslager auf den Boden geschrieben standen. Sie fühlte sich unsicher hier, zweifelte an ihrer Abneigung gegen Jossis nationalistische Sprüche und ärgerte sich doch mehr über sich und ihn, als sie es bei einem ebenso dünkelhaften Griechen oder Türken getan hätte. Daß ein gebildeter Mann die Darstellung Josuas auf dem Leuchter vor der Knesseth und die Heldentaten der Soldaten im Sechstagekrieg als Quelle von Stolz und Siegesglauben nehmen konnte! Lachhaft. Geradeso könnten die Deutschen auf die Nibelungen oder Dietrich von Bern stolz sein. War nicht genau das die nationalsozialistische Propaganda? Dünkel, Elitenstolz, Salz der Erde, auserwählt, Stimmung von Aufbruch und Jugend, verbunden mit dem Gefühl einer Bedrohung durch die Übermacht minderwertiger Feinde? War das Schwarzseherei und vielleicht auch Schuldabwälzung? – Seht, ihr seid nicht besser als wir! Israel war ein freies Land, den Arabern ging es nicht schlechter als unter ihren eigenen Herrschern, sie konnten brave Bürger sein oder rebellieren, welche Wahl aber blieb den Juden unter Hitler?

Der Schmerz war jetzt wieder stärker. Wie konnte man so schwach sein und doch stärkere Schmerzen haben? Selbst das Atmen kostete Mühe. Sie hatte Durst, aber sie durfte nicht zuviel trinken, denn die Bettschüssel war jedesmal eine Tortur. Hexen und Ketzer mochten sich so gefühlt haben, mit ihren auf der Folterbank zerrissenen Gelenken. Das waren junge Frauen. Im Glauben, etwas für Gott zu tun, hatten gebildete Männer ihre Körper zerrissen, verstümmelt und verbrannt.

Sie waren auf den Mons Skopus gefahren, zu einem Aussichtsplatz auf dem Gelände der größenwahnsinnigen jüdischen Universität im ehemals jordanischen Sektor. Nie würden die Juden hier freiwillig weggehen. Über dem Jordantal stand ein Regenbogen, Zeichen der Versöhnung. Die Berge von Bethlehem hoben sich hell von dem düsteren Himmel ab, unter ihnen der abgestumpfte Kegel des Herodiums, Burgfestung und Palast des Tyrannen.

Mandelbaumtor. Das war ein Wort, klangvoll, aber lange Zeit wollte kein Bild dazu kommen. Lag's an der Schwäche? War der treue Museumswächter müde geworden, der sie immer, Stichworten folgend, vor die geduldig gehorteten Stücke führte und oft noch Erklärungen gab? Er tat es wenig stockend, lückenhaft, manchmal wohl nicht ganz genau. Aber war nicht, um's wie Herodot zu sehen, die Wahrheit unerreichbar für den Menschen? Es blieb nur eine Geschichte, die jeder neu erzählen durfte; erst in allen Geschichten war dann die ganze Wahrheit.

Damals in Jerusalem hatte sie sich gewundert, fiel ihr jetzt ein, daß «Mandelbaumtor» keine Pforte war, sondern ein Platz im Norden der Altstadt. Zu diesem Tor gehörten die Königsgräber, und hier, viel genauer als im Gedränge und in der schlechten Luft der Auferstehungskirche, hatte sie wenigstens die Todesriten verstanden, die zur Zeit Jesu gültig waren. Könige waren hier nicht bestattet, nur wohlhabende Bürger. Man stieg in aus dem gewachsenen Stein gehauene Kammern, es gab Reste hellenistischer Verzierungen, aus den Kammern führten Gänge in kleinere Grüfte, und dort, in Nischen, legte man die Toten, in Tücher gehüllt. Nach geraumer Zeit, wenn das Fleisch verwest war, nahm man die Gebeine heraus, verwahrte sie in einer Urne und bestattete diese endgültig in einem anderen Friedhof. Das Grab war nun für einen neuen Leichnam frei. Verschlossen wurde das Grab durch eine Felsplatte, groß und genau kreisrund behauen wie ein Mühlstein, die in einer tiefen Rinne lief und anscheinend von Frauen nicht bewegt werden konnte – «Wer wälzt uns den Stein von des Grabes Tür?» In einem solchen Grab hatte auch Lazarus gelegen, und er stank schon, als Christus ihn aufweckte – die Umstehenden hielten sich auf mittelalterlichen Bildern dieser Szene die Nase zu. Am Ölberg war ein jüdischer Friedhof, dichtgedrängte, schlichte Steinkisten, viele ohne Namen. Der Messias sollte von hier aus in die Stadt einreiten und dabei die Toten erwecken, wer wollte dabei nicht der erste sein? Auf vielen Gräbern lagen Steine, Zeichen der Besucher, die ihrer Lieben gedacht hatten, dauerhafter als Blumen, nichts, das abgeschnitten wurde und dann in der Sonne welkte.

Jerusalem war ein einziges Grab. Die Stadt hatte sich immer wieder selbst unter die Erde gebracht, das erwies sich auf Schritt und Tritt. Die einzige byzantinische Kirche, klein und dämmerig und gemütlich, war über dem Grab Mariens errichtet und inzwischen selbst schon wieder begraben, der Giebel schaute kaum über das Straßenpflaster. Die herodianischen Mauern, von denen sich die Stadt immer noch gürten ließ, ragten zwanzig Meter aus der Erde, aber ein gutes Stück mehr steckte unter ihr. Die Kreuzfahrer wateten in Blut, als sie Jerusalem eroberten. Wieviel an den vierundzwanzig Metern Material, das sich um die Mauern gehäuft hatte, war einst lebendig gewesen, hatte Schwerter gezückt und sich vergeblich hinter Schilde mit glänzenden Wappen geduckt?

Auf diesen Reisen war sie nimmersatt, sie verschlang in kurzer Zeit ungeheuer viel, das an Sommertagen verdaut wurde, von der Gartenarbeit unterbrochen. Es gab Erinnerungsstoff, den kein Text und keine Fotografie zeigte. Sie mußte dagewesen sein, um Gerüche zu atmen, die Pflanzen zu sehen, den Wind zu spüren, jenes Unbenennbare, das Orte tränkte und merkwürdigerweise das Unwahrscheinliche dadurch glaubhaft machte, daß es auch die Zeit und die Zahl der Personen einbezog, die schon hier gewesen waren und auf die eine oder andere Weise in Ehrfurcht verharrt hatten. An dem einzigen Tag in Jerusalem ohne Führer und Programm war sie zu den Ruinen des herodianischen Tempels gewandert und hatte dort Trümmer entdeckt, die weggelegt worden waren, Säulen aus Verde antico, einem grünen Marmor mit schimmernden schwarzen Einschlüssen, korinthische Kapitelle, die sie dem Jupitertempel zuschrieb, den Hadrian für die Aelia Capitolina bauen ließ. Sie saß lange da und musterte jede Einzelheit. Plötzlich wunderte sie sich über ihre Andacht und verglich sie mit den Gebeten an der Klagemauer, deren Steine sie mit ähnlicher Andacht betrachtet hatte. Sie glaubte an Jupiter nicht mehr als an Jehova, aber die Arbeit der Steinmetzen betrachtete sie mit Ehrfurcht – nein, nicht nur die Arbeit, sondern auch den Stein selbst. Vielleicht trug sie etwas in sich wie den uralten Glauben der Megalithkultur, nach dem die behauene Masse zum Ausdruck des Gewichts wird, mit dem sich der Mensch gegen seine Vergänglichkeit sträubt und hinauswill über die Grenzen der eigenen Dauer und Kraft.

Die Menschen waren dann natürlich doch gestorben, ihr ganzer Widerstand war nur eine Geste. Aber die Spur dieser Geste blieb. Sie war ehrwürdiger als diese Geste selbst. Die Klänge von Hammer und Meißel, das Geschrei der Fuhrleute, der Gestank von Schweiß und Pferdeurin waren verschwunden. Nur die Steine blieben zwischen den Pflanzen, unaufdringlich wie diese. Alle Andacht konnte im Schauen bleiben, es gab keinen Katechismus. Diese Stunde zwischen den in keinem Reiseführer erwähnten

Trümmern, den Steinen, die verworfen worden waren von den Bauleuten, war die andächtigste gewesen in Jerusalem. Es gab viele bedenkenswerte Dinge von höchstem künstlerischem oder religionsgeschichtlichem Wert. Aber die steckten in zähen Menschenmassen. Sie kamen so unbescheiden und erhaben daher, und die Unbescheidenheit der Reisenden sah dann so aus, daß sie nicht verehren und sich emotional packen lassen wollte, wo es alle taten und es Vorschrift war.

Nur Bethlehem hatte sie gerührt, die Geburtskirche mit dem zweimal zugemauerten Tor. Angeblich waren verwegene Araber immer wieder zu Pferd eingedrungen. Jetzt ergab die enge Pforte, an der sich die Besucher drängten, ein Gleichnis der Geburt selber, der Rückkehr in dunkle Gänge und Wölbungen. Es roch nach Lampenöl und Weihrauch, Porphyrsäulen trugen ein gerades Gesims, keine Böden, kein Gewölbe, ein offener, geschwärzter Dachstuhl, die Mosaiken längst zertreten und verblaßt. Es war noch eine lebendige Kirche. Im Chor standen dicht gedrängt Menschen, dumpfe Stimmen mit einigen grellen Frauentönen dazwischen, getragener Gesang, Gebete. Dann wurde der Sarg, noch offen, hinausgetragen, vor ihm Männer und Kinder, hinter ihm die schluchzenden Frauen. Selbst in dieser uralten Kirche war die Geburtsgrotte tiefer gerutscht. Schwer vorzustellen, wie sie in freiem Feld, als Schafstall, ausgesehen haben mochte. Jetzt kniete eine Frau versunken auf dem blanken Fels, zahllose Ampeln hingen über dem silbernen Stern, der in den Boden eingelassen war. Hier also hatte Maria? Sie dachte an ihre Geburten, den Schmerz, der jedesmal unerträglich schien, bis er verschwand und noch heftiger wiederkehrte. In manchen Legenden war diese Geburt, frei von Zeugungsschuld und Erbsünde, voll süßer Empfindung und ganz ohne Schmerz. Wenn man bedachte, wie alt die Welt schon ist, warum sollte nicht gerade hier schon einmal ein Kind geboren worden sein? Man mußte die Frage umdrehen: Von welchem Ort der Erde konnte man denn mit Bestimmtheit sagen, daß er *nicht* geheiligt war durch Zeugung, Geburt oder Tod? So hatte sie auch geduldig die Inschriften gelesen, die behaupteten, den Ort zu kennen, wo Maria das Kind wickelte, wo die Krippe stand, kostbare Reliquie, längst nach Santa Maria Maggiore in Rom entführt, wo Maria saß, als die Weisen aus dem Morgenlande kamen, wo Kaspar, Melchior und Balthasar von ihren Reittieren stiegen, wo (in einer Grotte nebenan, keusch) der heilige Joseph schlief, als ihn der Engel des Herrn aufforderte, nach Ägypten zu fliehen.

Sie fuhren später sogar noch auf die Hirtenfelder, es war eine liebliche Landschaft, sie wäre so gerne spazierengegangen, hätte die Pflanzen und Steine besehen, die treuer als alles übrige waren wie damals.

Statt dessen brachte Jossi die Reisegruppe in einen Andenkenladen in Bethlehem und gab eine Stunde Zeit vor der Rückfahrt nach Jerusalem. Es war zum Verzweifeln, und was half's, daß der Händler bestimmt solide war und man Rabatt bekam, wenn man sich auf Jossi berief. Sie kaufte einen Stein aus Eilat für sich und zwei unheilabwehrende Fatima-Hände aus Silberfiligran für ihre Schwiegertöchter.

Wie solche Symbole wohl zustande kamen? Das Auge, die Hand, die rote Koralle, der silberne Stern in der Geburtsgrotte, als sei er vom Himmel auf den von Knien der Beter polierten Stein gefallen. Gab es da irgendwann ein Gremium würdiger Männer, das nachdachte über Sonne, Mond, Stern, bis endlich die Form gefunden war, die allen behagte, und der Silberschmied seinen Auftrag erhielt? Umgeschmolzen wurde oft, vielleicht aus schönerem Gerät, das jetzt als heidnisch galt, aus Cherubflügeln, die einst über eine Bundeslade wachten, aus den Posaunen Josuas, deren Stimmen die Mauern Jerichos zum Einsturz brachten. Da war ihr die Geschichte von Amphion sympathischer, der durch das Spiel seiner Lyra die Mauern Thebens aufrichtete. Sie dachte an den Toten im offenen Sarg. – Woher wollte sie wissen, es sei ein Mann gewesen? Sie konnte es nicht wissen, sie hatte nur gesehen, daß der Deckel auf dem schlichten schwarzen Kasten fehlte. Vielleicht, weil die Frauen so geweint hatten?

Das Tote Meer – sie war drin geschwommen, es war ein komisches Gefühl, man brachte die Arme und Beine gar nicht richtig unter die Wasseroberfläche, fühlte sich wie ein Korken. Und weil sie, wie immer nach einem Bad im Meer, die anschließende Dusche verschmähte, bildeten sich kleine weiße Krusten auf der Haut, es war aber nicht unangenehm, juckte nicht, wie ihr die anderen angedroht hatten, weiße Haare schienen Gouvernanteninstinkte zu wecken, vor allem bei den Männern.

Ob sich, da das Jenseits doch stets nur ein Versprechen blieb, der ganze religiöse Aufwand wenigstens im Diesseits gelohnt hatte? Das war natürlich dumm gefragt, ausgerechnet ihr sollte eine Antwort zustehen? Aber so dachte man eben, wenn man zwischen den Spuren eines Abraham, Moses, Jesus und Mohammed einherging.

Schließlich konnte man auch in Jerusalem auf irgendeinen Hügel steigen, auf die Stadtmauer klettern und sich einen Überblick verschaffen. Giftig waren sie aufeinander, die drei Geschwister der biblischen Religionen, wie es nur eng Verwandte sein können. Jeder suchte den anderen auszustechen, mit Worten, aber auch mit Lanzen und mit allem, was es da an Entwicklungen dieser Werkzeuge gab. Und sie? Sie hatte zugesehen, sie hatte versucht zu verstehen, aber das Geheimnis blieb, ihr Überblick war nicht groß genug, sie hatte einzelne Steinchen wieder und wieder umgedreht und dadurch vielleicht das Ganze noch mehr verwirrt und verunklart.

Und doch, es gab Bilder, die soviel Schönheit enthielten! Der Felsendom etwa, den sie schon am ersten Tag in Glanz und Gloria, mit goldener Kuppel und blauen Kacheln hatte aufragen sehen, er war beim zweitenmal noch viel schöner, ohne Jossis Geschwätz in der Nähe, und wenn die Muslime sonst darauf achteten, nichts Vollkommenes zu schaffen, wenn sie in den schönsten Teppich absichtlich einen kleinen Fehler hineinknüpften, Allah zu Ehren, der allein vollkommen ist – dann hatten sie sich hier nicht an diese Regel gehalten, Ost und West, Antike und Gegenwart in einem Kunstwerk verbunden, für das der Kalif Abd-el-Malik die ganzen Steuern Ägyptens während einer Zeit von sieben Jahren verbaut hatte – das war um siebenhundert nach Christus, als die arabische Eroberung des Mittelmeergebiets erst zu triumphieren begann. Die ganze Pracht sollte einen rohen Stein ehren, freilich einen, der das Mana der drei Religionen in sich konzentrierte wie sonst keiner: hier sollte Isaak geopfert werden, hier baute David den ersten Altar des alten Tempels, und Salomon baute seinen Tempel, hier stand die Bundeslade. Von hier aus stieg Mohammed eines Nachts mit seiner frauenköpfigen Stute Barak in den siebten Himmel hinauf bis vor Allahs Thron. Er hätte den Felsen mit sich gerissen, wenn ihn nicht der Erzengel

Gabriel mit einem Griff festgehalten hätte, dessen Spuren man heute noch sehen kann, ebenso wie den Abdruck von Baraks Hufen.

Hier ist der Mittelpunkt der Welt, unter diesem Stein liegt der Eingang zur Unterwelt, zu den Seelen der Toten, man hört unter ihm die Wasser der Sintflut rauschen – sagt der Talmud. Sie war hinuntergestiegen, aber sie hörte nichts. Die Höhle unter dem Stein war leer, kein besserer Eingang zur Unterwelt als irgendein anderer. Wenn es irgendeine sinnvolle Erfahrung zu diesem Thema gab, dann doch die, daß man von jedem Ort zur Hölle fahren konnte. Oder auch an jedem Ort ein Tor in eine neue Welt auftun? Wie jener Beduinenjunge, der beim Ziegenhüten einen Stein in eine der zahlreichen Höhlen warf, die in der Bergfalte von Qumran, dicht beim Toten Meer, wie Augenhöhlen auch im Glast der Mittagssonne ihre Schwärze nicht verlieren. Sie kannte solche Kinder. Immer wieder bettelten sie um ihr großes Zeissglas, die erste größere Anschaffung nach der Währungsreform. Eigentlich war es ihr zu schwer, aber sie hatte sich daran gewöhnt. «Ja wenn ihr mir eure guten Augen dafür gebt», hätte sie gern zu den Kindern gesagt, aber auf den Handel hätten die sich wohl nicht eingelassen. Der kleine Hirte zielte spielerisch in die Höhlen, Steinewerfen war schließlich seine wichtigste Kunst, sich bei seinen Ziegen in Respekt zu setzen. Plötzlich hörte er, daß etwas getroffen war, was einen anderen Klang gab als Erde, Kies und Fels. Ein Schatz! Da kletterte der Hirte durch Gestrüpp und Dornen in die unzugängliche Höhle. Er fand, was sein Stein getroffen hatte: einen Tonkrug. Aber in der Kruke war kein Schatz aus Silber oder Gold, sondern nur eine Rolle Pergament, mit sonderbaren Zeichen bedeckt. Er war enttäuscht, aber er nahm die Scherben und das beschriebene Papier mit nach Hause. Was mochte aus den Findern solcher Funde werden? Auch wenn es ein Schatz silberner Münzen gewesen wäre, goldener keltischer Schüsselchen, am Ende des Regenbogens vergraben, der Junge hätte nicht viel davon gehabt, ein Lob vielleicht: «Gib her, du verstehst's nicht.» Wenn der Finder seinen Fund begriff, war's meist zu spät, er sah ihn durch die Panzerglasscheiben der Vitrine. So von ihm getrennt, war eine Kostbarkeit, was zufällig wie ein Stein, ein Stück Holz, eine Flaschenscherbe in seine Hand geraten war.

Der Beduine, der vielleicht nicht einmal lesen konnte, paßte nicht zwischen die Schriftgelehrten, die im Schrein des Buches, in Jerusalem, die Schriften der Essener studierten, zu deren Orden Johannes der Täufer und vielleicht auch Jesus selbst gehörten. Denn wie beim christlichen Abendmahl wurde auch bei den Essenern Wein und Brot gereicht – den Ofen, die Traubenpresse hatte die Reisende in Qumran gesehen –, es war eine bescheidene, bäuerliche Welt und doch vielleicht die Wurzel der zehntausend goldenen Monstranzen und Altäre überall auf der Welt. Johannistag, Johannisfeuer, Johanniskäfer: der letzte Prophet, hager im Kamelhaarmantel und heuschreckengenährt, war ihr besonders nahe. An seinem Fest hatte sie Geburtstag, dem 24. Juni, Sommer-Gipfel. Er war ein Vorläufer, ein Finder, wie der junge Beduine. Aber galt nicht dasselbe für Jesus: daß er etwas gefunden hatte, das ihm andere aus der Hand nahmen? Zu ihm zurückgekehrt, erkannte er's nicht wieder, in der Novelle Dostojewskis die vom Großinquisitor verbesserte Lehre. Hier in Qumran, wo man nichts im Rücken hatte als den nackten Fels und nichts vor sich als das blaugrüne Meer mit seinem bitteren Wasser und dem flimmernden Verdunstungsnebel vor den Bergen Moabs, hier hatte etwas begonnen, das ungeheuer wichtig war für die Welt, man mochte dazu stehen, wie man wollte: trügerische Zuversicht, erlösende Verzweiflung, es hatte dieses Rührende der Anfänge, das erst die Ruinen wiedergewannen, vor allem die griechischen mit ihren makellos verfallenden Steinen und Säulenhäuptern. Wie bescheiden mußten diese Männer gewesen sein, die noch vom Sakrament lebten, nicht Brot und Wein als Meßopfer neben ihren von Gebratenem und Gesottenem strotzenden Tafeln genossen. Über dem Grab des Fischers errichteten sie einen Tempel aus Bronze und poliertem Marmor und begruben darin den Zauber des Anfangs. Hier schlug das Tote Meer gegen seine Ufer, sie badete darin, es war eine große Seltsamkeit und ein gar nicht von gedankenvollen Menschen entworfenes Wort, totes Meer, denn gerade in diesem Meer konnte kein Mensch ertrinken, es hob Arme und Beine aus dem Wasser, trug den Schwimmer in starken Armen, nur die Brille war nachher nicht mehr sauber zu reiben. Sie leckte schließlich daran und kostete die Bitternis des unvergleichlichen Wassers. So endete der süße, lebenspendende Jordan in Unfruchtbarkeit.

Dann sah sie ihn wieder, den Felsen, einen Kegelstumpf, von vergessenen Regenfluten zerklüftet, nicht reingewaschen, in guten Zeiten die Plattform für Feste in Herodes' Palast. Und in schlechten? Gebirgfels und Baukunst hatten die Zitadelle geschaffen, Masada, mit ihren unerschöpflichen Zisternen, den Magazinen, den ummauerten Gärten, deren Ernte Hunderte von Soldaten auch während einer jahrelangen Belagerung erhalten konnte. Sie hatte die Geschichte dieser Belagerung im «Jüdischen Krieg» der Römer gegen die Zeloten gelesen, sich über die Rhetorik des Autors geärgert und in ihr die unter dem Gerümpel tönender Worte vergrabenen Tatsachen gesucht. Die Vorratskammern waren mit Datteln, Bohnen, mit Weizen und Gerste gefüllt, die in der reinen Gebirgsluft (so behauptete der jüdischrömische Autor) selbst nach hundert Jahren noch frisch schmeckten wie am Tag ihrer Ernte. Die Mauer aus weißem Marmor war acht Ellen (also wohl sieben Meter) dick, zwanzig Ellen hoch und mit über dreißig Türmen bewehrt, von denen jeder fünfzig Ellen maß. El-Azar, der Führer jener «Eiferer», die mit achthundert Familien den Berg besetzten, hielt ihn drei Jahre lang gegen eine römische Armee, die ihn mit sieben befestigten Lagern und einer hohen Mauer eingeschlossen hatte.

Als die Römer erkannten, daß die Zeloten nicht auszuhungern waren, bauten sie eine hohe Rampe aus Erde, Baumstämmen und Feldsteinen, die oben mit Quadern gepflastert wurde wie eine Straße. Auf ihr konnten endlich die Belagerungsmaschinen in Stellung gebracht werden, gelang es nach erbitterten Kämpfen, die Mauer zu durchbrechen – aber hinter dieser Mauer hatten die Verteidiger in fiebernder Gegenwehr eine zweite errichtet, nicht aus Steinen, sondern aus Balken und Erde: sie fing die Stöße des riesigen Rammbocks elastisch auf, den die römischen Soldaten im Innern des gepanzerten Turmes gegen Masada schwangen. Nachdem sich die Angreifer eine Weile vergeblich abgemüht hatten, suchten sie eine andere Lösung. Solche Geschichten hatten sie immer ergriffen, obwohl sie doch von Krieg nichts hielt. Es war wohl der geistige Reiz, der sie fesselte, dieser Wettlauf zwischen zwei Klugheiten, einer, die angriff, einer, die verteidigte. Schläge wurden geführt und pariert, Finten lockten den Feind aus seiner Deckung, man war beschäftigt und fragte eine Weile nicht mehr nach dem Sinn des Ganzen, denn dieser hieß doch: sterben. Es gab Feinde, die eindrangen in einen menschlichen Leib, auch hier wurden Wälle überrannt, Breschen geschlagen. Dahinter entstanden hastig aufgerichtet neue Bastionen, würden sie fallen? Der Lebenskampf wurde an jeder Zellmembran der Algen und Urtierchen ausgefochten, auf Haut und Schleimhaut tobte er, bald siegten die Viren, die Bakterien, bald die körpereigene Abwehr, Lympho- und Leukozyten.

Als die Türken vor Wien lagen, gruben Soldaten wie Maulwürfe Gänge unter die Mauern der Stadt, legten Zündschnüre, stapelten Fässer voll Schwarzpulver, um die Bastionen zu sprengen. Unter ihnen jedoch gruben die Verteidiger ihre Gegenminen und zündeten andere Sprengladungen, um die Angreifer zu vernichten. Da horchte immer einer, und solange die anderen gruben, war ein Aufatmen in Sicherheit: wehe, wenn die Pickel verstummten, dann konnte irgendwo schon die Lunte brennen, und am Ende des Funkenweges gab es nur noch ein großes, flammendes, schwarzes Grab tief unter der Erde.

Sie griff nach dem Chromgalgen über dem Bett und versuchte, sich in eine bequemere Haltung zu bringen, aber die Bewegung scheuchte etwas auf, einen Schmerz, der schlimmer war als der gewohnte, sie ließ sich zurücksinken, konzentrierte sich wieder: Masada. Damals, in Israel, ihr kleiner Bus mit dem Gideon-Symbol, der schweren Traube zwischen den beiden Männern, hatte an der von den Römern aufgeschütteten Rampe geparkt. Jeder jüdische Schüler in Israel mußte einmal Masada besuchen, auf dem uralten Serpentinenweg die Plattform ersteigen. Sie hatten eine Seilbahn benützt, oben war alles perfekt und gepflegt, Trinkbrunnen, unzählige Toiletten – wenn man sie *nicht* brauchte, gab es sie im Überfluß. Jossi erklärte, im Hochsommer wimmle es hier wie auf einem Ameisenhaufen, dann sei es tagsüber sengend heiß. Aber weder der helle, heitere Tag, nicht der Blick über das Tote Meer, die blauen Berge Moabs, die judäische Wüste mit ihren goldbraunen Felsrücken und den tief zerklüfteten, steil fallenden Flanken, nicht einmal die schön behauenen Steine der herodianischen Bauten konnten das Unbehagen vertreiben. Mit keinem Blick auf Sichtbares ließ sich das Unsichtbare auslöschen, die Erinnerung an den Massenselbstmord der Zeloten. Jeder Familienvater tötete seine Frau und seine Kinder. Zehn durch das Los ausgewählte Männer töteten alle übrigen. Einer schließlich tötete diese zehn und steckte dann einen Scheiterhaufen in Brand, auf dem getürmt war, was die Toten nicht mehr verteidigten und die Plünderer nicht gewinnen konnten. Nur eine ältere Frau, eine

Verwandte El-Azars und vielleicht daher widerstandsfähiger gegen seinen mörderischen Befehl, versteckte sich mit einigen Kindern in den unterirdischen Wasserkanälen und entging dem Massaker. Die Juden hatten den heiligen Krieg geführt: dem Sieger keine Beute, dem Besiegten keine Gnade. Masada erwachte jedes Jahr zu gespenstischem Leben, wenn die Rekruten vereidigt wurden, als sei die Tat der Zeloten vorbildhaft. Masada im Fackelschein, Erinnerung an große Morde und Opfer: war das Warnung oder Vorspiel? Auch in künftigen Kriegen würde es keine Beute für die Sieger geben und keine Gnade für die Besiegten. Hier, mit Blick auf Sodom und Gomorrha, dachte sie an Hiroshima. Auch die Ruine einer byzantinischen Kapelle mit Mosaiken an Boden und Wänden versöhnte sie diesmal nicht, glücklichere, vergeßlichere Gläubige mochten sie einst gebaut haben. In einer Lage wie der ihren, da ging es an, zu ergrübeln, ob man dem flackernden, tief heruntergebrannten Licht half zu erlöschen. Aber der Selbstmord der Zeloten? Wo der Feind nur außen war, wo keiner wissen konnte, wie hart oder wie gnädig das Schicksal sich fügen mochte, das Todesurteil über sich und andere zu sprechen? Darin lag eine so gesteigerte Wut, daß der Haß gegen den Feind noch den Selbsthaß brauchte, um ihr zu genügen: «So weit, Römer, habt ihr uns gebracht, daß wir mit eigener Hand unsere Kinder, Frauen, Kameraden und endlich uns selbst töten!» Und alles im Namen Gottes.

Man konnte ihn finden oder doch wenigstens die Menschen verstehen, die ihn gefunden hatten, den einen Gott, in der Wüste. Diese Nacht im Sinai! Sie hatten im Freien kampieren müssen oder dürfen, je nachdem, wie man die Wahl zwischen dem von Schnarchlauten und Zigarettenrauch erfüllten Matratzenraum des Beduinen und dem freien Wüstenhimmel deutete. Die Sterne waren sehr groß. Sie hatte sich immer wieder gescholten, daß sie nicht ruhig liegenblieb, sondern sich dauernd umdrehte, denn dann verwirrten sich die Decken, in die sie gewickelt war. Schließlich hatte sie sich damit beschieden, daß man nicht jede Nacht schlafen muß, und da war es geschehen. Plötzlich wurde der Wind zu einem großen Wesen, es gab stürmische Stöße, und dann eine plötzliche Stille, so tief, daß man die eigenen Atemzüge hörte. Dann wieder ein Knistern und Tappen, wie von großen, weichen Tatzen, ein Kollern, ein jäher Stoß? «Du bist gemeint», fiel ihr ein, und sie dachte an die Kinder Israels vor dreitausend Jahren, die hinter ihren Windschirmen saßen und den Würgeengel des Herrn fürchteten: «Schau nicht hinaus, sonst bist du des Todes!»

Das Katharinenkloster hatte sie enttäuscht. Rummel und verdrossene Mönche, die Kapelle des brennenden Dornbuschs mit der Silberplatte im Boden und den ältesten Fresken verschlossen. Früher wurden die Gäste hineingeführt; sie durften den Raum jedoch nur ohne Schuhe betreten. Es war nicht gut, wenn man zuviel las, ehe man einen solchen Ort sah. Die frühen Besucher, gastfreundlich empfangen, kundig geführt, bereiteten schlecht auf den Massenandrang der Gegenwart vor. Wenn jemals hier ein heiliger Ort gewesen war, die Touristenströme hatten ihn ausgewaschen und verdünnt. Ein Beduinenjunge verkaufte braune, angewitterte Bergkristalle, große, schöne Stufen waren darunter, spottbillig – aber wer sollte sie tragen? So hatte sie nur einige stämmige, daumengroße Stücke mitgenommen, als Geschenk für ihre Söhne.

Nein, der Wüstenwind meinte nicht den persönlich, der in seinem Nachtlager Angst hatte. Wohl aber mochte die Angst geringer werden, wenn der Wanderer nach Bildern und Gesetzen suchte, das Namenlose zu bändigen. Vielleicht gab es diesen Gott gar nicht, oder er hatte zu den Sterblichen dieselbe Nichtbeziehung wie ein Bauer zu den Ameisen in der Wiese, über die er mit seinem Kreiselmäher fährt, ohne an die Städte zu denken, die er zerstört.

In den Bibelstunden hatten die Englischen Fräulein, denen Sodom und Gomorrha ein liebes Thema waren, vom Toten Meer gesprochen, an dem nur der Sodomsapfel wächst, außen ansehnlich, innen aber voller Staub und giftiger Asche. Jetzt fuhr sie selbst durch diese Landschaft, und der Jeepfahrer Jonni zeigte ihr die angeblich verfluchte Pflanze; die Zweige von einer dicken Korkschicht überzogen, wenige blaugrüne Blätterbüschel, Früchte wie kleine Orangen, ohne saftiges Fleisch, sondern voll geflügelter Samen. Sie fragte den Israeli, zu welcher Pflanzenfamilie das Wüstengewächs gehörte. Er hielt sogleich den Jeep an, griff nach einem Buch und zeigte ihr einen Passus in hebräischem Druck, von dem sie nur den lateinischen Gattungsnamen entziffern konnte: *Asclepiadaceae*. Nach Asklepios benannt, heilsam-giftig mußten diese Pflanzen sein. Wie war der deutsche Name? Sie fand ihn nach einigem Suchen: Seidenpflanzengewächse, da war doch die Schwalbenwurz dabei und die kleine, hängende *Ceropegia*, die Leuchterblume, die ihre Kinder einmal von Nachbarn mitgebracht hatten – so vornehm-verruchte Verwandtschaft. Wenn die geflügelten Kerne des Sodomsapfels schon reif gewesen wären, sie hätte sich einen mitgenommen und versucht, ihn auf dem Fensterbrett großzuziehen wie das Keuschlamm oder die Asphodelien. Solche Reiseandenken liebte sie mehr als Steine, Muscheln und was sie sonst noch sammeln mochte, um weder ganz ohne Erinnerungshilfe zu bleiben noch der verachteten Souvenirindustrie zu opfern.

Sie fuhren durch ein Wüstental zum Sinaikloster, zwischen den schwarzen Felsen hatte sie sich gefragt, weshalb der Sand überall weiß war. Auf einem Gewächs, das Jonni die Atropinpflanze nannte, lebte eine Heuschrecke – da war sie, groß, grünviolett, unheimlich –, die jedem, der sie unvorsichtig berührte, Pflanzensaft in die Augen spritzte, so daß er erblindete. Das war wieder eine Schauergeschichte, denn Atropintropfen trübten zwar die Sehkraft, weil sie die Pupille weiteten, aber niemand wurde blind von ihnen.

Mit der Reisegruppe hatten sie bei einem Beduinen übernachtet, der Hühnersuppe auf einem Holzkohlenfeuer kochte. Ihr Abendspaziergang (es dauerte lang, bis sie in dieser Wüste ihr Ziel erreichte, die Entfernungen waren schwierig zu schätzen) löste ihr auch das Rätsel des weißen Sandes zwischen den schwarzen Felsen: die wenigen Sandsteine, die noch als Brocken erhalten waren, verwitterten viel schneller als die düsteren Basalte. Weil sie den Gestank der Petroleumfunzel und das Schnarchen ihrer Mitreisenden fürchtete, hatte sie versucht, im Freien zu übernachten. Ein Regen wie Nadelstiche trieb sie dann doch in den geschützten Raum, aber an Schlaf war nicht zu denken.

An die Wüste hatte sie keinerlei Erwartungen geknüpft, und deshalb war die Wüste das Schönste gewesen, ein Tempel vor den Tempeln aus Holz oder Stein, eine unbehauene Gläubigkeit und Gottesnähe, in der sich nicht vielgestaltige Pflanzen und Tiere zwischen den Menschen und das Numinose drängten: daher kam doch diese weltbewegende und vielleicht auch weltvernichtende Erfindung des einen eifersüchtigen Gottes aus der Wüste. Und wenn irgend jemand, dann waren es doch die Streiter um Jerusalem, die Diener des einen, ihrer Einbildung nach reinen, ungetrübten Gottes, die keine Vernichtung scheuten. Die Wüste! Das Kuppelgrab auf einem Hügel, daneben der Beduinenfriedhof, von einer rohen Mauer umfriedet, mit vielen unbehauenen Steinen. Wenn jemand starb, suchten die Angehörigen ein passendes Felsstück und setzten es auf den frischen Hügel. Wozu Inschriften, wenn ohnehin niemand sie lesen kann?

Ende

Sie wollte ein Ende haben. Besuche waren schrecklich anstrengend, aber wenn niemand kam, fühlte sie sich vernachlässigt. Sie schickte ihre Söhne nach einer halben Stunde weg, sie war zu kraftlos, um weiterzusprechen, noch genügend Luft übrig zu haben für einen vernünftigen Satz. Was hatte sie schon anzubieten? Sie hatte sich immer aufgelehnt, wenn ihre Mutter bei den Essenseinladungen genötigt und gedrängt und nach allen Beteuerungen, es sei sehr, sehr gut gewesen und wirklich genug, dagegen gesagt hatte: «Ich gehe jetzt doch noch in die Küche und hole noch etwas Braten, Nachtisch, süßen Wein.» Aber sie war genauso, sie mußte immer etwas zu bieten haben, und was gab es jetzt noch? Die Reste des Krankenhausessens, das sie fast immer zurückgehen ließ, die mochte niemand, nicht einmal die Enkelin. Über die Bücher hätte sie gerne mehr geredet, sie versuchte immer noch, ein paar Seiten zu lesen, aber die Buchstaben versteckten sich in schwarzen Löchern, und der alte Trick, sie durch halbes Wegsehen doch noch einzufangen und zusammenzusetzen, der mißriet so häufig, daß sie zornig wurde und das Buch weglegte: «Wenn ihr nicht wollt, mag ich auch nicht.» Und es war lästig, die Schwestern für alles zu brauchen, es tat so weh, wenn sie auf die Schüssel mußte und nicht ganz, ganz still liegen konnte, um das unförmig tobende Bein nicht aufzuregen zu wütenden Schmerzen.

War sie undankbar, wenn sie ein Ende haben wollte? Es gab schließlich noch so manches Gesunde, den Kopf, die Hände, das Herz, sogar (leider) Niere und Darm. Warf sie etwas weg? Vor allem scheute sie sich, mit den Schwestern zu sprechen. Der junge Arzt hatte gesagt, als sie ihn während der Visite fragte, er könne ihren Wunsch verstehen, aber er dürfe das nicht, sie seien ein christliches Haus.

Da war sie also doch wieder eingesperrt und mußte sich damit abfinden, daß die geistige Freiheit an Käfiggitter stößt, wenn die körperliche Freiheit fehlt. Das mit der Gedankenfreiheit war doch idealistischer Unsinn. Sie mochte eintauchen in diese Korallenriffwelt der Mythen, Götter und Helden, aber es war abzusehen, wann sie wieder an die Oberfläche mußte, wann zurück an Land, um zu essen und zu trinken: daß sie bewunderte, was sie sah, daß sie lieber dort war als auf dem Festland, das half doch nicht, daß ihr Kiemen wuchsen und sie den umgekehrten Weg gehen konnte wie die kleine Seejungfrau. Als sie ihrem Sohn am Telefon gesagt hatte, er solle ihr etwas mitbringen, sie wolle ein Ende haben, und hier verstehe das niemand, hatte er gesagt, er verstehe sie, aber am Telefon könne man das nicht klären. Sie hatte gemerkt, wie betroffen er war, aber er konnte doch herumgehen auf seinen gesunden Beinen und etwas tun, um ihr zu helfen. Dann war er gekommen und hatte auf ihre Frage: «Hast du mir etwas mitgebracht?» wie ein dummer Junge gesagt: «Was denn?» Als ob er nicht wüßte! Dann hatte er sich gefangen und gefragt, wie sie es denn aufgenommen hätte, wenn ihre eigene, lebensmüde Mutter davon gesprochen hätte.

«Die hat mir das erspart», hatte sie geseufzt. «Die war viel zu fromm dazu, die hat nicht einmal daran gedacht!»

«Ich werde mit dem Arzt sprechen», hatte er gesagt. «Er muß dir so viel Morphium geben, daß du keine Schmerzen hast. Und dein Schicksal liegt auf den Knien der Götter.»

Das war nicht ungeschickt von ihm gewesen. Sie hatte seinen Satz auf griechisch wiederholt. «Theon en gounasi keitai.» Vielleicht war es klug, die Angelegenheit dort zu lassen. Er ging hinaus, suchte den Stationsarzt, er konnte herumlaufen und ihn suchen; sie mußte warten, warten und warten. Nach einer Weile kam er wieder und sagte: «Er will es tun. Er hat gesagt, diese alten Frauen seien oft ganz schrecklich diszipliniert, würden sich nicht trauen,

Ansprüche zu stellen, und würden glauben, sie müßten dem Doktor einen Gefallen tun, indem sie sich gesünder stellen, als sie sind. Könnte da etwas dran sein?»

«Nein, nein, ganz anders – ich beklage mich schon viel zuviel, er hat nun wirklich keine Erfolgserlebnisse mit mir. So jung und schon soviel Verantwortung, und nie ein gutes Wort von diesem Chefarzt.» Auch ihre Mutter hatte kein gutes Wort von dem Chefarzt des Mainschlößchens in Bayreuth bekommen, diesem Abtrünnigen Freuds, der ihren Vater nach dem Nervenzusammenbruch behandelte. «Streng, aber gerecht» habe er seine Kinder behandelt, sagte der Vater später einmal. Da setzte sie wütend dagegen: «Und das Stück Seife?!» Er hatte sie geschlagen, weil die Seife im Klo zerbrochen war, und sie war es nicht gewesen. Aber auch wenn sie es getan hätte – war es richtig, ein Kind deshalb zu schlagen? Oder Maria zu prügeln und als heimtückische Mörderin anzuklagen, weil sie nach der Geburt des Boppele – das war sie – ein langes Vorschneidemesser auf den Balkon legte: es sollte rosten im Regen, und das Boppele, mit dem rostigen Messer geschnitten, sollte an Blutvergiftung sterben. Das war doch klug ausgedacht von einer Dreijährigen, war auch Anwendung von elterlicher Weisheit über rostige Nägel und Stacheldrahtzäune, war Zeitgewinn und letztlich Rücksichtnahme auf das Boppele, denn eine wahrhaftig konsequente Mörderin hätte doch gleich gemetzelt und nicht gewartet, bis das Messer rostete und die Mutter nach dem Sinn des Rostens hätte fragen können. Aber der Amtsrichter hatte keinen Humor und die Mutter keinen Abstand zu ihm. Sie fragte sich und schalt sich gleichzeitig über den Mangel an geistiger Disziplin in solchem Vergleich, ob sie – die Kriegerwitwe – oder ihre Mutter – die Überlebendenpflegerin – es besser gehabt hatten. Denn der Vater, der aus einem angesehenen Klavierbauerbetrieb in Unterfranken kam, hatte vor dem Krieg etwas versprochen, was er nachher nicht mehr halten konnte. Er war Assessor gewesen in Kronach und seine Frau die älteste Tochter aus dem verwaisten Haushalt des angesehensten Floßherrn und Sägewerksbesitzers der Stadt. Wer hinuntergrub zu den Wurzeln, fand immer neue Unordnungen, die Ordnungen schufen, die dann wieder Unordnungen zeugten. Denn die Mutter ihrer Mutter kam aus einem unglücklichen Haushalt, ihr Vater hatte als Amtsrichter Mündelgelder veruntreut und war in Haft gekommen. Da war die Urgroßmutter froh, ihre Tochter dem Floßherrn zu geben, obwohl eine stolze, adelige Familie sich sonst eben nicht so leicht zu Emporkömmlingen herabläßt. Und die Tochter war, um den Vater-Frevel zu heilen, schrecklich fromm geworden, was wiederum ihre Tochter dazu brachte, sich gerade in den einzigen Protestanten zu verlieben, der auf den Stadtbällen eingeladen war, weil er die Assessorenstelle am Amtsgericht bekommen hatte.

Ein schneidiger Tänzer mußte der Vater gewesen sein vor dem Ersten Weltkrieg, beliebt, witzig, so daß die fromme Großmutter in die Mischehe gewilligt hatte, vorausgesetzt, die Kinder wurden katholisch getauft. Der Vater war damals schon nur noch eine Erinnerung, er war schon um die Jahrhundertwende gestorben, hatte sich auf einer der weiten Fahrten nach Amsterdam eine Lungenentzündung geholt. Es muß kein gesundes Leben gewesen sein, wochenlang auf dem Wasser, auf riesigen Gebinden, die mehrere hundert Meter lang waren. Diese Welt der Flößer war untergegangen, als die ersten Eisenbahnen in die Wälder gebaut wurden – und mit ihnen das ganze, von Stamm zu Ast zu Zweig vernetzte System der Wasseradern, flößbaren Bäche, Mühlenwehre, Triftsperren und Zollscheren, aus denen der Reichtum des Frankenwaldes in die Täler trieb. In Kronach an der Zollschere der Bamberger Fürstbischöfe saß ihr Großvater, kaufte das Holz, kaufte oft auch noch das abgeholzte Land der Waldbauern, die sich für eine Hochzeit oder eine Erbteilung flüssigmachen mußten. Dann stellte er die Flöße zusammen, viel größere Gebinde als die paar Stämme, auf denen die Waldbauern und Floßknechte im eiskalten Wasser der Schneeschmelzen zu Tal ritten, aber längst nicht so große, wie sie später in Bamberg und an den anderen Floßhäfen zusammengefügt wurden – mit Balken und Brettern und Pfählen für Weinberge. Das waren dann ganze Landschaften aus Holz, mit einer Schilfhütte und einem eigenen Kochfeuer, einem Faß Bier im Strohmantel, kühl gehalten durch den Floßbuben, der ständig Wasser aus dem Main und später dem Rhein schöpfte. Am Ende wurde alles verkauft, und wer am weitesten fuhr, holte die besten Preise und hatte die weiteste Reise zurück. Bis Amsterdam fuhr der Großvater und kaufte dort ein nach der neuesten Mode. Leider fand er nie die passenden Farben, denn er war rotgrünblind, wie ihre Söhne, die in ihren Kinderzeichnungen braune Blätter an Bäume mit grünen Stämmen malten und beim Erdbeersuchen ihrer kurzsichtigen Mutter peinlich unterlagen, auch als sie längst schon mehr Pilze fanden als sie.

Den Großvater kannte sie nur vom Hörensagen, aber wenn noch zwanzig Jahre nach seinem Tod Geschichten erzählt wurden, dann sprach das doch für einen Mann. Er soll ein begnadeter Politiker ohne Ehrgeiz gewesen sein, den der Stadtrat in Debatten holte, bei denen die Meinungen immer weiter auseinandergingen und die Gegner sich um so heftiger bekämpften, je länger sie versuchten, sich zu einigen. Dann kam er und begrüßte alle und setzte sich dazu, und seine bloße Anwesenheit führte dazu, daß plötzlich den Streithähnen der Kamm sank und sie sich selbst verwunderten, daß sie so erbittert gefochten hatten, es gab doch wirklich wichtigere Dinge zu tun. Als Geschäftsmann soll der alte Floßherr, der so jung sterben mußte, sich nie in einem Kunden, Partner oder Mitarbeiter getäuscht haben. Er gab großzügig Kredit, aber er bekam sein Kapital mit Zinsen zurück. Er kaufte den Bauern ihren Wald ab und ließ sie selbst schätzen, wieviel Holz darin stand; und wo jeder andere betrogen worden wäre, machte er guten Verdienst. Und er starb in den ersten Monaten des neuen Jahrhunderts, noch vor der Einführung des Bürgerlichen Gesetzbuches im Deutschen Reich, so daß sein Erbe nach Bamberger Landrecht geregelt wurde, eine Quelle endloser juristischer Streitigkeiten zwischen ihrem Vater als dem Vertreter der Mutter und den vier Brüdern, ihren schneidigen Onkeln, denn das Bamberger Landrecht bevorzugte die Namensträger vor den Töchtern. Als 1948 die Kronacher Großmutter starb, da war der Kaufmannsstolz geschmolzen und der Neid auf die Beamten mit ihren sicheren Gehältern groß – konnte da nicht die Älteste, die mit einem Landgerichtsdirektor verheiratet war, auf ein paar Hektar Wald verzichten, um den Grundbesitz in der Hand des Namens zu lassen? Nein, im Gegenteil: die Söhne hatten in ihren ewigen Studien und verkrachten Berufsplänen – Opernsänger, Hühnerfarm – so viel Geld entnommen, daß den

Töchtern mehr zustand als ihnen! «Der Vater regt sich so auf, das ist es mir nicht wert», hatte ihre Mutter gesagt. Aber das half nicht, im Gegenteil: durch solche Äußerungen belegte die Mutter wieder, was der Vater ihr schon öfter entgegengehalten hatte, als Botschaft des Nervenarztes und abtrünnigen Freud-Schülers aus dem Bayreuther Mainschlößchen, sie lobe ihn zuwenig, gebe ihm zuwenig Anerkennung und Liebe, sei eine harte Frau.

Der Doktor redete sich leicht. Er mußte nicht mit einem solchen Mann zusammenleben, der immer untröstlich war über seine Fehler und doch keine Gelegenheit zur Rechthaberei an sich vorbeigehen lassen konnte. Wenn sie ihn wichtig nahm, wurde er noch grübeliger und verzweifelter über die Fehler in seinem Leben, die zum Tod verurteilten Selbstverstümmler vor dem Militärgericht in Antwerpen oder die Giftmörderin in Passau, die er verurteilt hatte. Seither beschäftigte er sich nur mehr mit Zivilrecht, er konnte diese Entscheidungen über Leben und Tod nicht mehr ertragen. Der Dienst bei der Militärpolizei hatte ihn erschöpft, er schlief schlecht, dachte sorgenvoll an diese Pflicht und an die andere, die er noch mehr fürchtete: sich an die Front zu melden und selbst in die Lage derer zu kommen, die sich lieber in die linke Hand schossen (oder schießen ließen, indem sie sie über den Grabenrand hielten). Er sorgte sich mehr und mehr um seine Verdauung, versuchte einen Arzt und ein Abführmittel nach dem anderen, konnte schließlich die Stimmen nicht mehr zum Schweigen bringen, die aus den Ecken des Raums zu ihm sprachen, böse und voller Vorwurf, er sei schuld am Tod seiner drei Brüder, die in der Überschwemmung des Mains beim Versuch, die kostbaren Hölzer der Klaviermanufaktur zu retten, elend ertrunken waren; er sei schuld am Verlust der guten Mitgift seiner Frau, die er aus den deutschen Aktien in russische Eisenbahnobligationen umgetauscht hatte, der besseren Rendite wegen. Damals war er ein halbes Jahr im Mainschlößchen gewesen, hatte gelernt, der Mutter einen Teil der Schuld zu geben, dieser harten Frau, die ihn zuwenig streichelte. Ihre Mutter hatte den Nervenarzt nicht leiden können. Der redete sich leicht. Der mußte nicht mit diesem Sonderling zusammenleben. Pflicht war Pflicht, und Liebe? Ach, Liebe. Die Mutter hatte keinen Mann mehr, aber es gab den Vater, so nannte sie ihn, etwas anderes war er nie mehr. Der Vater schien die vorzeitige Pensionierung für die tüchtigste Tat seines Lebens zu halten; von nichts erzählte er später mit ähnlichem Stolz. In Krieg und Frieden war ihm die Arbeit eine Last gewesen. Viel lieber beschäftigte er sich mit seinen Sammlungen, Büchern vor allem, aber auch Alben über Alben von Postkarten-Nachzeichnungen. Was immer ihm merkwürdig erschienen war, er hatte es mit Bleistift, Tusche und Aquarellfarben genau nach der Vorlage abgezeichnet und seinen selbstgebundenen Jahresbänden einverleibt. Die Kriegsjahre zählten im Sinne einer Frühpensionierung doppelt, auch die Schwerhörigkeit, die sich seit dem fünfzigsten Geburtstag bemerkbar machte, half ein wenig. Mit sechsundfünfzig war er jedenfalls erlöst und lebte noch fast dreißig Jahre, regelmäßig wie ein Uhrwerk, voller Mißtrauen in die Ärzte, überzeugt von Knoblauchpillen, Sanddornsaft und einer Gletscherbrille, die ihn auf seinen Gängen in die Stadt vor der Zugluft bewahrte, die in Passau jeden bedroht, der eine Brücke überquert, und ihm eine Bindehautentzündung einträgt. Er reiste nie ins Ausland, er fuhr nicht Auto, nicht Fahrrad, hatte keine Freunde.

Ob Edi auch so geworden wäre, wenn er den Krieg überlebt hätte? Und wer mußte dankbar sein: ihre Mutter, daß ihr Mann den Krieg überlebt hatte (und am Zusammenbruch seiner Welt selbst zerbrochen war), oder sie, daß sie sich Edi rein erhielt und nicht jemanden zurückbekam, der Span für Span das Bild wieder austilgte, das er einst geschaffen hatte? In den beiden kurzen Ehejahren, in denen sie in München eine Wohnung geteilt hatten und Edi morgens ins Gericht ging, war sie immer ein wenig erleichtert gewesen, sobald er aus dem Haus war. Jetzt gab es endlich keine anderen Forderungen mehr als die ihren, jetzt konnte sie nach ihrem eigenen Rhythmus atmen und mußte nicht innehalten und nachdenken, ob es auch ihm paßte. Und dabei behauptete er immer, sie sei die Dominante in ihrer Beziehung, zog sie auf, weil sie das eine Jahr älter war, in dem sie die alten Sprachen und Mathematik nachlernte. Als ihm einmal ein kindischer Film – war es Tarzan gewesen? – besonders gut gefiel, hatte sie gesagt, er habe doch einen einfachen Geschmack, da war er tagelang beleidigt und redete nur das Nötigste, bis sie endlich herausschmeichelte (und ihm um den Bart zu gehen, dazu hatte sie wahrhaftig kein Talent), daß er sich eingebildet hatte, sie lasse ihn spüren, daß er nur ein Bauernbub sei und der «Altöttinger Liebfrauenbote» die einzige Kulturquelle seiner Eltern.

Wenn sie sich an den gemeinsamen Haushalt erinnerte, den sie in Passau mit ihrer Mutter führte, dann war es, als ob sie Rücken an Rücken kämpften, von einer Übermacht pflegebedürftiger Männer eingeschlossen. Die Mutter hatte den Vater, der seine Diät brauchte. Die ausgebombte Tochter hatte ihre beiden Söhne. Sie stellte ihren eigenen Herd und Schrank in einen Winkel der mütterlichen Küche und weigerte sich strikt, mit ihr gemeinsame Sache zu machen. Die Mutter verstand das, und sie fanden sich gut zusammen, aber keine konnte die andere jemals ersetzen, niemals bekochte sie den Vater, und auch die Mutter mochte nicht auf die Buben aufpassen, so daß sie bei der ersten eigenen Reise, die sie nach Edis Tod unternahm, die beiden in einem Kloster unterbrachte, dessen Abt einer ihrer Schulkameraden gewesen war, der dicke, ungeschickte Benno, dem niemand diese Karriere zugetraut hätte. Aber ihre Söhne wurden größer und brauchten sie immer weniger. Sie hatte mehr Zeit für sich, konnte auch schon daran denken, die beiden für ein paar Wochen allein zu lassen und endlich einmal dorthin zu fahren, wo wirklich war, wovon sie immer gelesen hatte. Ihr Vater wurde aber kleiner, tapriger und anspruchsvoller. Sie mußte sich die Männer, die um sie warben, ähnlich vorstellen – wackelig und auf der Suche nach jemandem, der sie im Alter pflegte. Ein Mann wie Edi, der sie gutmütig verspottete, wenn sie auf ihren Touren in den hohen Tauern schlappmachte, der bei einer Rast noch Kraft übrig hatte, ihr einen Trunk frischen Wassers in seinem Filzhut zu holen oder ein Stück vorauszulaufen, um zu sehen, wie weit es noch bis zur Hütte war – einen solchen Mann gab es nicht mehr, nicht daß sie viel gesucht hätte, aber sie hatte schließlich Augen im Kopf.

Sollte sie zu dem Ergebnis kommen: besser zuwenig Ehe als zuviel? Die Kinder waren zwar eine Forderung und eine Plage, hinderten einen aber doch, so früh und gründlich schrullig zu werden wie ihre unverheirateten Freundinnen. Wie Irene, die sich als Chefsekretärin immerhin gegen gutes Geld mit einem Mann eingelassen hatte, der nicht ihr Mann sein konnte. Oder wie die Zwillinge Rita und Zenta, die man nur dadurch unterscheiden konnte, daß Zenta ihre sonst identische Frisur, anders als Rita, im Zentrum ihres Kopfes zu scheiteln pflegte, ein Geheimtip für Freunde, denn sonst genossen es die alten Zwillinge sehr, immer noch verwechselt zu werden. Sie wohnten am Inn, schön und überschwemmungsgefährdet. Einmal jede Woche ging sie mit Irene zu ihnen, um Streichquartett zu spielen. Allein machte ihr das Musizieren keinen Spaß.

Ihre einzige verheiratete Freundin war Hilde, die Frau des Bürgermeisters, der sie den Mut zu diesem harmlos-tollkühnen Unternehmen verdankte, ein Haus zu bauen, sich mit Bauplänen und Hypotheken herumzuschlagen. Hilde hatte ihr immer besser gefallen, wenn ihr Mann nicht da war, dann war sie witzig und geschäftstüchtig, hatte eine eigene Meinung und schaute mit offenen Augen in die Welt. Sobald aber der Bürgermeister auftauchte, hatte sie nur noch Augen für ihn, schwänzelte um ihn herum, wollte den Besuch möglichst schnell loswerden, der Arme hatte ja soviel Ärger im Amt, er stand über den Parteien, und keine dankte es ihm. Sie hatte nichts gegen den Ludwig, seine schnoddrige Art gefiel ihr sogar, aber sie fand ihn den Weihrauch nicht wert, den Hilde ihm streute, vor allem, wenn sie bedachte, wie tüchtig Hilde gewesen war, als nach dem Krieg dem bereits während der Nazizeit erfolgreichen Bürgermeister der Prozeß gemacht wurde und er für einige Jahre in einem Gefangenenlager verschwand – nie früher und später war er so schlank gewesen wie damals. Da hatte Hilde einen eigenen Laden aufgemacht, Geschäfte hier und dort. Als der Bürgermeister wieder da und bald auch wieder im Amt war, verwandelte sie sich in ein Heimchen am Herd, war immer zu Hause, wenn der Herr und Meister sie brauchte, führte keine eigenen Geschäfte mehr, widmete sich allein der Verwaltung seiner Finanzen, dachte nicht mehr an sich selbst, sondern nur noch an ihn, und wurde immer dicker dabei.

Nichts davon für sie.

Die einst verachtete Überzeugung ihres Vaters, daß die Pension das Beste ist am Beamtenstand, hatte auch ihre Entscheidung mitgetragen, nicht mehr als Lehrerin zu arbeiten, als ihresgleichen gesucht wurde. Eine Weile war alles sehr unsicher, sie fürchtete schon, Edi würde nicht als Beamter gelten, er war schließlich erst im Assessorat, als er eingezogen wurde. Aber dann wurden die gefallenen Beamten sogar noch ein wenig befördert, sicher nicht so rasch, wie es Edi durchgesetzt hätte, aber immerhin bekam sie nach einiger Zeit die Pension der Witwe eines Amtsrichters, da wäre sie dumm gewesen, diesen gepolsterten Rückzug aus Lärm und Ehrgeiz auszuschlagen. Edi hätte es nicht anders gewollt, sie war immer noch, was sie mit ihm entschieden hatte zu sein, Hausfrau, Mutter. Heimlich aber wurde sie eine Gelehrte mit Gartenwildnis, versunken in religionsphilosophische Studien, die Homer und Pindar las, byzantinische Historiker studierte und Reisen plante. Sie war nicht gegen den Strom geschwommen. Sie hatte einen Wirbel ausgenutzt, um ihm zu entfliehen, eine geschützte Bucht zu finden. Von dort aus hatte sie genau beobachtet, wieviel leere Blähung und verborgene Unwissenheit in den Beteuerungen der Gelehrten steckte, hatte auch das eine oder andere zurechtgerückt. Welcher Altphilologe verstand beispielsweise etwas von Botanik? Und wie leicht ließen sie einfach weg, was nicht in ihr Bild paßte, klapperten mit eindrucksvollen Unterscheidungen wie «apollinisch» und «dionysisch», die hinten und vorne nicht stimmten, machten sich über die Alexandriner lustig, die doch geradesoviel wie sie wußten, vielleicht sogar mehr und Verborgeneres.

War sie daran, sich zu rechtfertigen, daß sie nicht mehr, nichts öffentlich Bedeutungsvolleres aus ihrem Leben gemacht hatte? Sie haßte Rechtfertigungen, das war eine üble, dumme Energieverschwendung, da war ihr der Gallierführer doch lieber, der «vae victis» gerufen und sein Schwert zu den betrügerischen Gewichten geworfen hatte, statt sich zu rechtfertigen, daß er die Römer übervorteilen wollte. Und die Suche nach dem Lebenssinn, das war auch eine solche Rechtfertigung und Existenzentschuldigung, im Grunde eine eitle Anmaßung. Wer fragte nach dem Sinn des Lebens einer Katze? Oder einer Kreuzotter? Das waren schöne Tiere, anmutiger und ehrlicher als viele Zweibeiner. Die mochten dann den Sinn solchen Lebens darin sehen, daß die Katze sich streicheln ließ und Mäuse fing und die Schlange sie zur Wachsamkeit anhielt. Und über ihnen nahm ein höheres Wesen dieselbe Beziehung zu den Sterblichen auf. Es stellte gar moralische Experimente an, wie im Buch Hiob, sollte den Göttern die Kohlen aus dem Feuer holen, wie der Hirte Paris, der den Trojanischen Krieg auslöste, weil die großen Göttinnen, jede für sich und gegen alle anderen, vor allem aber gegen jede Einsicht und Weisheit, um die goldene Kugel stritten, die der Schönsten gebührt.

Sie verließ jetzt das Bett nicht mehr und sprach zu ihren Besuchern höchstens noch zwei Sätze, dann bedeutete sie ihnen zu gehen. Ihre Schwiegertochter hatte sie gestreichelt, und sie hatte gesagt, das Gestreichle möge sie nicht, das nütze doch niemandem. Ihr Sohn hatte versucht, ihr zu erklären, man könne doch auch still beisammensitzen, aber das strengte sie doch mehr an, als allein still zu sein. Sie wollte jetzt kein Ende mehr machen, denn sie spürte: das Ende kam von selbst, der Tumor hatte so viel vom Rest ihrer Kraft aufgezehrt, daß er nun, unkluger Parasit, mit ihr zugrunde gehen mußte. Sie aß nichts mehr und trank nur noch ganz wenig. Die Morphiumspritzen schienen besser zu wirken als früher, als sie diese Wirkung noch mehr gebraucht hatte. Manchmal wollte sie unbedingt einen ihrer Söhne sehen, um ihm etwas zu sagen über das Haus, das Testament, das Erbe, erkannte dann im Gespräch rasch, daß schon alles gesagt war, und legte sich erschöpft zurück. Es ging im Grunde auch nicht um diese längst erledigten Fragen, sondern um das, was sich nicht erledigen ließ.

Dann war sie wieder eingedämmert, schlafen durfte man das nicht nennen, sie merkte genau, wie die Schwestern hereinkamen und auf Zehenspitzen hinausflüsterten: «Sie schläft.» Nun, sollten sie es glauben, sie waren ja rührend besorgt und hatten es aufgegeben, sie vorwurfsvoll zum Essen und Trinken zu nötigen, vielleicht gab es jemand, der Bescheid wußte und es ihnen gesagt hatte.

Dann stupste sie etwas zugleich sanft und nachdrücklich-hart gegen die Schulter, und eine Stimme sagte: «Schlaf nicht in der Sonne! Sie tötet!» Die anderen aus der Reisegruppe waren am Morgen nach Thasos gefahren, sie aber wollte nicht mit. Sie hatte gesehen, daß hinter dem Städtchen der Hochwald anfing, den es in Griechenland nur noch so selten gibt, wollte den Tag nützen, ihn zu erkunden, Vogelstimmen zu suchen. Der Weg war länger und steiler als vermutet. Oben war sie am Wegrand unter einer blühenden Linde eingeschlafen. Der Sonnenfleck, der erst weit von ihr entfernt durch die grüngoldene Dämmerung drang, war zu ihr gewandert und stach in ihre Schläfe. Sie blickte auf – wer warnte da? – und sah einen Pferdehuf, zierlich und nicht beschlagen, über ihm ein Männergesicht mit großen, düsteren Augen zwischen dichten, seidenglänzenden Wimpern und einem Haaransatz, der keilförmig bis zur Nasenwurzel herabstieg. Schultern und Arme waren von glattem braunem Fell überzogen. Er trug einen großen Bogen und einen Köcher voller gefiederter Pfeile.

«Wer bist du?» fragte sie, es schien ihr dreist, aber sie mochte sich nicht einschüchtern lassen von dem fremden Wesen.

«Ich bin Pholos, der Kentaur, Sohn des Pholos. Meine Frau ist Hippa, die Schöne, meine Kinder heißen Pholos und Hipparion.»

Sie mußte jetzt auch etwas Feierliches sagen, sprach ihren Namen so aus, wie es die Griechen taten, und fand passend, daß ihre Mutter einen klassischen Namen trug. «Ich bin Wetti, Tochter der Selene, mein Mann ist schon lange tot, meine beiden Söhne sind erwachsen und leben nicht mehr in meinem Haus. Ich komme aus einem Land im Norden, in dem ich Sehnsucht nach der griechischen Sonne habe.»

«Warum schläfst du hier unter der heiligen Linde?»

Sie blickte auf. Es war ihr nicht aufgefallen, daß die Linde in voller Blüte stand, Insekten summten, ein zarter Duft wehte herab. «Ist es verboten?»

«Nein, gewiß nicht. Aber du wirst hier träumen, und ich bin gekommen, dich zu holen. Willst du mit mir kommen? Willst du sehen, wie wir leben?»

Sie dachte keine Sekunde nach. Er hatte sich niedergelassen, sie war auf den Rücken geklettert, hielt sich an seiner Schulter fest, bemerkte aber bald, daß er sie tragen wollte, und strich nur noch mit der Hand über das glatte Fell und die struppige blonde Mähne, die vom Haaransatz herunterlief. Der Männeroberkörper vor ihr war doch größer als Menschenmaß. Anscheinend hatten sich Tier- und Menschenform angeglichen: zierliches Pferd, großer Mann. Er fand seinen Weg traumhaft sicher, kein Blatt raschelte, kein trockener Zweig knackte, die dichte Wand aus Schattierungen von Grün und Braun schien sich vor ihm zu öffnen und hinter ihm zu schließen. Sie erkannte Edelkastanien, Ulmen, Eschen und Linden, auch Platanen. Wo ein morscher Baumriese gefallen ist, schießt glänzend grüner Lorbeer der Mittagssonne entgegen. Felsblöcke, größer als Häuser, die von einem der Berge herabgestürzt sind, überspinnt ein Geflecht aus Moosen und Flechten. Sie konnte sich nicht satt sehen an dieser Vielfalt. Der Weg führte Pholos von der Küste fort, tiefer in das Gebirge, die Vegetation wurde lichter, vor allem

Eichen, dazwischen Flecken mit saftigem Gras, jetzt fand der freiere Blick auch Wild, Rudel von Hirschen und Bergziegen, ein Fuchs kreuzte den Pfad, aus einem Dickicht brach ein brauner Bär und verschwand, ohne sie zu beachten.

Nun wanderten sie in einem Tal aufwärts, das manchmal tief in den Felsen schnitt. Murmelnd floß Wasser über graue Steine. An einer moosigen Wand brachen Quellen hervor. Der Kentaur trank direkt vom blanken Granit weg; sie tat es ihm nach, wie Gideons Männer, ohne Hilfe der Hände.

Jetzt erweiterte sich das Bachbett in eine sumpfige Wiese, an deren Rand eine große Eibe mit ihrer Wurzelbrut stand. In ihrem Schatten wühlten Wildschweine im nassen Boden, ein Eber steckte tief im Schlamm eines Tümpels, nur die weißen Hauer und der borstige Rüssel ragten über den Morast. Der Kentaur blieb stehen, nahm den Bogen von der Schulter, legte einen Pfeil auf, zielte lange und traf einen Jährling so, daß er ohne einen Laut zu Boden fiel. Langsam näherte er sich der Beute, die übrigen Schweine blieben bei ihren Verrichtungen, als hätten sie sich an das große düstere Wesen längst gewöhnt. Pholos reichte ihr die Beute, sie legte sie vor sich auf seinen Rücken. Er stieg weiter bergan, ließ das Bachbett zurück, die Eichen nahmen ab, es gab jetzt mehr Buchen und einzelne hochstämmige Tannen. Der Weg wurde deutlicher, ausgetreten, manchmal schien es, als habe jemand Blöcke zur Seite gewälzt oder Bäume gefällt, die den Pfad störten. Schließlich bog der Kentaur um eine weiße Klippe, trat auf eine kurzgrasige Wiese, aus der ein regelmäßig geformter Felskegel ragte. Es war spät geworden, der Schatten des Berges lag wie ein düsteres Dreieck auf dem Azur der See.

Sie war überwältigt. «Mein Gott!» seufzte sie.

Der Kentaur erstarrte und wendete den Kopf zurück. «Wer ist dein Gott?»

Sie war erschrocken, faßte sich aber: «Er hat keinen Namen. Er ist – eben alles: die Natur, die Schönheit, der Kosmos.»

«Zeus?» fragte er streng.

«Nein, Zeus ist es nicht», sagte sie. Sie kamen zu einer Höhle am Fuß des Felskegels. Aus ihr kam Hippa, die Schöne, und nahm sie auf. Der Name paßte genau, sie hatte bewimperte Augen, lange blonde Haare und einen weißen, nur wenig behaarten Oberkörper mit hellen Brüsten. Es kamen Pholos der Jüngere, ein Abbild seines Vaters, voll des Zaubers eines Kindes und eines jungen Tieres, Hipparion, schlaksiges Fohlen mit seidenweichem Fell und einem Kranz Margeriten im Haar.

Hippa machte Feuer auf dem kreisförmigen Herd in der Mitte der Höhle, aus unbehauenen Steinen genau gefügt, mit Lehm ausgestrichen, der klingend hart gebrannt war. Hier wurde die Beute mit einem

Messer aus Obsidian zerkleinert und teils gebraten, teils roh vorgelegt, dazu gab es Kräuter, die Hipparion gesammelt hatte, würzig und säuerlich, vorzüglich neben dem saftigen Fleisch. Pholos aß es roh und erklärte ihr, dies sei bei allen erwachsenen Kentauren Brauch, nur Kinder und Gäste äßen Gegartes, Hippa halte ihr zu Ehren mit. Der Sinn dieser Sitte, die nicht immer geherrscht habe, sei die Erinnerung daran, daß des Essers wegen ein lebendes Wesen habe sterben müssen. Auch gebe Rohes mehr Kraft und sättige schneller, da es anstrengender sei, es zu kauen.

Dann war es fast dunkel, nur das Feuer glomm, die Kentaurenkinder schliefen, an den großen Leib der Mutter geschmiegt, und Pholos erzählte, warum er Zeus haßte und sie sofort zurückgebracht hätte zur Traumlinde, hätte sie sich zu ihm bekannt. Denn nach kentaurischer Überlieferung waren am Anbeginn Uranos und Gaia, Himmel und Erde, ewig umarmt, unablässig zeugend und gebärend, bis Gaia das Gedränge hundertarmiger Ungeheuer mit Schlangenfüßen in ihrem Schoß nicht mehr ertrug und Kronos, ihren ältesten Sohn, bat, ihr zu helfen. Und dieser tat es, trennte die Eltern, entmannte Uranos und warf das unerschöpflich zeugende Glied ins Meer. Uranos war nicht böse darüber, er fühlte sich befreit und erhob sich mit mächtigen Flügeln. Gaias Geschöpfe aber, die nun durch die Blutstropfen aus

Uranos' Wunde entstanden, waren sanfter und schöner, Titanenkinder – die Sonne, Helios, und Selene, der Mond, die Morgenröte. Asteria, Göttin des Sternenhimmels, teilte freiwillig mit ihnen ihr Reich. Der große Okeanos aber legte sich um die Erde und bevölkerte das Land mit seinen dreitausend Söhnen und dreitausend Töchtern, den Baum- und Quellnymphen, Flüssen und Bergen. Die Welt wurde schön, und niemand war glücklicher als Kronos, denn er war ein guter Herrscher, und nur auf Bitten der Mutter hatte er das Verbrechen begangen, wenn es denn eines war und am Anfang des Lebens stehen mußte, so wie wir es kennen, vom unbegreiflichen Schicksal verhängt.

Und es war eine böse Verleumdung und auch eine philosophische Spitzfindigkeit, wenn erzählt wurde, Kronos habe seine Kinder verschlungen, und Zeus, der Jüngste, sei nur gerettet worden, weil Rhea ihm einen in Windeln gewickelten Stein gab. Denn da wurde Kronos mit Chronos verwechselt, der Zeit, die in der Tat alle ihre Kinder, die Stunden, wieder verschlingt. Aber Kronos war ein Herr über eine goldene Zeit, in der die Menschen von wilden Kastanien und Honig lebten, niemand mehr Tiere erbeutete, als geboren wurden, und die Menschen aus Weisheit (und nicht, weil sie es nicht vermocht hätten) weder Häuser aus behauenen Steinen bauten noch Stadtmauern und Ansprüche auf Äcker und

Seehäfen gründeten. Kronos war kein Gott, der Opfer und Aufmerksamkeit wollte, wie sein ehrgeiziger Erbe Zeus. Am liebsten lief er in der Gestalt eines großen Rappen an den Gestaden des Okeanos entlang, der ihm von allen seinen Geschwistern der liebste war. Dort fand er auch in einer Höhle Philyra mit der schönen Stimme, die auf ihm ritt und mit ihm spielte, er trug sie weit ins Meer hinein, schwamm durch die Wellen, ihr blondes Haar vermischte sich mit seiner üppigen schwarzen Mähne. Am Ufer nahm er schließlich seine Titanengestalt wieder an, sie erkannte ihn als ihresgleichen und nur ein wenig verwandt, das bißchen Inzest störte niemanden. Aber er war zu lange Pferd gewesen, das Kind dieser Liebe, der Urahn der Kentauren, war nur halb Mensch, aber das unsterbliche Kind zweier Götter: Chiron, der von den Bergnymphen großgezogen wurde und von Seilenos lernte, ihn aber bald übertraf, ein großer Heiler, Lehrer des Asklepios, ein Sänger, von dem Orpheus lernte, der jedes Instrument spielen konnte und ohnehin alle Musikinstrumente erfunden hat. Nur seine Mutter war wütend, sie wollte Kronos nicht mehr sehen und schlug so lange mit flachen Händen auf die Erde, bis Gaia selbst erschien und sie auf ihr Bitten in eine Linde an den Gestaden der Ägäis verwandelte. Chiron heilte alle, die zu ihm kamen, durch die älteste und würdigste aller Heilkünste: er legte seine großen, warmen

Hände auf sie – «wie ich zeigen könnte», sagte Pholos und hob seine eigenen Hände in das Licht der Glut, aber Chiron war *ganz* Hände, die Heilkraft des Kosmos war in ihm, und doch konnte er sich nicht selbst helfen, als ihn zufällig ein Pfeil des Herakles – auch einer seiner Schüler – verletzte. So litt er und starb nicht, wäre aber lieber gestorben, als weiter zu leiden.

Merkwürdig vertraut war ihr dieses Dilemma, und sie dachte, daß es schließlich auch Herakles eingeholt hatte, der ebenfalls durch sein eigenes Gift zwischen Leben und Tod gefesselt war – die eigene Gemahlin hatte ihm als Brauthemd gegeben, was der Kentaur Nessos mit trügerischer und doch wahrer Verheißung als Zwangsmittel zu ewiger Treue angeboten hatte: das mit dem Gift aus der eigenen, von Herakles' Pfeil geöffneten Wunde getränkte Linnen. Und Philoktet, der doch ebenfalls an einer Wunde zwischen Leben und Sterben leiden mußte, hatte den Scheiterhaufen in Brand gesetzt. Wie aber war Chiron endlich erlöst worden?

Nach der klassischen Lehre hatte er mit Prometheus getauscht, der – von Zeus wegen seiner Geschenke an die Menschen bestraft – an den Kaukasus geschmiedet war, dem jeden Tag der Adler des Olympiers wieder die Leber wegfraß, die nachts nachgewachsen war. Chiron ging – ein Unsterblicher für einen anderen, ein sterblicher Mensch hätte nicht gezählt – für Prometheus in den Hades. Jetzt konnte Herakles den Titanen befreien. Aber Pholos erzählte eine ganz andere Überlieferung, die ihr besser gefiel: In seiner Not galoppierte Chiron an die Gestade des Okeanos, wie Kronos, der Verbannte, vor ihm, und eine riesige Welle erhob sich und trug ihn fort und spülte ihn, gereinigt und frei von Schmerz, in die riesigen Hallen des Meergottes, weit jenseits der von den Olympiern und ihren ehrgeizigen Intrigen beherrschten Welt. Denn dort warten die Titanenfürsten, die freiwillig in ihr Exil gingen, um nicht blutigen Kampf gegen die Drohung mit blutigem Kampf zu setzen, auf das Ende der Herrschaft des Zeus, die von Anfang an auf Betrug und Gewalt aufgebaut war, denn mit dem nicht eingehaltenen Versprechen, sie zu befreien, ließ er sich von den Kyklopen unter dem Ätna die magischen Blitze schmieden, die seine Macht durchsetzten. Und Pholos schüttelte seine Mähne, daß die Luft knisterte und winzige Funken aus den Haarspitzen sprühten. Es gab viele Titanen, die den Emporkömmling Zeus leise verachteten und seine Schauergeschichte vom Kampf gegen vielarmige Ungeheuer, die er in die Tiefe des Tartaros, unter die Wurzeln der Welt gestürzt haben wollte. Wie hätte seine Welt ausgesehen, wären nicht Sonne und Mond gewesen, zu schweigen von den unzähligen Nymphen, Satyrn, Dryaden und Oreaden, die ihre hilfreiche Pflicht taten und ihn tosen und donnern ließen, wenn es eben sein mußte?

Sie, die Kentauren, hatten sich nach den üblen Erfahrungen mit Herakles' giftigen Pfeilen zurückgezogen. Sie trafen sich hier, unter dem Gipfel des Pelion, und beschlossen, von jetzt an jede Gemeinschaft mit Menschen zu meiden und kein anderes Getränk mehr zu sich zu nehmen als Wasser, das sie ohne Becher oder Mischkrug direkt aus der Quelle tranken. Sie schworen allem Gerät aus Ton, Glas und Metall ab; duldeten nur noch Körbe, Pfeilspitzen und Messer aus Stein. Der Bogen war ihre eigene Erfindung, desgleichen Flöten und die Lyra mit dem Panzer der Schildkröte als Klangkörper.

So verwandelten sie Zeus' Macht, was die Kentauren betraf, in Ohnmacht, blieben den älteren Titanen in Okeanos' Hallen treu und gut Freund mit den jüngeren, mit Helios, Selene und der Morgenröte. Nephele, die Wolkenfrau, ihre Ahnin, gab ihnen feine Netze, sich unsichtbar zu machen. Jäger liefen dann wohl an einem stämmigen Olivenstrunk vorbei, der in Wahrheit ein Kentaur war, der sie genau beobachtete, ihren Lärm, ihre mörderischen Waffen und ihre Unart, nur Teile getöteter Tiere zu verwenden und den Rest den Geiern zu überlassen.

So berichtete Pholos. Siebengestirn und Kassiopeia hatten sich weitergedreht und standen nun am

Himmel wie eine Waage, deren Zünglein der Nordstern war.

Plötzlich sagte sie, und sie wußte nicht, wie sie dazu kam: «Ach, ich möchte für immer hier bleiben. Schon als Kind habe ich mir gewünscht, nicht der Zeuswelt zu dienen und so zu leben wie Hipparion.»

Pholos blies in das Feuer, die Glut belebte sich zu einigen Flammen, in deren Licht seine großen Augen phosphoreszierten. «Sag es noch einmal!»

«Ich will so leben wie ihr!»

«Ich glaube dir», sagte der Kentaur. «Du mußt jetzt ein wenig schlafen, und deine Seele muß in der Linde warten, bis für Hipparion eine Schwester geboren wird. Wir werden einen Namen für sie finden, und vielleicht wird sie sich an dich erinnern.»

Sie schloß die Augen. Die Schwäche, die sie jetzt umfing, war tief und erlösend, ganz ohne Schmerz, aus der Dunkelheit wehte ihr der Duft blühender Bäume entgegen.